U0117762

中产阶级看月亮

萧耳 著

广西师范大学出版社

GUANGXI NORMAL UNIVERSITY PRESS

·桂林·

中产阶级看月亮
ZHONGCHAN JIEJI KAN YUELIANG

图书在版编目（CIP）数据

中产阶级看月亮 / 萧耳著. —桂林：广西师范大学
出版社，2018.8
ISBN 978-7-5598-0750-2

Ⅰ．①中… Ⅱ．①萧… Ⅲ．①长篇小说－中国－
当代 Ⅳ．①I247.5

中国版本图书馆 CIP 数据核字（2018）第 054133 号

广西师范大学出版社出版发行

（广西桂林市五里店路 9 号　邮政编码：541004）
网址：http://www.bbtpress.com
出版人：张艺兵
全国新华书店经销
湖南省众鑫印务有限公司印刷
（长沙县榔梨镇保家村　邮政编码：410000）
开本：880 mm × 1 240 mm　1/32
印张：9.5　　　字数：185 千字
2018 年 8 月第 1 版　　2018 年 8 月第 1 次印刷
印数：0 001~8 000 册　　定价：48.00 元

如发现印装质量问题，影响阅读，请与出版社发行部门联系调换。

昔日经行人去尽，寒云夜夜自飞还。

——僧　皎然

1

有一天，青瓦和五岁的女儿未央一直在翻米罗的画册，未央指着一幅画，高兴地说，妈妈，我要爬这个梯子，爬到月亮上去。米罗的画的确很有趣，画中有长长的梯子和大大的月亮，可是青瓦却觉得，那个特别想借着梯子爬到月亮上去的人，是春航。

属于春航和青瓦的典型夜是怎样的呢？比如这个夏夜，春航在沈阳的宾馆房间，有点醉了。他在那顿饭局上喝了半斤白酒，结束了所有应酬才回到宾馆。春航给青瓦打电话，以平静的声音说了很多话。春航讲，我们是熟悉的陌生人。春航就是爱这么闪烁其词，娘胎里带出来的。青瓦记得一部法国电影叫《亲密的陌生人》。海报上，一男一女两张脸紧绷绷的，有点疑虑，有点惊悚。

第二天春航醒来，一天都在谈判桌前跟人争来争去，就到了晚上。隔着这么远的距离，春航在宾馆的床上，青瓦在自己的床上。春航讲，昨天我是不是唠唠叨叨的？青瓦笑而不言，春航的辞令都是一套一套的。春航讲，我完全不记得自己胡说些什么了。青瓦却记得春航讲过的大多数话。另一些话，因有时手机信号不好，被蒸发在稀薄的夜空中了。

昨夜春航讲过的话，包括熟悉的陌生人，一张餐桌，刷牙的动作，冬天被子冰凉的缎面，膝关节。春航夜里想起松尾芭蕉的俳句：

"芒鞋斗笠，春夏秋冬又一年。"有少许流水落花之叹。意象是分散的：一个朋友的意外死亡。一个十四岁女孩和二十岁男孩组成的水粉画。秋天的黄叶，冷落的池塘，夕阳下的紫藤花。女孩不是青瓦，是春航太太慧梅。春航苦恼道，我要完成那幅画，可是，我现在笔头涩。青瓦不知怎么接口，春航讲，好像记得就是我在那里不停地说啊说，是不是有点烦？青瓦道，你尽管说好了，我爱听的。春航在画的画是送给慧梅的，今年是他们结婚十周年。

春航第二天要赶去京城参加一个朋友的葬礼。逝者是位少数可以称得上谦谦君子的人物，比春航小一岁，却要苍老许多。两人刚认识时，春航以为朋友比自己大很多岁。又是一个过劳死的典型。春航在电话里讲啊讲，好像自己也恍惚了，忽然就感伤起来，对青瓦讲，我说过的，你是我今生唯一的情人。青瓦抿抿嘴，安静听。春航讲，我说这个话，是非常认真、正式的。青瓦就说，我知道。

青瓦时常做梦。做梦真是件辛苦的事，梦境有时太复杂，醒来后会有些失落。找到春航后，青瓦心里踏实了，一连三个月都没做梦，又开始想回到有梦的日子，因为梦里的世界也是蛮有趣的。昨天晚上，青瓦读松尾芭蕉，读"绵绵春雨懒洋洋，故友不来不起床"，想自己就是那个故友不来不起床的懒人。这天入睡后，梦说来就来，还梦见了春航。

青瓦梦见春航在自己小辰光苏州老屋里，屋前一条小巷子。老屋里光线暗暗的，有张吃饭用的褪了色的红色八仙桌摆在屋里。春航坐在八仙桌边上，跟青瓦姆妈说话，像是唠叨家常的样子，态度谦和。青瓦安心地坐在桌子另一角，听人家讲。春航穿咖啡色夹克，季节应该是深秋。后来老屋子又多了一个人，来向青瓦求婚的洪镕进来了，也坐下说话。洪镕在八仙桌的另一边，穿着蓝或灰的西装，不知道春航是谁。洪镕跟青瓦姆妈说苏州话。春航却听不懂。青瓦说，你、洪镕、我妈、我，围成了一张方桌，坐下来正好打麻将。

　　青瓦每次梦到春航，春航都在屋子里，屋子是暖色调的。以前青瓦梦见自己和男人去旅行。不同的男人，在船上、车上、海上、步行的旅途中，在一座寺庙的大雄宝殿前，那些旅途中的梦是浪漫的，身边的男人是青瓦的恋人，或者有那种无须多言的默契关系。有些男人的脸清楚，有些男人的脸模糊。美梦里，偶尔有肌肤之亲，青瓦在旅途中靠在一个男人的肩膀上打个盹，还有接吻。不知为何，那些梦里都没有春航。

　　青瓦是那样一种人，很容易被自己的梦影响。室内是一种凝固的温暖的调子，室外却是晃动的，流动的，人来人往。青瓦想，那些梦是否提供了一种暗示——自己与室外的男人们的关系是萍水相逢，只有春航，总是在屋子里出现。在梦里，屋子是否就代表一个人的心呢？有人说，总在梦里出现的人，醒来时就该去见他，生活就是那么简单。

　　春航在电话里回应，记得我跟你说过，你是我骨子里认定最适合在一起浪迹天涯的那个人。青瓦说，我想再做一个和你一起旅行的梦，就差这一个梦。在路上，我们两个。春航讲，这不仅仅是梦，会是现实。而且，不会只有一次。青瓦说，你不觉得我们已经过了浪迹天涯的年龄了？春航讲，我是说，如果。春航讲，记得我一个朋友说，女人就是男人的房子。男人就住在这个房子里面。青瓦在电话里发出清脆的笑声，说，否则男人没有了房子，就成流浪汉了。又笑道，房子是阴性，公路是阳性，对吧？

春航讲，嗯，我知道，你总是喜欢把词语分成阳性和阴性。你说过的，万物都有阴阳，我记得呢。青瓦又笑，春航也笑道，那么说，我是被你软禁了，困在你的屋子里？青瓦说，软禁？我很想，但你是自由的。

青瓦从小到大做着迷路的梦。比如走在一个熟悉又陌生的江南村庄，好像是小辰光待过的村子，下午的时候一个人走进一个村子，影影绰绰地和一个个熟悉的人和地点相遇。天黑下来了，青瓦想这个村子离回家的路还有好一段呢，要回家了。可是走来走去，又返回到原地，总也走不出去。黄昏时，村子露出狰狞的面目。走在迷宫一样的乡间泥石路上，心里开始发慌，一路上问去杭州的路怎么走，然后就遇到了几个不怀好意的男人，要带去他们家的方向，有的男人还挡住去路，动手动脚。青瓦一次次地掉头就走，想立刻逃离危险地，很害怕会被男人关起来，失去自由，被戴上脚镣，当成女奴使用，沦为生育机器。后来就到了一条水流很急的小河边，只要顺着这条河一直到下游就可以回家，但是路很长，也许要走到天亮。青瓦看到河上有只小船，是可以顺着河漂流下去的，船夫说，五十块钱跑一趟。青瓦身上没有钱，就哀求船夫行行好，不停地哀求。天更黑了，船夫不肯。青瓦就哭了，一边哭一边沿着河岸走，想只要一直在河边走，应该可以走回家去。后来就一直惶恐不安地走啊走，直到醒过来。

春航讲，你做了个面临险境的噩梦。青瓦说，我是个路痴，对走迷宫很没信心。有一年和朋友去圆明园玩，那里有个迷宫，我一个人就走不出来，后来只好跟着别人走。心里对这些东西老是没有底。春航讲，心理学上说，迷宫代表某种不确定的东西。青瓦说，我从书上看到，本雅明有一次在巴黎"双偶咖啡馆"等人，就画了自己生活的一张草图，就像一个迷宫，在里面，某种重要的关系都标作"迷宫入口处"。本雅明还说，在城市里没有方向感，不是件有趣的事。我就警告自己，人生若没有方向感，也不是件有趣的事情。春航有点吃惊地问，你在读本雅明吗？春航大学时期听过哲学家瓦尔特·本雅明的名字，觉得本雅明的东西颇为深奥。青瓦像是低语，我只是偶尔翻翻。只记得他说迟钝是抑郁症的一个特征，我的另一面的确不够阳光，像梅雨天气。春航温柔说道，我挺怕你这样的。你不开心的时候，要多想想我。

青瓦继续说她的梦。青瓦说，有一次梦中，我又走进了五岁那年差点让我淹死的太湖边的那片甘蔗林，在那里迷了路。慢慢地，两条腿向边上的池塘滑下去。为什么我的脚步不受控制，不听使唤？

我想的是要离池塘远一些，结果却越走越近，好像鬼在向我招手。我的脚已滑到池塘边的过渡地带，很多的水草、泥浆掩盖了池塘的面目。春航讲，我把你拍醒就没事了。青瓦说，那次差点淹死的经历我现在已经记得很少了，但是几个关键地方还记得。那是个冬天，我记得那一天我是穿棉裤的，棉裤是我妈自己做的。我在苏州乡下上幼儿园，下午放学了，我跟在放学的队伍后边走，因为我妈工作忙不能来接我。渐渐地我因为开小差掉了队，离老师和同学们越来越远，后来我不知为什么钻进了甘蔗林。后来就一边哭一边走向一个池塘。可能我是滑下去的，滑下去后，我自己想爬上来。再后来的事情就模糊了。天越来越黑，走过那里的村民很少，不知是谁救我上岸的，又怎么把我送到我妈那里。我的棉裤全是湿的。那次我离死亡真近，一个人，看着天黑下来，一定又冷又怕。说完梦，青瓦又问春航，你迷路过吗？春航讲，当然。岂止迷路，还迷失过，如果你的人生是在雾霾中行走，你连自己家都摸不到。春航讲着讲着又闪烁其词了。

春航问青瓦，你说人的记忆是从几岁开始的？三岁还是五岁？青瓦说，我五岁的事情记得一些，三岁的事情，好像有些模糊的影子在飘，跟梦境混淆了。春航讲，我感觉人在时间里，一个人是他自己；在空间里，就变成另一个人。青瓦说，反正要说变成另一个人，我最想变成的人可不是什么大人物，我想变成你，因为我最好奇的人就是你了。春航大笑，讲，变成我有什么好的，凡夫俗子，太普通了。青瓦也笑说，你是一条变色龙。春航反问道，变色龙？我复杂吗？青瓦说，你比我复杂。我现在就是一傻妞。春航讲，我傻根。

春航和青瓦，这时各自在电话里沉默了一会儿，好像都看到对方的嘴角咧开着，在电话里，听得到对方细微的呼吸声。

青瓦又感叹说，有人说，人越老，就越会想起小时候的事情。春航讲，所以我们变得怀旧了。有时候，我们会害怕，我承认我是个胆小鬼。青瓦说，人人心里都有鬼，不管是男人还是女人。有时候做了噩梦，吓醒了，人没有彻底清醒过来，迷迷糊糊又睡着了，结果还回到刚才的梦境里去，又接着做，像连续剧似的。有时候梦里跟什么人有肌肤之亲，像真的一样。春航讲，那还是做春梦好。人生如果是一场春梦，在锦被堆里颠鸾倒凤，那质量就太高了，或许人人求之不得。青瓦说，都想当旧社会的爷。就听到春航爽快的笑声。

青瓦俏皮道，肌肤之亲这种事，当时是有存在感，过后却是亦真亦幻、有等于无。我一个朋友这样说时，我很失落的。春航追问，是这样吗？比如做爱？青瓦轻声说，是的，所以你要经常抱紧我。春航讲，现在就抱紧你呀，宝贝。青瓦说，要经常亲我。春航讲，好。青瓦抒情道，我爱你的身体，还有，从身体里长出来的各种念头。春航就说，我爱你，只要是你。

话题像麻雀一样，从爱情跳到死亡。青瓦说，你离死亡最近的那次，害怕过吗？春航讲，当然怕死，只是后来一时半会儿又死不了，有些麻木了。这时青瓦林黛玉附体，感伤道，我老是莫名其妙的沮丧，害怕心里空了的感觉。春航了解，说，你是感性动物，我了解的。青瓦追着问，我了解你多，还是你了解我多？春航讲，没法比。青瓦又说，我羡慕你，有那么多姑娘都喜欢你。春航连忙说，你也一样，肯定有很多男人喜欢你。青瓦撒娇说，没有喜欢你的多，我敢肯定，因为你比我长得好看。春航就哄道，噢宝贝，男人好看有什么用！青瓦总算不追问下去了。

又说童年。青瓦问春航，你的童年，感觉好吗？春航讲，你知道的，我十一岁那年父亲就没了。我这种野孩子，好几门功课大红灯笼高挂的，父亲没了我忽然一夜长大，家道中兴全靠我了。青瓦说，每次一想到你那么小就没了爹，我就心疼。

青瓦今天话多。不知不觉中，过了午夜12点。青瓦说，我关灯了，你关灯了吗？春航低声道，我躺在床上了。青瓦问，沈阳空气干燥吧？春航讲，还好，我多喝水。青瓦闭着眼睛，说，我在想童年的恐惧为什么一直忘不掉呢。大概是八岁的时候，有一天晚上，8点钟不到的光景，苏州老屋里，只剩下我和我爸两个人。其他的人，爷爷奶奶叔叔堂兄们全去乡下做客了。我那天好像有点感冒发烧。我们的老房子就在一条河旁边。那时候这条河还很热闹，每天晚上能听到船来船往的声音，只要推开窗，就可以看到船在河上。20世纪70年代，样板戏正流行的时候，我家房间的墙上，贴着张《红灯记》的宣传画，上面是长辫子的李铁梅和她奶奶，她奶奶手里拎着一盏煤油灯，样子严肃。我爸下楼帮我找药去了，已经有一会儿了。从我们的房间要穿过一条走廊再下楼梯，我一个人在楼上，一抬头看到墙上的画，不知为什么，越看越害怕，好像那个很凶的老奶奶活了，正走下画来。然后我爸在楼下听到一声惨叫，赶紧飞跑上楼，就看到了我浑身发抖魂飞魄散的样子。总之，那张宣传画引起了我的恐惧。几年后，还在那老房子，有一次我偶然看到那张没有被扔掉的宣传画，还会紧张。奶奶的眼神里有一种让人害怕的东西，一种毁灭和不祥，所以小时候的我吓坏了。那天我们没有住在家里，躲去了亲戚家，直到爷爷奶奶他们全部回来后，我们才回自己家。我奶奶说，家里人少，房子阴气重，阿囡你撞到鬼了。总之，这件事在我心里一直很神秘，无法解读。我们搬家离开河边老屋前，整理旧东西，居然发现那幅画收在某个角落里，我还是不敢正眼看它，我知道是我妈干的，她在学校曾经演过李铁梅。后来我爸看到，跟我妈吵了一架，说为什么早不扔掉，让阿囡怕，这才把它扔掉了。

青瓦有些不确定春航是否还在听。春航讲，我在听。青瓦翻了个身。春航讲，我想起《红灯记》里的那老奶奶，其实并不可怕，只是表情苦大仇深。我小时候也是真正的革命年代，除了样板戏，还有一些其他的，后来看到《英雄虎胆》里的阿兰小姐，王晓棠演的，简直惊为天人了。青瓦说，我得向你坦白，我害怕很多东西，怕这怕那的，省得你以后笑话我。春航讲，我不笑话你。青瓦说，我怕很多声音。我上幼儿园前，在苏州乡下保姆家寄养，有一次保姆家的几个小男孩搞恶作剧，把我关进了猪棚，好长时间后才放我出来。那一次也许惊吓过度，从此以后我特别怕突然发出的声音，听到有些声音会忽然心悸。突然的雷声，汽车喇叭声，爆竹声，枪声，都怕。我到现在一到过年就紧张，最好就躲在家里，因为到处都在放鞭炮，连小孩在小区里放鞭炮我也不敢走过去，要捂着耳朵，肯定被当成笑话了。这个大人那么胆小。只有一次我是克服了枪声的，因为大学里要打靶。我趴到地上，豁出去了，居然打得不错，后来还参加过打靶比赛。但是过后，我又照常会害怕，那只是个特殊时期。春航讲，你不说，还真的看不出来，不像你的个性。青瓦说，我怕婚礼，因为总是要放爆竹。我忘了自己是怎么熬过来的。春航笑道，那其实都是办给别人看的。我们自己呢，就像人家手上的提线木偶。

青瓦又讲，我很少和男人一起去电影院、剧院这类地方。一般关系绝对不去，宁愿跟陌生人一起跳舞。看电影、看戏的时候，两个人挨得很近，在黑暗中坐在一起，总觉得这是特别亲密的事。我不想把我的敏感暴露出来。比如突然的颤抖，一脸的眼泪，会让我难为情。我宁愿一个人去看场电影，这时身体的抖动，哭起来，都不要紧，那只是我自己的感受。电影院里的音效太响，总让我提心吊胆。坐在那里，光线是昏暗的，如果身边是可以信赖的人，那有多好，我可以放心地当胆小鬼。你是不是又笑话我了？春航于是正色道，没有，可能每个人的内心都有害怕的东西。于是青瓦再一次撒娇道，我要你陪我看电影，或者去看戏。春航说，好。青瓦又要抒情，说，跟你一起坐在黑暗中，我觉得很安心。我要一直靠着你，还要一直握着你的手。春航说，好。青瓦问，你害怕过吗？春航讲，肯定有，只是我现在还不确定，比如，怕某种不可预知的命运，怕自己看不见却存在的东西。

青瓦说，你怕老吗？春航讲，我想人人都怕老，男人女人都一样，连皇帝都怕，所以秦始皇派徐福去找长生不老药，宁国府的贾敬吃丹药吃死了。女人怕容貌的衰老，男人怕哪天自己不行了。青瓦说，好像现在有一些男人，还不到四十岁，就喊自己阳痿了，说女孩子们可以跟他们玩，还不必防备把她们搞上床。春航笑道，就跟女人明明不胖却喊着要减肥一样的道理吧，男人都希望到八十岁还很坚挺，还能战斗。青瓦说，我真的觉得很多男人看起来都很疲沓。我感觉整天不断有人来你这里寻找力量，而你自己却感到衰竭。同情在衰竭，爱也在衰竭。春航讲，很疲惫的男人吗？我就是。想起那个过劳死的朋友，我也觉得害怕，好人没有好报。你知道我朋友人挺好，可是这么早就累死了，肝癌晚期。我明天去参加葬礼。青瓦担心地说，可是你来不及，没有直达航班。春航讲，我知道来不及，可是我特别想去送一程，一个君子之交淡如水的朋友，很难得。青瓦急道，反正你来不及，如果你明天下午才赶到，告别仪式已经完了，你也等于没去，不如默默送行吧。春航想了想说，也许只能这样了，一个好人，唉，这几年，每次见到我这个朋友，见他明显衰老下来，四十出头的男人，看着好像有五十岁。看来是得悠着点。

　　青瓦说，男人家嘛，不要把自己当精英才好。这个世界其实不一定需要你，我却是真的需要你。春航答应着。青瓦又说，你的身体表面上强壮，看起来比同年龄的男人年轻，可我知道你又是脆弱的，你很容易就感冒；有时候是易折的，你的身体很像在高速运动中的运动员，很容易受硬伤，不是吗？春航叹息道，也许这就是我的宿命。小时候暑假，有次我跟爸妈去杭州，灵隐寺边上有个算命先生说，你家小子命有华盖，却无官星，不出家的话，长大必有大难。记得我生那场大病时，有种顺从自然、无为而为的心态，既不抗争，也不放弃。有段时间在家养病，下午我会一个人走进兰心大戏院，看一场京剧，到黄昏就混迹在浩浩荡荡的下班人群中回家，好像我也下班了，这样过了一天又一天。青瓦有些激动地说，要是那时候我可以陪你去看戏该多好。真遗憾那时候我不知道你在哪里。春航讲，现在也不晚，我们不算老，再说，老了也可以看戏。青瓦又说，我害怕哪一天，我老得都不好意思在你面前撒娇，也不敢在你面前脱衣服了。春航就跟青瓦开玩笑说，你还怕更年期是不是？你放心，等到那一天，我只会比你更老的，我一样也不好意思在你面前脱掉衣服了。两只十足瘪三，我们在脱掉衣服前先关灯吧。青瓦说，我看到过衰老男人的光屁股，哈哈，真倒胃口，绝对像世界末日，再有钱有权，也避免不了那样一个可怜的老屁股。青瓦停顿一下，怕吓到春航，连忙解释，是在医院里。你说男人是不是从屁股开始变老的？春航诚实讲，男人应该是从下半身开始变老的吧。青瓦就说，女人的衰老是从眼睛的皱纹开始的。先关灯，这是个好主意。在黑暗中，你不顾一切地摸我，我不顾一切地摸你。反正有人说过，女人关了灯全都一个样。说着青瓦自己就开心地笑起来，又说，我从不用眼霜，反正一样是要老掉的。春航讲，记得你说过，我们是第一流的意淫高手。

电话断了，青瓦才发了会儿呆，整了整身上白色丝绸长睡衣的皱褶，春航的电话又打来了，说，你今天兴致好，接着讲故事。青瓦说，我还怕打仗、逃难什么的。那时候你会和你的家人一起逃难，我和我的，我们顾不上对方。如果手机还能打得通，最多只能打个电话问问，喂喂，你在哪里了。可是有什么用呢，和你一起同甘共苦的人不是我。

一个沉默，一个继续说。青瓦说，我看到一句"深锁春光一院愁"，就怕世事无常。还有世界末日，反正那一天我们不会在一起，所以我害怕我在这世界上留下最后的遗憾，就是死之前那会儿，你不在我身边，这太孤单了，一想到这，我就很失落。这时春航讲，我们活不到末日的那一天。青瓦说，还有我怕等我们很老了，身体很差了，也坐不动火车了，开不动汽车了，我肯定就见不到你了。春航讲，那也不一定。我们可以打电话，像现在这样，你想说多久就说多久。青瓦说，我还害怕，忽然有一天你又走了，移民去哪儿了，再不回来啦。春航知她心病，忙道，我不会再走了，亲爱的。又问，你今天为什么很悲观？青瓦说，我又发梦了。其实我并没有说真正怕的东西。我本来就是个悲观主义者，生命归根结底是悲的。春航讲，我说过，我希望你快乐，我想让你快乐。青瓦说，我现在闭上眼睛了。春航看一下表，说，很晚了，现在是凌晨 1 点，要不我们睡觉？青瓦说，我们睡觉吧，晚安。

挂了电话，青瓦发觉自己耳鸣的毛病又犯了，就睁开眼睛。睡不好，又发了好一会儿呆。青瓦想，这真是个话多的晚上啊。

2

青瓦和春航相识是很多年以前了。那年小暑，大上海的星夜下，知了一阵阵地鸣叫，路灯下的蛾子成群地飞扑着。青瓦和春航一同散步，青瓦穿杏色衬衫，配牛仔裙，春航的手腕上戴着一块不知什么牌子的手表。风拂过脸颊，有时候两人的肩膀会不经意地碰到。没几个人的清静小路，那时青瓦和春航都是二十来岁，很靓的样子。青瓦说，可惜现在路上没什么好看的花。春航讲，要是春天，这条路上有樱花的，那是日本人最爱的花，我也喜欢。春航还说，这条路的樱花还算幸运。以前这片社区的旁边几条路也是樱花成片，抗战结束时被激愤的群众连根拔掉了，只因那是日本人的花。青瓦说，好像日本人也爱梅花的，跟中国人差不多。《伊势物语》里有一则《西厢》，讲到梅花盛开的正月，某个恋爱中的男子睹物思人，忆起去年的佳人，就去寻访去年与女子经常幽会的地方，可佳人不在，他哭起来，在废置的地板上，那男子躺到了月亮西倾。这是扶桑国因梅触景生情的有情男人了。后来日本的贵族觉得应该把自己本土的樱花的地位抬高，樱花才取代了从中国移植过去的梅花的地位。两人说着花，郊外一条小路，道旁有不矮的绿荫。春航停下来，指着路旁的一种白色的花说，这是夕颜花，真是红颜薄命之花，黄昏盛开，早晨凋谢，幽美苦短啊，好像人生。两个人看着夕颜花，相视一笑。

那是20世纪80年代末90年代初，青瓦在上海读大学，那也是青瓦和春航初遇的年代，是"人生若只如初见"的初见之时，就在这样不合时宜的抒情中，彼此引为同类。十八年前的春航，总是开朗明亮地笑着，大眼大嘴浓眉，瘦高瘦高的，却有豪迈气概。当时青瓦还没有考研，在一家通讯社实习。春航每天冲进冲出，马不停蹄。他又是运动健将，打篮球，踢足球，然后就是和哥们儿聚餐。二十二岁的青瓦刚去实习，常见到春航老师一回办公室，就坐在电话机边的一个角落侃侃而谈，有时歪在沙发上，把话机放在腿上，好像全世界的阳光都照着春航。春航的普通话讲得标准，声音是青瓦喜欢的男中音，亢奋起来就朗声说话，语言从不乏味。在春航眼中，这个叫宋青瓦的小女生，长发乌黑及腰，有时梳一条辫子，常穿小碎花的长裙，很清秀的模样。

那些夏日，上班的时候，隔着几张桌子，青瓦会假装做事，偷偷地听春航打电话时说些什么，猜测跟春航讲话的人是男是女，是同学、朋友、老乡，还是关系不寻常的女子。春航脸上时常有顽皮相，青瓦以为春航也是大学毕业初出茅庐，粗心地把春航大学毕业的年份记成了进大学的年份，如此就阴差阳错算错了四年，以至后来遍寻各大网站的校友录，都找不到冯春航这个人。

毕业后，青瓦从上海回到杭州，攻读硕士。青瓦第一次回上海办事，很兴奋可以见到春航了。两人已经有两年没见过面，生活并不相交，没有共同的朋友，中间只是保持着通信联系。

那天偏是春航在外忙碌，怕和青瓦约见的时间前赶不到，就给了地址，让青瓦先到家里等他。下午青瓦坐上公交车，辗转找到了春航给她的地址——浦东东方路一幢青年公寓楼的十二层。坐电梯上十二楼，再穿过一条长长的走廊，终于到了春航家。青瓦有些激动地敲门，长相清瘦的春航姆妈出来开门，递了拖鞋，把青瓦让到客厅的沙发上坐下，又殷勤地泡茶。姑娘来，喝碧螺春，春航朋友刚送的新茶。青瓦诺诺。

青瓦和春航姆妈寒暄，喝茶。因为陌生，不好意思抬头四处张望，却忽然见墙上的一张大照片——一男一女两个头挨在一起。墙上挂的是春航新婚时去影楼拍的结婚照。熟悉的新郎，陌生的新娘。墙上的大镜框上，春航身穿西装礼服，打红色条纹领带，气宇轩昂。一个陌生女人在这大镜框里，烫着俗气的大波浪，脸上两团刻意浓烈的胭脂，女人身上白色的婚纱刺痛了青瓦的眼睛。春航不是上海本地人，那时候又没有商品房买，要是不结婚只能住集体宿舍。那一刻的青瓦，毫无心理准备地撞见了春航新婚宴尔的事实，脑袋"嗡"了一声，一分钟也坐不住了，起身告辞。春航姆妈说，姑娘你再坐坐啊，春航讲你是稀客，大老远过来，他说马上回来的。春航姆妈一再挽留，要削苹果给青瓦吃。青瓦还是推说晚上还有事，急急地走了。

傍晚，雨大雷响，青瓦淋得浑身湿透，觉得这真是一个悲伤透顶的晚上。她一边哭，一边跑，跑到了浦东一个朋友的家里。朋友见青瓦像泄气的皮球一般，马上找出吹风机，把青瓦的头发吹干，问青瓦为啥这么狼狈，人家也不吭声。

总有几个场景，是一个人一生中的艰难时刻，老是记得的。离开春航家的那天就是青瓦人生灰心失意的时刻，岁月变得无望。春航根本没有跟她提及自己结婚的事，青瓦被这意外局面打击，仿佛这时才突然明白，自己已经永远失去春航了。

第二天上午，春航特意去衡山路的宾馆看青瓦。两人去吃饭。青瓦穿的是黑白搭配的套装，梳了麻花辫儿，青春年华好气色。在乌鲁木齐南路时髦的餐馆，桌子是窄窄的西式长条桌，咖啡色的，菜式是中西结合的，有好吃的鸡腿、炒饭，还有咖啡。青瓦没料到两年不见，现在是和"别人的丈夫"春航独坐一起。春航望着青瓦笑了，说，你的样子有一点变化。青瓦的心阴沉了一下，不知春航讲的变化是指什么，有些忐忑。春航简单地提到自己结婚的事，语气好像做了一件不合情理的事。

第三天下午，青瓦要回杭州了，春航特地从很远的浦东赶来送行。一路上坐公交车，座位是分开的，春航一个人坐着，认真地拿出日语书来看，公交车咣当咣当，坐了很长时间。这一幕一直印在青瓦的记忆里。那时节天气已冷，春航穿了件棕色的皮夹克，有一缕头发搭在浓密醒目的剑眉上，是青瓦喜欢的模样。

青瓦认为正是那一天奠定了自己和春航未来关系的形态。火车站临别时，春航张开双臂，忽然抱了青瓦一下，又轻轻拍了拍背，虽然那时春航什么也没有说，但青瓦知道，有很多话春航到了嘴边却没说出来。青瓦心里酸楚，那感觉，是"欲与公子而归"不得。春航也记得当年车站送别，女孩子宋青瓦的伤感，正是这低调的伤感打动了自己。送她至火车站检票口，宋青瓦正想转身进站时，春航不知怎么心里一热，张开臂膀给了一个快速的熊抱，然后就大踏步走了。

从上海回来后依然有书信往来。春航结婚后每隔一段时间仍会收到青瓦的信。在信中青瓦说了很多日本的话题，那个春航苦读日语准备去淘金的岛国。青瓦记得他们一起散步的夏天，春航讲过，他喜欢大和文化，喜欢和歌、武士、樱花、茶道、日本和尚和寺院，还有菊与刀，诸如此类。春航讲以后去日本，首先要找一家电影院，看一晚上黑泽明的电影。春航一说感兴趣的事情就一脸激情昂扬，这是青瓦特别羡慕的，于是这种对日本文化的特有感情，也传染到了青瓦那里。

春航赴日行程迫近，青瓦写的信也已是满纸心事，语无伦次。春航装作不懂。青瓦写了些诗寄给春航，在方格纸上用钢笔抄得娟秀端正，诗写得稚气，不甚好，也不管春航看不看得明白。青瓦的女诗人时期昙花一现，用完了薄薄一个笔记本，毕竟诗才欠缺，后来再没有挤出一句，也没有给任何人写过诗了。重逢以后，青瓦很想看看曾经写给春航的那些信，还有通常是半夜失眠时写的诗，不知现在看了是否会难为情，可惜春航那边什么也没留下，不知是扔了还是烧了。

杭州的青瓦每隔一段时间就会打电话给上海的春航。常常是下午四五点钟，青瓦给学生上完公共课，猜想那会儿是下班之前，春航在办公室待着的可能性比较大。青瓦总是坐在系办公室第一张桌子边拨长途电话，那个位置光线幽暗，不引人注目，给人一种提前进入黄昏的心思。

有一个下午，青瓦给春航打电话，电话里的声音迷离飘忽，春航好像有什么被这声音抓住了，也舍不得挂断。青瓦诉说梦中场景，讲道，起先有一种声音，在黑夜的空洞中变成另一种声音。一夜又一夜，一个男子的形象模糊地进入一个女子的深夜。梦境中，客厅里穿蓝色丝绸袍子、身材修长的女人踱来踱去，谈论着亚里士多德、亚历山大大帝，还有米开朗琪罗。女子清楚地记得男子的名字，男子却始终没有出现，男子是一位潜行者。女子无望地等待。一树落叶，一道白光，惊破了残梦，笨重的木门被推开了，那男子随着那夜，在女子光洁柔软的腹部降落。青瓦出神地说，我在梦中，好像是那女子，又好像不是。春航讲，你是诗兴大发。

又说片段式的梦。有一天，一个人想给一个远方的朋友打电话。电话通了，无人接听。那个人想问候的远方朋友不在。之后就有两种可能：一种是那个人再也没有兴致打电话，远方朋友也从不知道有过那一个电话，各自都忙着，慢慢地疏远了；一种是几个小时后那个人又打了电话，这一次远方朋友在，聊了很长时间，都感到温暖，这个电话直接导致了半年后的一次聚会。

不巧，春航的情绪也低落。已订了机票，忽然不能肯定自己这么决绝地要离开上海是不是对。青瓦在电话里伤感地说梦境，其实不过是伤感春航的即将离去。春航想起青瓦写的诗，自己如何不懂？心一酸，很有想去看望这小妹妹的冲动。于是安慰青瓦道，去日本前，我一定会去一趟杭州看你。一言既出，驷马难追。青瓦把这视为两人间的约定，一直在等这个重要的日子，岂料春航不告而别。

在那些两地交谈中，春航想跟青瓦交代一件事，却一直到离开上海东渡扶桑时都没有说出口。这件事关系到春航这两年的人生挫折，也直接导致他远走东洋。在春航眼里，青瓦还小，一个女孩子，理解不了春航经历过的人生。春航给青瓦的信中写道，人生之不如意事十之八九。

春航大学毕业后留在上海，还没有成家时，住在集体宿舍。有个老乡叫范东，是从小一起混的发小，犯了桩经济案，潜逃到了上海，先是住在一家小招待所。后来老家的办案人员捕到风声，追到了上海，又探知范东经常跟春航一起玩，就把范东从春航的宿舍带走了。春航因此受了牵连，有窝藏犯罪嫌疑人之意，被单位记过处分，档案里也被记上灰色一笔，说此人不要重用。春航毕业时是靠着优秀的学业才进了这家通讯社的，很清楚档案里这一笔意味着什么。

那时春航也不清楚范东在老家到底干了些什么，只知道范东闯了祸，要躲什么人，不好意思多问。两人从小都是没爹的孩子，野天野地，但他们人还算聪明，总算没混成社会流氓。春航心慈，有时范东来蹭他宿舍，也不忍心赶范东回去，更不会落井下石主动把人交出去，春航是干不出这种事的。在逃的范东很绝望，走投无路却困兽犹斗。春航下班后就常陪着他喝喝酒，说说话，也提供过一些帮助。就因为范东的案子，曾经一帆风顺的春航在通讯社待得不顺心了，本来前途一片光明，因为这事被单位打入另册，变成不能重用的人了，当时很郁闷，就憋着口气要出国，好像出了国就能证明自己比其他同事高明似的。

从小野惯了的春航并不懂明哲保身的道理。还算幸运的是，警方看他是一介书生，又是名校毕业，并没有追究春航的法律责任。那年月大学生还是天之骄子。那年月的法律，人治的成分比现在多。同样的事情，各个地方的判罚也不一样。上海曾有个很轰动的事件，有个小伙子替自己的江湖兄弟去顶罪，女友也帮着窝藏了犯事的人，结果这一对恋人都搭进去了，女友被判六年。后来上海坊间就有句话流传：找丈夫要找小伙子那样的人，找妻子要找女孩子那样的人。

倒霉蛋范东关进去不久就被枪毙了。当时正遇上政府严打经济犯罪，都是从严从重处理，其犯案的金额，正好够从重判处死刑。春航当时以为范东虽然犯了事，在牢里待几年也就出来了，不至于会判死刑。但不久后范东就成了死刑犯。老家的朋友说，在监狱等待判决期间，范东得了狂躁症，和牢里的犯人发生冲突，"啪"的一下捏碎了人家的睾丸。

回想春航跟范东交好也非无缘无故。春航是家乡洛阳市的文科高考状元，范东也不赖，同一年考上了省城大专财会专业，也是春航老家同学中的出息青年。高考后的闷热夏天，两个小青年一起坐在洛水边的一处坝上纳凉，坝下面河水急流，大坝上两人一边抖腿一边谈理想。范东摸出香烟给春航，春航也点上，抽了一口就吐出来，这是春航唯一一次抽烟。他发现自己对香烟没兴趣。但范东那时已抽得有模有样，会吐烟圈儿。春航讲，我将来想当外交部新闻发言人。范东说，我那死鬼老爸活着时是单位会计，老是戴个袖套打算盘，复写纸的蓝色总是擦到袖套上，我妈每星期都要给他洗。我不想当会计，我将来要当银行家，金融大佬。春航问，你现在有多少钱？范东笑，我有一百块，你说多不多？春航讲，很多了。范东说，我明天请你看电影，叫上刘灿灿和王小艳。刘灿灿和王小艳是他们同班女同学，并列班花，一个短发，一个长辫子。后来在邮局工作的王小艳就嫁给了在银行工作的范东，婚礼办得很体面，小城来了很多头头面面的人，春航也为此回了趟老家吃喜酒，作为伴郎喝得酩酊大醉。酒席上也有老同学起哄，要春航娶另一朵班花刘灿灿，春航却笑而不答。春航心大，虽然当小学语文老师的刘灿灿一直对他有意思，他却没有下决心去泡刘灿灿。此是后话。

后来四个人一起看了场电影，一起吃了夜宵。范东又说，以后我们在电视上看你，不知你会发什么言。你小子就是虚头虚脑。范东向着大坝吐烟圈的时候，仿佛世界就在他们脚下。春航记得范东的手很大，他那时不知从哪里搞来一只时髦的打火机，打火机在他手里就显得很袖珍。大家叫他"范大手"，开玩笑说"范大手"可别一手遮天。没想到有一天"范大手"会成为死刑犯，并用一只大手废掉同牢犯人的命根子。春航听到范东已被枪毙的消息，真感到万箭穿心一般，仿佛自己青春的梦也碎了一地，又想王小艳可真倒霉，结婚没几年就成了寡妇，就犹豫要不要去看望她。几天后，春航接到一个洛阳的长途电话，正是王小艳打来的，电话里她没有哭，说谢谢春航对范东这些日子的照顾。春航不知说什么好，只一连说"没有没有"。挂了电话后，春航不由得悲从中来，自十一岁父亲去世那次，春航又一次大哭了一场，就想起了小时候背得很响的两句诗"洛阳亲友如相问，一片冰心在玉壶"，特别揪心。

因为范东，有个喜欢春航的嘉兴姑娘小雪也被牵连了。办案人员顺藤摸瓜，那个时期跟春航联系多的人也被一个个问过来，看有没有给犯罪嫌疑人提供过方便。小雪就是其中之一。那时候小雪在嘉兴一家工艺品厂当质检员。办案的人认为范东逃亡的线路跟小雪有关。小雪当时才二十岁，哪里见过这阵势，被叫去问话，办案人员很严厉地盘问她，让她觉得受了很大的羞辱。小地方一点事就满城风雨的，即使办案人员只是问问，也很容易背上坏名声，小雪当时寻死的心都有了。后来小雪姆妈从嘉兴跑到上海，找到春航，骂春航害了女儿。春航愧疚不已，把心一横，就对小雪姆妈说，你女儿要是实在嫁不出去就嫁给我吧。春航讲出此话，自觉已十分仗义，岂料小雪姆妈不买账，反倒指责道，你以为你是谁，我女儿瞎了眼才认识你。

春航又一次感到幻灭，自己总是好心办坏事。后来动了出国的念头。但是春航和寡母两个人相依为命，家底空虚，刚工作这几年，朋友往来多，请客吃饭，看电影，也没存下钱来。这时上海姑娘沈丽琼进入了春航的视线。丽琼是上海一家国有大企业厂长千金，学计算机专业的委培大专生，长相平常，脸上雀斑明显，却有家庭优越感带来的些许傲气。有几次春航为一个大型采访去那家企业，认识了丽琼的厂长爸爸。一来二去，厂长觉得春航这种外地留在上海的寒门子弟，很适合当入赘女婿，就把自己女儿丽琼介绍给春航。当地有种风气，外地留沪的大学生只有找了当地人家的姑娘结了婚，好像才真正踏进了上海人的地盘。那阵子，春航气短，心思脆弱，觉得自己草身草命，一念之间就答应了约会丽琼。况且当时有规定，春航如果不结婚只能一直住集体宿舍，结了婚，单位总有房子分，不论大小。春航想在出国前给母亲一个在上海的家，结婚问题就变得迫切。

春航和比自己大一岁的厂长千金沈丽琼相处了五个月，在厂长家吃了十来次夜饭，学会了未来丈人的拿手菜烂糊鳝丝，和丽琼一起看了十来场电影。南京西路黑乎乎的大光明电影院里，丽琼的身体刻意倚过来，春航就顺势握住了丽琼的手，大拇指不经意间轻抚丽琼的掌心。荷尔蒙升腾起来，身边女人比电影更有意思。春航和丽琼第七次在大光明电影院看电影，正是夏夜撩人。送丽琼回家，恰好那天丽琼父母去乡下喝喜酒了，丽琼大胆将春航领去自己的卧室。脱了连衣裙的丽琼身材微丰，皮肤雪白，比平日的样子更有青春魅力。年轻的肉体在怀，让春航觉得实实在在做男人过生活才是正道，况且之前受了那么大的委屈，正需要偎红倚翠来压压惊，也就不客气了。春航在对丽琼肉体的冲撞中，重拾起一部分自信。第二天，春航和丽琼逛淮海路百货商店，春航买了条时兴的18K金项链送给丽琼，丽琼的白脖子闪着细细的金光，算是对她有了交代。丽琼父母选了个吉日，两人就去街道办领了红派司。领了红派司，一起回丽琼家，又享受了一顿丈人的拿手好菜。

在青瓦眼中配得上任何一种美好爱情的春航，就这么现实地步入了婚姻。但春航要出国的决心并没有改变。出国的费用是向丈人借的，条件是春航在日本立足后，把丽琼也带出去。20世纪90年代的上海人，有点本事的都在想出国，其实也说不出这里到底有什么不好，反正想出国都想疯了。春航大学时的女友小珠去了加拿大，嫁给了一个生于台湾的加拿大人。去日本前，春航都是在这样一种自己不知所措的矛盾心境中，结婚，出国，来得都如此急促，春航觉得自己都是凭身体本能，却不知道是不是自己真正想要的。春航有时夜半醒来，恍惚中看到枕边人丽琼，觉得有些难以置信，躺在自己身边的是一个仍感陌生的女人，与这女人肉与肉是联系过了，灵与灵却是十分陌生，丽琼怎么就成了自己的妻子？

青瓦和春航自那个短暂的实习季结束后告别，青瓦毕业后回到杭州，读书工作，中间两人只见过一次。青瓦并不知道春航是什么时候走的，反正春航是不告而别，连个告别电话都没有。青瓦灰心之下，强迫自己冷却对春航的一片心思。

春航去日本的那几年，不巧碰上亚洲金融危机，经济落入谷底，"兵荒马乱"。初到日本，春航一边上语言学校，一边打工还债。因为相貌好，春航在日本有过很多次吃软饭的机会，毕竟放不下身段，只好从高级白领一降为蓝领。他很快就发现在日本只剩下生存，至于文学青年赴东洋的初心——在这个出产了谷崎润一郎和川端康成的国度学点什么，还是忘了的好。连好好看一个通宵的黑泽明电影都没有实现过。

到日本的第一份工作，春航不知深浅，误打误撞去了东京的一家富太太俱乐部打工，去了之后才发现那里既要陪酒也要陪舞。咬牙换上一身可疑的黑衣工作装，打上领结，才干了两天，陪舞的时候，被一个粉涂得很厚的寂寞日本富太太摸来摸去，春航大窘，浑身起鸡皮疙瘩，结果没拿工钱就落荒而逃了。

在日本，春航体会到的就一个字——累，还严重缺觉。有一次实在太困了，就在城际列车上锁住车厢厕所的门，坐在马桶上睡觉，结果在马桶上睡着了，任外面那些内急的人砰砰地敲门。直到列车员以为有人在里面出事了，拿工具砸门时，才把春航弄醒。

春航又去一个生产照相机的大厂打工。十个小时工作，后半夜从厂区下班，骑着自行车回宿舍，又累又困。骑自行车是闭着眼睛的，忽听到有个人哼哼了两声，喊了声"痛啊"，才发现正从一个醉鬼的头上骑过去。还好，那个醉鬼没什么事。

去日本不久的春航一边读东京的语言学校一边打工，直到在庆子的居酒屋打夜工时才稳定下来。白天要上学，赚生活费要靠夜里通宵打工。春航只有到后半夜才能在沙发上靠上个把小时，有时自己也茫然，不知为什么不好好在国内待着，要跑到"鬼子"的地盘吃苦头，没有尊严，感觉全是对自己鬼迷心窍的惩罚。

春航做牛做马，日语倒是突飞猛进，还学会了日本古曲《樱花》歌。这首日本民歌，是跟荒川的居酒屋老板娘庆子学的。有一天洗完酒具要下班时，《樱花》凄美的旋律留住了春航，只见庆子身穿青绿底樱花图案的和服，一下一下，正持琵琶慢悠悠地弹拨着。庆子比春航大三岁，有一个十岁女儿，丈夫去世两年了，一个带孩子的寡妇过得很不容易，在荒川的老屋楼下开店面、楼上居家，苦苦支撑着居酒屋的生意。庆子待春航不错，春航在这里打工半年后，寂寞的庆子很想让春航留下来，后来听说春航在中国有太太，便不再多想，但对春航还是不错。庆子不明白春航君为什么弃了中国的好工作，要离乡背井地跑到日本来打工，春航也没法跟日本女人解释在中国惹的麻烦。不过歇工的时候，春航喜欢听庆子弹琵琶唱歌，聊解乡愁。日本琵琶跟中国琵琶很不一样，"铿，铿"，一声一声很短促，中间的停顿却勾得人欲罢不能，这种凄苦的古调，正中春航渐深的悲心。而且庆子的手捏寿司做得也好味道。春航不由想：哪里生活都少不得女人啊。

转眼到了日本的新年，这一天午夜刚过就提前打烊了，庆子和伙计一起喝清酒，吃日本年糕。喝得有几分醉意了，庆子上楼拉开纸糊的隔门，从内室捧出一套黑色的男子和服来，请春航穿上，说一起过日本新年。那和服正合春航的身材，穿上和服的春航，表情一严肃，看起来就像日本男子。庆子一声惊呼，嗨，三船敏郎君。春航知道三船敏郎是日本的著名演员，不由得情绪高涨起来，趁酒兴，哼起了《樱花》，听得庆子用手绢拭泪。春航猜想庆子是想起自己的丈夫了，可能，连这套八成新的和服，也是庆子壮年辞世的丈夫的吧。《樱花》很适合清唱，翻译成中文的意思是："樱花啊！樱花啊！暮春时节天将晓，霞光照眼花英笑，万里长空白云起，美丽芬芳任风飘。去看花！去看花！看花要趁早。樱花啊，樱花啊，阳春三月晴空下，一望无际是樱花。如霞似云花烂漫，芳香飘荡美如画。

快来呀，快来呀，一同去赏花。"后来春航唱，庆子也唱。那夜春航很想上楼去找庆子，又想或许庆子也在等他，两个寂寞的人多需要互相慰藉。但春航反复读丽琼给自己寄来的思念夫君的信，终于克制住了。

日本人在性方面很开放，春航渐渐习惯了深夜出没于东京街头的醉鬼，也习惯了日本各种报刊上叉开双腿的卖春妇广告。后来春航境遇慢慢好起来，找到了一份《华人周报》的编辑工作，虽然收入不高，为了多赚钱又打了一份小时工，但比起初来日本时总算活得像个人样了。春航和周报的同事一起去过东京新宿那样的地方，觉得日本人很有意思。有一次看脱衣舞，见两个衣着相当端正的日本老人在看脱衣舞娘的表演，又留下来付小费给看起来只有十八九岁的南洋脱衣舞娘。老人如痴如醉地盯着脱衣舞娘的私处看了十分钟，在那十分钟里，仿佛回味了整整一生的风流韵事。真是到老都是爱女人身体的日本男人啊，在这个国度，女体盛也见怪不怪了。终于曲终，梦醒，然后老人深深鞠躬，道谢，整一整衣袖，端正地离开，只是眼睛比来之前还亮一些。那两个头发一丝不乱的老人，并不让春航觉得猥琐。春航到日本后，听很多人说起一休和尚的故事，那才是个花和尚，写了很多春诗，眠花宿柳，到古稀之年，还追求盲歌女森，一起同居了十年，但一休和尚是公认的高僧。又想眼前两位日本老人坦然的性态度，反倒获得了春航和一起去的中国朋友发自内心的尊重。

也正是日本新年后一个月，杭州的青瓦寒假从学校回来，意外地收到了失联一年多的春航寄自日本的信。春航的亲笔信写在雅致的竖排信纸上，夹在一张有《源氏物语》插画的新年贺卡里，打开纸，能闻到淡淡的香，好似檀香味。青瓦小心打开信纸，读到春航的异国生活所带来的疲惫、忧郁，还有淡淡的思念和对往昔岁月的怀旧。春航讲，我累得不想写信，但是很想读你的信。青瓦以为春航从此一去不返，已经忘了自己，却在一年多后忽然收到他的来信。信中的伤感语调，像天涯客在月下沉吟，春航引用小林一茶的俳句"露水的世，虽然是露水的世，虽然是如此"。青瓦虽不甚懂得，却更加牵挂已为人夫的春航。

青瓦读信封背后的那个地址：东京，荒川区，西尾久。春航的信是从这个地址寄的，盖着西尾久的邮戳。青瓦半夜坐在教工宿舍的床上给春航写信，盼春航再有书信来，可寄出很久没有回信，后来写了一封又一封，倾诉别后岁月，生活，孤独和感伤，等到最后写信封的时候，越来越感觉茫然，春航的地址也许早就换过了。

青瓦在不同的房子里梦见过春航，随着一年年过去，也越来越相信春航不会再出现。青瓦并不是没有找过他。从前办公室里，春航的男同事们曾调侃，女孩子们的眼睛都只会跟着美男子冯春航转，只要冯春航在，只当大哥大叔不存在。为着这句话，青瓦不想向老通讯社的老师们打探春航的消息，但这又是唯一的渠道。青瓦找出老名片来，硬着头皮打了几次电话，问候一下过去的老师们，最后绕到问春航的近况。可老师们似乎都不知道春航在日本的情况。好不容易问到一位比较熟的，从前跟春航同事关系也不错的徐老师那里，徐老师说，春航去日本后，再没和我们这些老同事联系过。青瓦问，春航留过联系方式吗？徐老师说，这老兄神龙见首不见尾，也不知道他到底在忙啥。徐老师从前对青瓦印象颇佳，也知道青瓦实习时跟春航关系不错，就说下次要知道春航的动向就告诉青瓦。

青瓦又一次打电话去老通讯社，是一年后。仅一年时间，原来认识的老师们已散去大半，调任的调任，出国的出国。这真是大震荡的时代，乾坤大挪移。只有已经五十岁的徐老师还原地不动。徐老师说，青瓦就你还记得我。青瓦说，又好久没联系，本该去看您的。徐老师自嘲说，我有什么好看的？我是最没本事的人，只能在这里混吃等死，那些走的人，鱼有鱼路，虾有虾路，升官发财有的是门路。寒暄之后，青瓦终于又将话题绕到春航。徐老师听出青瓦来意，就说，好像春航过年时回来过一次，听说已经把太太和母亲都接去日本了。青瓦问，这次有联系吗？徐老师说，我没有他的联系方式，只是听别人提起过。青瓦心里一凉，心想这下春航真是断线风筝了。徐老师不顾青瓦的失落，还不忘调侃她一句，你们关系蛮好啊，好几年了，你还念念不忘春航啊！青瓦听着觉得羞耻，自己这点小心思，徐老师早已窥破。从此青瓦便再没有找过老通讯社的人打探春航了。

就这样又失联了。最遗憾的一次错过，是在青瓦二十九岁那年。那时青瓦已经打算结婚。青瓦到上海出差，最后一天傍晚，忽然心有所动，就从宾馆出发步行了一刻钟，再搭地铁，去老通讯社所在的那片城区。一小时后到了老地方，通讯社的老楼爬满了爬山虎，绿绿的一面墙，却已显出破败来。沿着熟悉的老街又走了一刻钟，凭记忆在一片灰色高层楼房中找到了那一幢楼。春航曾经的家就在那幢楼的十二楼，是婚后分的房子，青瓦只去过一次，但是凭着直觉，青瓦相信自己准确无误地找到了。

就在楼下，那一种历历在目的真实感扑面而来。春航的确是真实存在过的，尽管此去经年。青瓦抬头望，天暗下来，看到那个窗户有灯亮着，心动了一动，随即叹息那房子早已易主了。

青瓦怀着无限心事离开了，与那幢楼行告别的注目礼，却不知道，那会儿其实春航就在楼上，一个人坐在客厅沙发里，翻《新民晚报》，看各种招聘广告，喝茶。刚才点亮的灯，正是春航下了班亲手打开的。青瓦当然不可能知道，自己一直在找的春航一个月前已回上海。

青瓦回苏州准备婚事时，春航和沈丽琼双双从东京飞回上海，办了离婚。春航对女人有些幻灭，正是"客来亦多不见"的坏时光，以为女人大多是像丽琼那样"能共富贵却不能共患难"的势利动物。

春航在日本的前两年，丽琼时常有信，字虽马虎，感情却是真挚的，信中的语气都是少妇思夫。而春航的回信习惯了报喜不报忧，那时彼此也是相思的。两个人的矛盾在春航好不容易把丽琼带到日本团聚后，反倒爆发了。一到日本，在上海住在娘家，碗都不洗一只，一直娇生惯养的丽琼才看到了真相——丈夫并没有能力通过出国出人头地，而是要为生存奔波。丽琼嫌春航无能，风风光光地出了国，而她这个厂长千金在日本却没过上可以让国内熟人们羡慕的生活，这让自己如何向上海的亲戚朋友同事们交代？人都是势利的，不就争一口气嘛。两人吵吵闹闹一年多，丽琼经常哭哭啼啼。丽琼看不上春航了，吵架时就骂春航是绣花枕头烂稻草，还摔杯子。春航不想同她吵，就深夜走掉，有时一夜不归，也不知夜宿哪里。后来丽琼在上日语培训课时有了个相好的，是个做导游的温州乐清人，人很活络，自己会做酱鸭舌挣外快，这是丽琼的最爱。那时开始全世界都有积极向上且精明的温州人，丽琼想跟那个温州人，就要跟春航离婚。春航马上同意了，连对方是谁都不多问，这让丽琼更明白春航其实从没爱过自己，狠狠哭了一场。丽琼对春航哭道，我知道你嫌我俗气，我嫌你穷酸，我们只是借婚姻互相利用了一回，和我爸妈嘴里谁谁家小孩为出国而结婚的那些事一个样。春航一声不响，丽琼还是觉得为春航浪费几年青春，到底意难平。春航讲，跟我这种无能的人，是没有幸福的，抱歉，我不能替你家光耀门楣。所以，我放你去找你自己的幸福。丽琼气道，我几年青春白费。春航想说，不是有人接盘了？却也说不出口，只说，我确实不是你的理想人选，对不起，我无能。夫妻一场，家里的东西丽琼想拿走的都让她拿走。丽琼不小心怀孕了，暗自算算日子，应该是乐清人的种，想想不该赖到春航头上，自己年轻又不想有拖累，决定打胎。黄粱一梦，没留多少痕迹。这时春航也终于还清了借丽琼家的钱，从此两不相欠。

春航回转日本打理余下事务，与初到日本时的丽琼在清水寺游玩的合影，一剪刀下去，分了两半，这举动大概是负气。回国前的那年初夏，春航和大阪姑娘藤原谅子结伴出游，穿越日本南北，在到达九州最南端的鹿儿岛时，凌晨时分突然地震。春航在日本虽遇到过几次小的地震，但毕竟不是土生土长，仍然会害怕，赶紧敲门去叫谅子起来。没料到睡眼惺忪的谅子却一副毫不担心的样子，说没关系，这点小震过会儿就好了。看春航局促不安的样子，她就母性大发，让春航上自己的床躺下，说这样你就不用怕了。两人本来只是谈得来的朋友，春航眼中的藤原谅子不算漂亮，也不习惯日本女人化妆过浓，但谅子短发大眼睛，长相称得上甜美可爱。春航认识藤原姑娘纯属偶然。一次在东海道新干线上，相邻而坐，春航见边上的姑娘看的正是他当编辑的《华人周报》，以为她是中国来的留学生，一聊才知是热心学中文、想辞职去中国大学读研的大阪姑娘。一路聊得很愉快，之后藤原不时会从大阪打电话给春航，问一些中文学习方面的事，也见面一起吃过饭。春航只当谅子是一个"卡哇伊"的日本小妹妹。后来听说春航要回国，离开前有走遍日本的旅游计划，藤原谅子就自告奋勇结伴同行，说与男朋友刚分手，正好出去散散心。一路上两人相处得很轻松，夹杂着中文和日文交流着两国的历史文化差异，旅途开销也是 AA 制。可因为地震，在鹿儿岛的那个晚上，他们就在一个房间过夜，并且自然而然地，觉得这种时候最需要彼此安慰。

春航在日本几年，了解到日本人无论男女，性观念比中国人开放得多。日本人还有性器官崇拜，比起中国古代的春宫画，日本人的春宫画色彩艳丽，生机勃勃。只有一样——日本人对阳具的夸张笔法，让春航看着挺逗乐——明明是小的，非要超现实地画那么大。在日本，一个单身汉要解决性问题，在东京这样的大城市根本不是难事，到处是色情服务，配套的有色情报刊，AV女优的录影，连性虐待俱乐部都有百来家。单身女性为排解寂寞，愿意免费提供性服务的也有不少，也并不要求谈恋爱，之后两不相欠，各自再进行下一轮猎艳。但春航是中国人，母亲很早守寡，为了养育他，似乎完全忘记了自己是一个女人，克勤克俭克欲地生活着。春航受母亲影响，一直恪守中国传统的性道德，自己又觉得在东洋赚钱不易，再闹性饥荒也守着不去嫖。之前居酒屋的庆子有多次暗示，但作为内心拘谨的中国人，春航不愿去占一个有几分姿色的东洋寡妇的便宜，况且当时丽琼远在上海，春航也不想背叛自己新婚不久就分离的妻子。如今丽琼已做他人情妇，自己单身孤旅天涯，还有什么可守的？

藤原谅子成为春航唯一做过爱的日本女人。鹿儿岛之后一周的行程，藤原向春航展示了一个日本女人对性的享受态度。在情人旅馆，每个晚上谅子会帮春航搓澡，擦背，披上浴衣，然后当着春航的面沐浴，不时还要帮个忙。谅子晚上进屋后就不再着简洁的现代装束，让春航擦干身体后，自己裸身穿上一套好看的藤花图案的粉紫浴衣。琼子短发浓密，脸颊红润，玉体半遮半露，百般挑逗着春航。琼子捉着春航的手插入敞开的浴衣衣襟，摩挲馒头一样的乳房，然后自己将身体扭动着，盘到春航身上来。很快，浴衣被春航垫在地板上，日本女体和中国男体，就交缠在一起。琼子浸淫在春航君温柔的推进中，云雨事毕，叹息道，要是男朋友像春航君那么会温存体谅，她就不会跟他分手了。

对春航来说，这的确是一趟离开前的忘忧之旅。跟藤原氏的告别也非难事，旅程结束之时，留下肉体温存后的好感，一切戛然而止。春航后来知道藤原的姓氏在日本很了不得。中国人所谓五百年前是一家，因流动融合过大，还属牵强；在日本，天皇万世一系，大和民族又是单一民族，藤原氏在日本古代可是出了很多摄政、关白的大家族啊，那么琼子很可能是贵族后裔了。这时春航再怀念起琼子的肉体，竟有不一般的激情。

在这不一般的激情里，春航来往于新干线，度过了在日本的最后一段时光。和琼子告别时，春航讲，如果你来中国，就来找我。琼子鞠躬诺诺，"嗨"，一定会去中国，去拜访春航君。在春航的男性自大意识里，期许着藤原琼子会是郭沫若的日本女人安娜，跑到中国来找情郎。彼此留了电子邮件，春航的这一乐章，就这样暗香盈袖地落幕了。

春航决定回国后重新开始。回到上海，整理了空置几年的小公寓——母亲一个人在上海住不惯，早已回了老家。春航取下了墙上的结婚照——蒙灰数年，照片上的新人已成陌路，锅碗瓢盆俱在，双人床还是九成新，一切又回到了原点。

不久就是父亲的祭日，春航从上海坐了一夜火车，回了一趟洛阳老家探望母亲，给父亲上坟。春航的祖父屠夫出身，一生不知杀过多少头猪，可能连牛也杀过，五十知天命，攒下一点家底就不干了，放下屠刀，开始跟着春航奶奶一起念阿弥陀佛，平时放生积德，怕以后断子绝孙。不识字的冯屠夫却把独苗、春航父亲培养成了西安交通大学桥梁工程专业的工科大学生，冯屠夫六十岁那年心肌梗死去世，春航又是独子，三代单传。春航记得七八岁时，父亲过年时曾跟他说，你爷爷杀猪的，你爸是造桥的，不知你将来做什么。春航那时只知道在外面野，完全不知道长大后做什么。

已经五年没有到坟头探望父亲了，春航趴在桥梁工程师父亲的坟前，看到坟头上一<u>丛</u>丛不知名的紫色小花，还沾着早晨的露水。想到这几年去国离乡的愁苦生涯，春航望望远处的山丘，悲从中来，揪心撕肺痛哭了一场。本想悄悄来悄悄走，怎料小城没有不走漏的风声。第二天下午，女同学刘灿灿就打电话到他母亲家里，两人就约了吃饭。一袭米色风衣，化着浓妆的刘灿灿在小城最高档的饭店请春航吃饭。一别十年，当年的校花已从学校下海经商开公司，从前的发辫已经剪成利落的短发，看起来干练许多，人也胖了不少，如今是两个孩子的妈。春航时髦的穿戴倒和小城有几分格格不入。两人说起范东和王小艳这对苦命人，刘灿灿说，王小艳还好和范东没来得及生小孩，现在又嫁了，嫁了一个做建材生意的老板，是比我们高一届的高中同学，后来他们南下东莞做生意去了。春航讲，希望她有个好归宿。刘灿灿就含蓄问，你怎样？春航苦笑，讲，其实在哪里都是一样的。刘灿灿说，知道你心大，我们是燕雀，你是鸿鹄，不会跟我们混的。春航又苦笑，讲，我也不知道我是什么货色。春航回上海前问母亲要不要跟他回上海，母亲说，我一点不想去上海，还是我们洛阳好。上海那种地方太乱了，我想去白马寺做一阵子居士，那里有好几个信友，大家有伴，吃素，打坐，念佛。春航见母亲精神不错，腿脚健朗，赔着笑待了几天，也就由她去了。

春航回国后先在上海的一家电视台财经频道干了一年，发现自己经过在日本的生活后，早已没有了当年的新闻理想。后来一家日本的跨国汽车公司要人，收入是原单位三倍，他就跳槽去了日企。一时间也算春风得意，四年日本生活背景，换得世界五百强外企的高薪。春航人又长得高大俊朗，眼睛常是秋波暗送，从日本回到上海后，从禁欲到纵欲来了个大转身。现在是美男子冯春航，在日本买了几身名牌漂亮行头，穿上海时髦青年们爱穿的双排扣挺括西装，扣子是金黄色的。春航有次还把头发染成栗色，后来觉得跟自己的黑眼睛不大相配，又染回了黑色。有一次朋友聚会，春航随口朗诵了一句小林一茶的俳句"雁别叫了，从今天起，我也是漂泊者啊"，就吸引了一个热爱文学的上海美女，当晚就投怀送抱了。当年这样的聚会很多。春航在其中如鱼得水，换女人像换衣服一样随意，从女孩到熟女，还不曾失手过。外企圈子里的几个王老五成了同道，一起逢场作戏，也不知道伤过多少老小姑娘的心。

春航在春瓦这里却是定了格的，仍是信中称呼的那个不曾下过大染缸的白衣秀士春航君。

当春航回国后蜕变为花花公子之时，青瓦的性观念和性经验却没有大的进展。经常在星期五晚上，青瓦跟女朋友几个在咖啡馆谈男人，说私房话。有时是叶莺莺，有时是艳云，有时三个人一起。青瓦说男人可以分为两种：一种是需要警惕诱惑的；一种是天生免疫的，因而无须戒备。叶莺莺听而不言，青瓦又说，需要警惕诱惑的男人又分为两种：一种男人抓住了你的灵魂，另一种偷袭了你的身体和感官。构成一个女人生命的高级趣味和低级趣味，或显，或隐。只要这事无法准确控制到位，人就会有惶惑惊慌的体验。叶莺莺听青瓦高论，青瓦又说，女人是奇怪动物，越是爱，内心和身体就变得越贞淑。淫荡是轻浮和肤浅的姐妹，而爱是严肃的。是严肃的爱，在严肃的月光下，在严肃的床单上，仿佛相拥而卧才是最高的境界。叶莺莺听得只是笑，说不同意青瓦，但不反驳。青瓦说，我在性方面的最高理想就是"白日宣淫"。我想自己前世没准是老底子闲得发慌的苏州少奶奶，穿缎子旗袍的那种。"白日宣淫"在中国古代也算是禁忌之事，对正经男人来说简直是罪过。禁忌的事，总勾起人的兴趣。再者，能在"白日宣淫"，淫者必定有点钱有点闲，不是那种劳动妇女的命。而且，因为是白天，如果是两具丑陋的身体，先自卑了去，在半明半暗处，性更带有审美的意味，是精致美食，而非填饥之餐。这跟宝黛大白天坐在大观园后花园看禁书有相似的情趣。还有，"白日宣淫"对私人空间有着严格的要求，隔墙有耳绝对是使不得的。叶莺莺说，你今天的想法都有点妖。青瓦说，人生苦短，我今天就是要妖娆。艳云讽她，什么妖娆，是老妖婆作怪。

青瓦意淫中的放荡也不逊色于春航行为的放荡。下午的咖啡馆是香的，青瓦又讲，我最向往的销魂时光最好在下午，地方嘛，一定要在我老家苏州。情人们不在办公室上班，用整个下午耳鬓厮磨，从室内弥漫出窗帘缝隙的慵懒情欲气息若有若无。午后的爱，要在下午两点钟，是有闲阶层的玩意儿。叶莺莺听得也来了劲，补充讲，《红楼梦》里贾琏和凤姐两个青春情浓时，也在流苏幔帐中贪恋这样的"午嬉"时光。事毕，丫鬟们进入内室，伺候兰汤净身，真是香艳至极。劳动阶层心向往之的色心，却犯了中国人"白日宣淫"的忌口。青瓦讲，好就好在，这一点放纵的邪念，让人春心荡漾呢。比如说，下午2点30分，窗子是关闭的，有光影树影在窗帘前闪进闪出，房间里最好有花，窗子外有植物的气息飘进来。下雨天的下午2点30分，是最好的，所谓淫雨霏霏。叶莺莺听得咯咯笑，就讲，你不要光说，对着我意淫有什么用，要有行动，去找个男人来，实践一下。叶莺莺讲，人家中产阶级男女都爱月亮，青瓦却爱"白日宣淫"，青瓦那才叫靡靡之音到骨头里了。

3

青瓦从青涩到成熟，在一岁岁的光阴虚度中，想要做灵魂有香气的女子，也就认识了一些人。有一阵迷上了出版社的一个有妇之夫，名叫古金，外国文学编辑室的副主任，翻译过一本薄薄的雷蒙德·卡佛短篇小说集。那时的青瓦还是大学里的哲学老师，刚评上讲师。对青瓦人生影响比较深的，主要是古金。

青瓦和古金是在李教授的生日宴上相遇的。李教授名李元甫，是两人大学时代共同的老师。古金上大学时，李元甫在上海一所名校的哲学系任教。后来系里的派系斗争白热化，整个哲学系的老师分成了两大派系，一派力挺李教授，另一派力挺黄教授。李教授和黄教授都是下一任系主任的热门人选，但黄教授比李教授年轻五岁，和学校上层关系更好。两个人都在哲学系大会上作了竞聘讲演，有消息称其实李教授的票数要比黄教授高，但学校以干部年轻化为由，选了更年轻的黄教授担任系主任。李教授郁闷的是，一直以为做学问的像酒一样越陈越香，如今十年河东，十年河西，从前提拔当官，同等条件下也是年长几岁占优势，现在却成了劣势。李教授没有当上系主任，跟着李教授的那些青年老师也像赌错了彩马，觉得前程暗淡，有几个头脑灵活些的赶紧倒了戈，傻一点的都靠边站，想另投靠山一时又厚不起脸皮的那两三个耿直的知识分子则最受煎熬，晚上睡觉都闹起失眠来了。李教授无趣之下，只有"走"这步棋了，申请调到了青瓦所在的大学，虽然也是重点院校，但江湖影响力还是不如原来那所大学。李教授就在失意之时成了青瓦的老师。但是李教授毕竟是李教授，爱好的并不只是当官，只要有一宗得意门生围绕，不知不觉就快乐起来了。

古金和青瓦都是李教授认为的得意门生，一个在出版社，一个在大学，都在杭州。其实古金和青瓦算混得一般的，混得最好的一个师兄当年也是李教授喜欢的才子，如今已是正处级干部。正处级弟子公务繁忙，在外面三日一小宴，五日一大宴，师门的聚会参加得少，但也时有往来。有一次同门小聚，师兄说，相比那些虚情假意的觥筹交错，我更享受李教授这里小聚会的氛围，让我想起自己仍是一个文人，一个曾想过要指点江山的知识分子，竟会有些感动。大家称赞。李教授在感情上仍然偏向古金多一些。虽没当上系主任，反倒成全了学术成就，现在李教授已是学界德高望重的著名学者，著述丰厚，有《唐朝礼乐风景》《〈人间词话〉品读》等等，在沪杭宁三地来回讲学，沪杭两地都有房子。师母是青瓦的老乡，苏州人，祖上是清朝进士，出身书香门第，曾是李教授的大学师妹，小名浣浣。她娟秀雅致，有礼有节，还弹得一手好钢琴，虽年过半百，却是一个将绣花旗袍、高跟鞋穿出民国味道来的女人。师母唤起丈夫来，元哥，元哥，苏州话那种软语温存的哆。李教授唤起师母，浣浣，浣浣，也是亲爱无比。李教授年事渐高，对自己的小圈子越来越上心。小圈子的人，有感于教授夫妇半生的恩爱，称老师与师母是钱锺书与杨绛第二。李教授身高一米七五，年轻时是公认的美男子，老了后不胖不秃，理着整齐的分头，戴金丝边眼镜，只添沧桑和华发。青瓦印象中，没人比李教授穿上米色长风衣的样子更有儒雅风致了。

　　教授生涯，虽女弟子无数，却从未闹过绯闻，也没有听说过李教授潜规则过谁。这也是哲学系诸位后辈教师欣赏敬重李教授的一大原因。李教授每到杭州，嫌孤家寡人太冷清，就会召集几个得意门生在家中聚会，饮酒，品茶，吃饭，聊天，酒和菜都是学生们准备的，弟子古金每次的任务是买鸭、牛肉、素烧鹅等熟食，女弟子青瓦就在厨房里忙活。时令小菜中，青瓦做的油焖春笋、荷叶酱包肉，最得李教授贪爱。李教授是个与时俱进的潮人，很在乎弟子们在聚会时随意的闲聊。李教授认为这样的聊天信息量很大，自己虽仕途失意，却希望门生们名利双收，有赚到大钱或当到大官者，老师脸上也有光彩，小圈子也就更有社会影响力。门生们知道李教授的心思，老师要的是谈笑皆鸿儒，往来无白丁，希望看到以自己为精神领袖的小圈子，慢慢地壮大成知识精英们的风雅沙龙。古金说，这方面的知识分子圈，中西皆有典范，中有林徽因的"太太家的客厅"；西有布鲁姆斯伯里集团，每周的沙龙，核心成员是美貌有才的伍尔芙姐妹和以她们为中心的"牛桥"高才生们。青瓦说，不过现实与理想，总隔着让人不痛不痒的距离。余生皆点头称是。那正处级弟子一缺席，李教授吃下几杯老酒后，忍不住会对古金发些感叹。李教授说，古金呀，论才华你比他强，你是我最得意的学生，要是你有他那个积极进取的态度，你就不是今天的样子啦。古金只是笑笑说，喝酒，喝酒。

有那么一两次，那正处级弟子有些烦心事，到李教授家喝酒，席间流露出对官场的厌倦，又爱上了收藏这档子事，有玉，有奇石，有字画，有木雕，盘点一下私藏的货色，估计拍卖价值能有上千万了。李老师评点道，如今官员都有这爱好，雅贿啊，有些画家的作品价码才奇高不下，要小心。弟子说，我不如跟导师混，弃官从文。李教授却十分恳切地劝告说，你知道不，昔日曾国藩对两个弟子李鸿章和俞曲园有句诗评价，说"李少荃拼命做官，俞荫甫拼命著书"，我作为你的老师，是想要你好好将官做下去的，那些舞文弄墨的风雅事，如今只是末流，退下来之后再把玩不迟。弟子摇头，又点头。李教授又说，我用周易算，看好你的官运，起码还可以向上走十年，一直到副部级，再平行十年，之后就要看造化了。正处级弟子说，我要是辞了官，就在杭州羊坝头我小时候的老房子那边开间咖啡馆，名字都想好了，叫"懒得理"。李教授忙说，要不得，要不得，你还不能归隐，不能归隐，你有你的使命，当官也是命数。李教授是将自己那一腔未酬的入仕心，全寄托在学生身上了。青瓦看这时候的李教授，也煞是可爱。

有一天，门生们又在李教授家小聚，古金带了瓶五粮液去。到了晚上10点左右，李教授喝多了，头有点晕，让学生们继续乐，自己回房间躺一会儿，另一个弟子有事先告辞了，这时客厅里只留下古金和青瓦两个人。古金帮着青瓦收拾残局，忽然对青瓦说，李老师这个人，有点像孔夫子，门下一堆子路、曾皙、冉有、公西华坐在一边。青瓦笑笑，说，那你是谁呢？古金说，我呢，不过是曾点。青瓦听了，心里怦然一动，说，是啊，你很像。你看李老师现在也总是小平头加唐装加布鞋。古金说，李老师觉得这样比较像陶渊明。青瓦说，谁比得上穿上春服，浴乎沂、咏而归的洒脱呢？语毕，两个人彼此深深对看了一眼。

当晚 10 点多，从李教授家出来，正是春天的晚上，清风明月，柳絮飘飞。微醺的古金叫了出租车，送青瓦回家，临别时似有意无意地捏了一下青瓦的手，说，还是你最懂我。这一捏一语，倒令青瓦芳心乱了。古金外表不是青瓦最喜欢的型，戴副黑框眼镜，又高又瘦，皮肤有点苍白，但青瓦一个无牵无挂的自由人，又正在寂寞时，便决意忽略古金乃有妇之夫这一层，只在乎感觉就行。

青瓦跟古金提到想看看古金的藏书。几天后，古金找了个机会打车带青瓦去家里。进了屋，参观书房，从书房里出来后，又在客厅里坐了片刻，前后不超过一个小时。卧室房间的门关着，好像里面是个深不见底的洞穴，庄严地陈列着男人和另一个女人的所有交集。古金的妻子刘美芝，是古金的校友，德语专业的，后来去了外贸公司，工作很忙，经常出差。结婚六年，有了小孩，家里条件越来越好，夫妻间的感情却变淡了。美芝老不在家，时间久了，古金也就常忘记妻子的存在。青瓦其实并不太想搞清楚古金为什么喜欢自己，是因为家庭生活乏味还是男人的花心本性？她反正觉得两人之间就是会发生点什么。

现在古金和青瓦都有点局促不安，房间里的空气快凝固了。那天刘美芝出差去了，女儿去了外婆家，但青瓦仍然有一种强烈的不适感。青瓦喝了几口水，依然无法安顿好自己，人怎么坐，手怎么摆，全都别扭，于是要走。古金也不留，送青瓦出门。直到上了出租车，两个人才解脱了似的。

青瓦想古金或许真的有心，所以才安排了这一次私会。只不过青瓦情商不低，人也入世，该结婚就结婚，该结束就结束，始终想要在浪漫与冷静之间寻得平衡。杭州的老城区，有个女盲人给青瓦算过命，说青瓦的婚姻不可以拖过三十岁，否则可能一辈子与孤辰寡宿相伴，错过了红鸾运，晚景凄凉。青瓦爹妈知道了就慌张起来。青瓦就发誓，不信找个男人有这么难，三十岁前一定要弄个红本子给你们。

有段时间，古金看着青瓦积极地在谈恋爱，却总找不到看得上眼的。古金知青瓦在忙终身大事，也不去打扰。但青瓦过个把月总会想到要见见古金，需要倾诉，偶尔还会在古金那里发脾气。古金笑说，你这么一心二用，怎么找得到好男人呢？青瓦说，要不是跟爹妈立了军令状，我才不想干结婚这种勾当，跟你混也挺好的。古金"哈哈哈"三声笑，遂无言，用手当梳子给青瓦梳理头发，一下又一下，把青瓦的郁闷气捋平了，该干吗还干吗。

青瓦有时盯着古金，研究一会儿，猜古金有别的女人，那种丰盈的水蜜桃妇女。两人彼此的默契在于说话很坦白，也互不约束。有一天，古金说，你算是我的小师妹，我对你没有撒野的胆子。青瓦挑衅地反问，撒什么野？古金打哈哈，那是对女人做的，你小姑娘不懂的。青瓦不响，古金又说，男人往往有两副面孔，我没你想的那么好，我很色。青瓦有些生气，干脆答，不知道！但青瓦隐约是知道的，就另一个古金来说，自己肯定不是那杯茶，古金并不是那么简单的，一览无余的。

青瓦从未想过要把古金从美芝那里夺过来。古金比青瓦大几岁，看世界的眼睛比青瓦更灰暗。古金从不计较把脑袋里的东西倒给青瓦，还帮青瓦修改论文。他又好为人师，总是催促青瓦去看那些他圈点过的好书。古金又是个二战迷，家里有个二战书专柜，说起二战史上的几场战役滔滔不绝，冲动时还想写一本书，当然想过也算数。古金借给青瓦很多二战电影看，也不管青瓦是不是真爱看。

于是青瓦努力去打开一个新世界，只为精神上跟古金同步，也喜欢起那些激烈的巷战和神奇的狙击手。但青瓦仍然觉得自己和古金有很多地方不合拍。青瓦是时常向往旅行的女子，古金却是个安静的宅男，虽然大学时代曾是校园篮球健将，却不喜欢出游，最喜欢的状态就是窝在家里，打游戏或者和人下棋。青瓦开始觉得古金没劲，古金是一个人转过身去，顽固地把后背对着世界，为了表示轻蔑，甚至会再放一个响屁。这样的男人会让人觉得没劲，而青瓦对这个世界的欲望要多得多。

有一次青瓦对古金说，比方说我是开大货车的，你呢，就像搭车客。我会很高兴载你上车，路上有你当个伴很好，旅途会变得有趣，但我知道你随时会下车。古金想了想说，青瓦，你会有自己的人生，比我精彩。青瓦笑。古金又说，我是个没出息的男人，以后有一天你想起我，不觉得我讨厌就好了。

青瓦不知不觉中谈了几个男朋友，终于赶在三十岁前碰上了洪镕。洪镕是个医生，也是苏州人，比青瓦大两岁，医科大学专攻营养学的硕士，毕业后在大学附属医院边搞研究边坐门诊，人看起来不高不矮，五官端正，明白清楚，理性平静，戴金丝边眼镜，发型是清楚明白的三七分。两个人都是被家里催婚不过，相亲认识的。青瓦首先觉得洪镕是苏州人，亲切，因自己从小也在苏州跟着爷爷奶奶长大，后来才随父母迁到杭州。人说上有天堂下有苏杭，青瓦一个人占了两个天堂，但她心里还是更亲近苏州，以苏州人自居，杭州官话也没有苏白说得地道。

洪镕是第五个。前两个，第一个是搞 IT 的，看起来有点发福的迹象。青瓦没感觉，草草吃了顿饭就各奔东西。第二个是小白脸，很傲慢，做外贸的，老爸是杭州市委的一个处长，自我感觉奇好，似乎天下女子是菜市场里的萝卜青菜，可供他随意挑拣，人又小气，青瓦试探了一下泡咖啡馆是否 AA 制，男的也不推辞。聊天时又喜欢卖弄，说家里有很多名家书画收藏品，都是人家知道老头子有书画这一雅好，友情赠送的，如今要是拿到拍卖行拍卖，每一幅起码十万块以上。还不知藏拙，青瓦替男的尴尬了好一阵子，男的自己却还在滔滔不绝。结账时 AA 制，一人付了八十八块，男的还说是吉利数字。青瓦为了维持男方的绅士体面，悄悄说，你先买单。男的才反应过来，去摸皮夹。等服务员走后，青瓦悄悄数出八十八块（还好有零钱，松了口气）推到男的面前，人家只说了一句算了吧，顺势就收下了。青瓦想，这人真是既傻又浅薄，老爸是个贪官，变相受贿了那么多，还敢拿到桌面上炫耀，无知者无畏。几天后，男的又给青瓦打过一个电话，想约会看电影。青瓦开玩笑反问，你请我吗？男的说，好啊好啊。青瓦却说这阵忙，也就不了了之。

第三个是"凤凰男"，家在山东农村，还有弟、妹，就男的一个考上重点大学，还考上了中级人民法院的公务员。青瓦看到男的个子高高的，人很朴实，相貌也不差，觉得还算靠谱。那男的对青瓦的大学教师职业非常满意，可能觉得父母都没什么文化，大学老师儿媳能给家里脸上贴金。青瓦自己倒不怎么介意对方是否农村家庭，约会了三次之后，不料青瓦的小资产阶级姆妈一听"农村"两字坚决反对，对青瓦说，你爸家的人粗鲁、自私、狭隘、短视，我是吃了亏没处说，不希望你再结错对子。青瓦不解地问姆妈，这么说是不是太绝对了，农村里来的男孩子就没好的了？姆妈道，这是个概率的问题，你难道认为自己一定是幸运儿？青瓦无语。姆妈又说，我见多了一阔脸就变的人，从小受太多苦的人，翻脸不认人的更多，也更容易变坏。你看你爸家里的那些人，平民小百姓，整天愤愤地骂有些官员腐败，骂贪官找情妇，骂公款吃喝赌博，好像谁都欠他们的，要是给他们点权啊钱的，我看他们会坏得更快。青瓦马上跟姆妈结成统一战线，笑着说，我知道，那是肯定，吃不到葡萄才说葡萄酸。姆妈说，以后你还得面对男人后面的一大家子，你这样从小自己主意大的女子是不行的。想当年，我婆婆房门不关好就洗屁股，我提醒两句，你爸就朝我吼，说我看不起他老娘。这种事情不会少的，你会很不舒服。

青瓦听完姆妈一席话，不由倒吸一口凉气。还好不是一见钟情而是相亲认识的，也就见了几次，就此赶紧刹车。

后来在旅游的路上，认识了一位男子。学校暑期放假前，系里的另一个女老师东东姐本来说好同行的，结果发现老公出轨，正闹离婚。青瓦没人陪同，只好一个人带了几本沈从文和黄永玉的书，去了凤凰。

在凤凰小城的河边找了一个家庭旅馆，住了一个多星期，房费也便宜，每天四十块钱，有卫生间可以洗澡。青瓦白天睡睡懒觉，中午在家庭旅馆吃个简餐，洗洗衣服，下午开始游游荡荡，只是一到晚上会有点寂寞。

有天晚上，快9点了，青瓦正看电视，听到有人拿钥匙开门，捣鼓了一阵。反正还不晚，青瓦奇怪地走到门边问，谁呀？对方说，嗯，里面有人？青瓦闲着无聊，整理了一下身上的白色吊带睡衣，不算太露，索性就开了门，看看到底是谁。原来是一个男背包客拿着一个钥匙牌，满脸狐疑地站在那里。青瓦扫了背包客一眼，是一瘦削精干男子，穿蓝色圆领耐克 T 恤和牛仔裤，看起来和自己差不多大。看到青瓦出来，背包客马上礼貌地说，你好，这不是218？青瓦说，是216，你看错了。背包客退后两步，才发现开错门了。青瓦建议背包客拿钥匙再试试隔壁，果然，门就打开了。两人一见之下有些眼缘，背包客热情地说，小妹你来几天了？青瓦说，我也才来两天。背包客说，我叫吕援北，请多关照。青瓦笑道，我姓宋，我们几个同店的旅友明天下午要骑车出去，欢迎你加入。吕援北说，那求之不得，我是一个人出来，看你情况，也是一个人出来吧？青瓦说是，吕援北马上说，那明天中午请你一起吃饭好吗？我这不速之客赔个礼。青瓦呵呵道，不速之客谈不上啊。

两人各自回房。半小时后，青瓦房间的电话响了。对方说，嗨，我是吕援北。我肚子饿了，想去吃夜宵，你能给我推荐个地方不？青瓦答，镇上晚上很热闹，酒吧饭馆这些都在营业，你走一百米就有两家。吕援北说，你可以一起出来吗？一个人吃太没劲了。青瓦想想电视也无啥看头，刚刚的背包客长相也不讨厌，就答应了。等吕援北再次看到青瓦时，不由得眼睛一亮，见青瓦头上结着浅蓝色发带，身上已换上了浅蓝色的碎花连衣裙，很清新的姑娘。

背包客熟得快。第一印象不错，三分钟就能从陌生人变成同伴，一来二去就同进同出，青瓦在吕援北那儿从"小宋"升级为"青瓦"，又被随便发挥为"青青""小瓦"，俨然一对儿了。

　　夜宵时青瓦知道吕援北来自重庆，自己开一家广告公司。两人是飞行距离。吕援北身材不算高大，但脸型有棱有角，从一个侧面看特别有味道。吕援北自我介绍，说得挺幽默——我是个没人要的，女朋友跑了，一个人出来。青瓦听着笑坏了，说，怎么，是人家不要你了？吕援北说，也不是。女孩子是我同学，谈了四五年，年龄也到了，被两家催着结婚。正因为被逼婚，我们才认真考虑彼此是否合适过一辈子。女孩子建议我们中断联系一个月，看看还想不想在一起。青瓦问，后来呢？吕援北说，一个月过去了，居然都忍下来了，我原以为女孩子会先沉不住气，给我打电话，结果一点动静都没有。其实越相处到后来，越觉得个性爱好这些都不对味，生活方式上也很不一样。女朋友家一大堆人，家里三姐妹，从小喜欢热闹，吃饭人多才吃得开心，两个姐姐几乎天天要打电话来，还有老妈也是天天打电话来，不是问寒问暖，就是指挥这指挥那。我呢恰好相反，对亲情什么的比较淡漠，最好一个人静静的，谁也别来烦我。我们经常有摩擦，怕以后互相讨厌，所以，讨论了三个晚上，决定当朋友算了。青瓦说，四五年下来，都没有激情了。吕援北说，没错，正是激情渐渐淡化了，才真正考虑两个人是不是真的合适在一起。不然，一日不见如隔三秋，干柴烈火的，哪里顾得了去想生活方式是否一致的问题啊。青瓦说，这倒是新理论呢。当晚的夜宵一起吃到12点，再走回旅馆，各自开门互道晚安，心情都挺愉悦，看来这一路不会太孤单了。

接下来青瓦和吕援北天天在一起。摊开地图，研究旅行线路。一起泡沱江边的咖啡馆。听腻了山歌后，躲进咖啡馆里间听欧美流行曲，或上网打游戏。晚上回到旅馆时，也不愿意一个人待着，还要一起吃水果，喝自备的奶茶。从外面回到旅馆累了，青瓦就脱了鞋往床上一蹦，撒娇地大呼一声，累死我了。吕援北主动帮青瓦烧水，泡奶茶，端到床头柜上，顺势坐在床头柜边，两个人就在不知不觉中越挨越近。不得不承认，两个人的旅途比一个人更经济，也更有趣。虽然青瓦事先申明了 AA 制，但吕援北不是斤斤计较的男人。据说旅行能够测试出一对情侣的契合度，两人总有说不完的话题，越说越兴奋。吕援北是个有广泛爱好的人，陪青瓦逛凤凰小街上的店铺时，总能给出很体己的建议。看到一条艳蓝色大脚裙裤，就要青瓦穿上试试，亲自把裙裤从货架上取下来给青瓦试穿，配没有任何图案的白色纯棉 T 恤，果然妩媚中有一点流浪气息。吕援北打趣道，要是我不在边上碍事，你可以穿上它去艳遇啦。青瓦莞尔一笑，假装雀跃地要奔到街上去，吕援北一把把她拉住。在吕援北的参谋下，青瓦还买了一条铁锈红长麻巾，一个大大的斜挎黑色帆布包，一个老银手镯。另有一张湘西创作歌手的民谣唱片，两个人都买了，找了家清静的小咖啡馆，让服务生放了听，都觉得有磁性有质感，歌声沧桑。后来他们索性站起来，一边听民谣，一边偎依着跳舞。

到第四天，就有了些亲昵的举止。晚上房间里只留昏黄的一点灯光，正适合一男一女晕晕乎乎地待着，不必太清醒，不必太当真。如果二十年后青瓦想起凤凰，记得最深的，应该是从景区疲惫地回到房间后，和吕援北挨在同一张床上，近得能听到彼此的呼吸，又彼此小心翼翼。

这是凤凰的8月夏夜。渔舟唱晚，野地流萤飞舞，月下荒腔走板。青瓦想回避吕援北热辣的注视，吕援北就说，丫头，你不想借我的肩膀靠一靠吗？肯定比枕头舒服。青瓦说，那我试一下。吕援北说，你闭上眼睛，体会一下就知道。青瓦正心猿意马，吕援北已经侧过身，俯下头去，飞快地吻了一下她的脸。青瓦愣了下，有点猝不及防。吕援北更斗了胆，一分钟后，献上一个深吻。后来青瓦说，你只是来散心的？吕援北说，我是来散心的。青瓦说，我只是想出来走走。吕援北叹气，说，怎么回事，我忍不住。青瓦还要挣扎，说，我诱惑你了吗？难道我是穿过半个中国来为你解闷的？吕援北咬着青瓦的耳垂，又轻声道，恐怕我才是那个专程来给你解闷的，所以第一晚就直接敲了你的门。两个人都很想这样待着，不管夜深到几点。吻了很久，很依恋这湿润的皮肤的纠缠。

事后因为难为情，要提升到学术研究层面。青瓦说，你知道吗，我对接吻有自己的看法。吕援北故作夸张地说，愿闻其详。青瓦道，我固执地认为，一个男人如果在户外，比如雨天的伞下，星光下，月亮下，林荫道，山上，等处，吻女人，那么爱情的成分居多。如果是在房间里，在床或者沙发这样的地方，那不过是荷尔蒙的刺激，或者是因为寂寞难耐，要寻一点醉生梦死。吕援北有一点迷恋地看着青瓦，说，其实昨天在那个很像盘丝洞的山洞里，我就想了，只是很怕被你推开。青瓦狡黠地一抖眉毛，说，山洞啊，感觉跟房间差不多，还是欲望的成分多，引人发淫念的。

两天后，又一起吃晚饭时，吕援北接了个电话，表情严肃地听了一会儿后，决定第二天去买飞回重庆的机票。第二天傍晚吕援北就离开了凤凰。是个靡雨天，吕援北临退房前，给了青瓦一个告别的拥抱，说，我会给你写信的。又叹了口气说，也许真是时机不对。青瓦仍是巧言道，以后我去重庆，不怕没人陪了。又说，要是我到重庆给你打电话，你不会说，哎呀不巧，我晚上有个会要开，或者说真不巧，我明天要出差吧？吕援北说，丫头，我是不仁不义的人吗？青瓦自顾自说，这又不算不仁不义，还有更干脆的呢。青瓦做了个听电话的手势，说，你说什么，我在开会，听不清，要不我等下打过来，然后就再也没有等一下啦。吕援北说，丫头，我真喜欢你，你像盐一样聪明。青瓦惊问，我像盐？吕援北说，不是冰雪聪明，是像盐一样，咸的。

青瓦和吕援北一起厮混的最后一晚，吕援北独自在房间整理好行装，抽了根烟，定了定神，就到青瓦房里去。家事虽急，吕援北是既然人还在此乡，心也仍在此温柔乡盘桓。

刚开始空气的味道有些不对，男女间的冷淡客套仿佛回到了初识之时，两个人沉闷地看了一会儿电视，其实什么也没看进去。忽然吕援北起了身，像往常一样殷勤烧水，水烧好后给青瓦泡了一杯茶，端到青瓦的茶几边上，讨好地吹了几口气。青瓦见吕援北做这些事情自然而然，温柔细致，心下绵软。吕援北盯着青瓦低头、捧杯、喝水，青瓦一放下杯子，吕援北顺势就将她抱起，放在了腿上。青瓦一晕，闭上了眼睛，嘴唇就不自觉地贴上去，真不情愿吕援北走。青瓦那样孤单，快二十九岁了，连个男朋友都没有。吕援北走了，青瓦又是一个人了，将来也不知道会遇上什么人。于是眼泪滚下来，一粒又一粒。吕援北横冲直撞地吻她，嘴咬到青瓦的耳朵，乳沟，硬硬的胡须扎到青瓦脸上，青瓦痛得叫了一声。吕援北那时像疯了一样，两眼冒着火星，青瓦却是迷乱的。吕援北的手胡乱地将青瓦的内衣拨开，青瓦的乳房便整个袒露在灯光下，身体也颤了一下，那时青瓦最高的性幻想便是被一只爱慕的大手打开，在那人面前横陈她身体最美丽的部分。

这黑夜的激情狼奔豕突，乱红一地。青瓦很想夜里的时光就这么混乱颠倒地过着，不去想明天，不去想未来。屋里只亮着一盏夜灯，在迷迷糊糊中谁都舍不得离开最后时刻的软玉温香。青瓦感到吕援北那里硬硬地顶着她的腰，吕援北抚摸青瓦，青瓦总是固执地把那只手拿开，却被理解为欲拒还迎。青瓦知道只要自己一舒展，和吕援北很快就会做成一处，但是青瓦忽然计较起来，有种被抛下的受伤感，难道就是今夜吗？青瓦偏是不愿从了这突然抛下自己的人。发了情的男人静不下来，青瓦一怒之下打了吕援北一耳光，吕援北就愣了，不懂青瓦为何忽然要当烈女。吕援北像受伤的野兽，问，你怎么了？青瓦也觉得自己过分，就用手去抚摸吕援北的脸，抱歉地说，我不是今朝有酒今朝醉的人。吕援北叹息一声，起来喝了一杯水冷却自己，跟青瓦告别，回了自己房间。青瓦却斯人独憔悴，难过了整夜。

吕援北走后，青瓦阵脚全乱，丢了魂似的，中午不到就去沱江边的旅行社买回程票。雨中的凤凰镇，骤然变凉，地上泥水淌得乌七八糟，青瓦觉得难以容忍。到夜里，一个人待在房间，发现这房间也是丑陋的。脏兮兮的绿窗帘，暗晦的紫红色桌子。吕援北离开前，青瓦从未在意这些细节，只觉得旅馆的小房间是累了一天后最舒服的所在。原来吕援北在，房间就跟着蓬荜生辉。此夜失眠，光阴漫长，青瓦想着凤凰旅游手册里的图文，湘西古老的背尸工在月黑风高夜出没赶路，猫头鹰和乌鸦停在深黑的树上，长一声短一声叫得凄厉，心慌慌的，甜蜜夜就这样变成了恐怖夜。

回到杭州后，日子古井无波，青瓦等了一个半月也没收到吕援北的只言片语，心下有些怅怅，真是聚得易，散得易。中间回了趟苏州散心，在平江路坐了一下午，发呆，夜里去网狮园听昆曲《牡丹亭》。青瓦有吕援北的电话，却不想打，反而做一些不留后路的举动。青瓦给生活中认为重要的事情规定最后期限，把这个日子重重地记下来。日子到了，青瓦把吕援北的电话号码扔进了抽水马桶，以绝念想。

百无聊赖时，青瓦听从苹表姐的安排，去见了苏州同乡洪镕。苹表姐说，洪镕是我中学数学老师的小孩，人很靠谱，从小读书好，医科大学硕士高才生，也是计划着一两年内要结婚的，家人催得急，难说就不是你的真命天子。

立秋后这日晚上，青瓦与洪镕初次相亲，青年路街角耶稣堂边的咖啡馆，两人都是骑自行车去的。见面的平淡却被一次意外事件打破。刚坐下才半个多小时，一人一杯蓝山咖啡，又用苏白寒暄几句，青瓦马上觉得别扭，说，我们还是说普通话吧。洪镕微笑，说，女的讲苏州话好听，男的苏州话太软了，我也觉得别扭。青瓦说，评弹里蒋月泉说就好听了，我爷爷以前整天收音机里听蒋月泉，还带我去茶楼听评弹。洪镕说，我爷爷是南下干部，只会唱红歌、样板戏，说这些都是糟粕，我妈就说陈毅都爱听评弹。正说着，两人距离刚刚拉近些，这时咖啡馆里就发生了一出闹剧：一对坐在右边座位的男女谈判没有达成一致，女的忽然从小皮包里拿出一把水果刀，对着自己的手腕割下去，男的顿时傻了眼，愣在那里。青瓦眼尖，眼睛的余光正好扫到。洪镕赶紧把女的手腕包扎了，一边叫青瓦在边上帮手，然后和青瓦一起说马上送女孩去医院，这时男的才反应过来，跟在后面一起去了医院——洪镕的工作单位。青瓦对洪镕心生好感。临走时，洪镕对女的说，记住无论遇到什么事，不要拿生命出气。医院事毕，两人又一起打车回到咖啡馆。因为要取车，索性又坐了一会儿定定神，点了个肉松松饼一起吃，又要了拿铁，又聊了一些。洪镕说起小时候爷爷奶奶住在苏州悬桥巷，青瓦就问他是否知道赛金花，洪镕说知道点，小时候听老人家讲过名妓和状元洪钧的故事。青瓦说，你也姓洪呀，说不定是洪状元后人呢。洪镕说，这个可不知道，要回去仔细翻翻家谱了，苏州姓洪的多了。青瓦心想这人实在，不乱攀附名人后代。青瓦说，小时候我也常去洪钧故居一带耍的，还在那里捉过蚯蚓。洪镕说，我爸号称是"半个美食家"，最喜欢陆文夫的小说。青瓦说，你说得我嘴都馋了。洪镕微笑着说，那下次让我爸烧给你吃，看他说的"半个美食家"当不当得起。青瓦回说好啊，心里就热了一热。

　　这第一次约会开了个好头，自然就有了第二次、第三次约会。洪镕让青瓦说不出来有什么明确的缺点。要说缺点，恰恰就是从洪镕身上看不出来有什么不妥的地方，戴金丝边眼镜，白衬衣领子袖口都很干净，深蓝色西裤，基本上是一妥当周正之苏州人氏。青瓦看不出来什么事情能让洪镕纠结，因此也好奇，想要知道洪镕什么时候会乱方寸。第一次见面，洪镕很受用青瓦赞许的目光。于是两人每周一次，继续约会，不再说评弹了，倒经常惦记那个割腕轻生的女孩。洪镕说，青瓦你别太多愁善感了，万事万物都有自己的法则。青瓦爹妈体弱多病，经常头疼脑热，最想找个医生女婿，一见到凡事得体、彬彬有礼的洪镕，又是苏州老乡，十分欢喜，说这下跟我们一起吃饭都能吃到一个锅里。青瓦奇怪的是从未见洪镕穿过牛仔裤，他每次都是西裤，每次都干净斯文，不知是不是医生的职业习惯，而青瓦自己总有不少凌乱的时候，洪镕有好几次想教青瓦归置整理东西的方法，青瓦都是心不在焉。

青瓦二十九岁生日的前一天，吕援北的信来了。吕援北说，那么长时间没和你联系，因为除了工作之外，暂时没有心情想任何事情。信中隐约提到父亲出了事，母亲为此几乎精神崩溃，在一个多月的时间里，吕援北准时下班，晚上从不出门，要陪母亲。信里没说到底出了什么事，青瓦也不便多问，但猜到那是一场家庭灾难。这封迟到的信，看得青瓦心里七荤八素。信末，吕援北说，希望这封信能在你生日前到达。吕援北说，有一天无意中瞥到你的身份证，我就记住了你的生日。信中夹了一张照片，那是吕援北偷偷拍下的。照片上的青瓦，白衣飘飘，长发拂面，倚在沱江边一棵椿树下，恍惚出神。照片背后有一行小字：青瓦永远二十九岁，吕援北。青瓦等自己一浪一浪的起伏平息，将信连同照片一起锁进了抽屉。如果吕援北的信来得更早一些，青瓦可能冲动之下就飞去找吕援北；或者吕援北收到召唤，飞到杭州来找青瓦。或许谈一场异地恋，未必没有可能。但一切为时已晚。

离三十岁生日没几天时，古金和青瓦在灵隐寺附近一家清静的茶馆见面，两个人一壶一壶地喝着铁观音。古金终于说，说吧，你一定有事情要说。青瓦对古金说，老哥，我要结婚了。古金一愣，沉默地抽了一根烟，嘟哝道，这么快，效率高。青瓦笑道，六个月不算闪婚吧。你知道我的期限。古金说，我也一样，大多数人都是这么英勇就义的。青瓦说，结婚就是结婚而已，办婚事，杭州、苏州各办一场。不太出门旅行的古金说，你结婚时，我可能出门旅行去了。青瓦有些意外地追问，你会去哪里？古金沉吟了一下，说，我是该出门游荡一下了。柬埔寨，金边，也许吧。青瓦说，我知道了，你想去看红色高棉。古金笑而不答。从前的某一个下午，古金曾跟青瓦侃侃而谈红色高棉的历史，也曾说要约人写和近现代历史相关的丛书，红色高棉、奥斯维辛集中营、卡廷事件、古拉格群岛劳改营、南京大屠杀等等。青瓦奇怪古金的懒，脑瓜里装着五车知识，自己却述而不作，宁愿找别人写。古金见青瓦伤感起来，就开玩笑说，女人在结婚前都是要哭哭啼啼的，因为不知道为人妻之后前景如何，又祝贺青瓦成为"包法利夫人"。青瓦拧了古金的胳膊一下，气道，这比喻很不恰当。虽然当了医生老婆，我也不是包法利夫人那样的女人，我不算爱慕虚荣吧？古金说，我感觉你有一天会被一个男人拐走。古金简直是不怀好意地看了青瓦一眼说，可惜那个男的不是我。当然，我会祝福你的。你要什么结婚礼物，你说。青瓦说，我什么都不要你的。这几年的相处，就是礼物。古金说，那我包个红包给你，就当老哥给的嫁妆。青瓦还是有点小纠结，说，你为什么不问我爱不爱结婚对象？古金答，这个，你自己知道就行啦。

凌晨的时候，灵隐寺和白乐桥一带万籁俱寂。两个人在石子小路上走了很长时间，青瓦想去拉古金的手，古金却轻轻闪过，郑重道，好好过日子吧，不要心猿意马。青瓦口上应着，心里却还是怅然。恋爱大半年，青瓦很想在结婚前能看到一次不一样的洪镕，哪怕他忽然发个烧、摔一跤或醉一次也好，或者情绪低落要她安慰也好，却未能如愿，他始终都是十分正常的样子。

青瓦和古金一别后，好像这个人的户籍也从地球上注销了，两人在同一个城市，却很多年没有联系，也没有遇见。李教授退休后到美国哥伦比亚大学做访问学者，因为女儿在纽约刚生了个女儿，荣升外祖父母的李教授夫妇将杭州的房子出租后投奔纽约，李教授想象中的知识精英沙龙就此不了了之。青瓦时常想到温文尔雅偶尔又兴高采烈的李教授，想起他曾跟他几个门生说起以前 30 年代林徽因家的沙龙，被称为"太太家的客厅"，那可是不得了啊，才子佳人，往来不绝，连女作家冰心都艳羡得吃醋了。李教授常发感叹说，我们这种知识分子就应该生活在那个时代。可是青瓦觉得那个时代跟自己远隔了一千年似的。李教授离别匆匆，女儿快生了，夫妇俩火急火燎，他们不放心美国医院给中国产妇坐月子，怕他们给宝贝女儿喝冰水使女儿以后落下毛病，只给门生们打了电话告知。电话中跟青瓦开玩笑说，我又晚了一步去纽约啊，要是早几年，没准我能在沙龙上碰到苏珊·桑塔格，可惜她现在已经死了。青瓦也跟老师开玩笑说，你可以拎一瓶酒去诺曼·梅勒家参加派对。青瓦心想，李教授内心还是很浪漫，实际情况是这次去纽约美其名曰访问学者，其实有一半时间是要去给女儿带孩子的，美国的人工费贵啊。李教授夫妇的女儿在华尔街工作，老夫妇又不愿意耽误宝贝女儿事业发展的大好前程，要是他们自己去不成，恨不得要女婿先回家当奶爸。

后来青瓦听到的关于古金的事，都是江湖上的道听途说，青瓦从未想过要找古金亲口证实。据说古金从出版社辞了职，专职炒股，战绩不俗，看来高智商就是生产力。古金有了情人，听说是一个风骚的幼教机构老师，丈夫在南洋做生意的留守女士。青瓦刚听说时心里不舒服，不免想，到什么山唱什么歌，男人的适应性可真是强。古金碰上青瓦，两个人之间精神上的互相欣赏占了上风，其乐趣好像在于好为人师，古金从来没有把青瓦搞上床，也许只碍于青瓦是未婚女青年，不想惹麻烦负责任？反正青瓦不愿想是因为自己不够性感。现在是完全不同的女人，那么古金就是喜欢上了性？青瓦还听说古金成了网游高手，在网上玩游戏威震江湖，在游戏江湖中很受拥戴。古金的确是在"吾与点也"的路上狂奔。

青瓦走的却是一条世俗之路，因为不甘于哲学教师清贫寂寞，遂成了吃喝房子的商人。用李教授的话说，就是从知识分子堕落到了中产阶级。李教授和门生们有一次议论中国的中产阶级，说中产阶级讨人嫌。中产阶级有时候就是这世界上最让人生出无名火的一群人，他们活得叽叽歪歪，不够干脆利落，时常伪抒情，莫名感伤，他们不关心人类，就只关心自己，就是欠揍。患得患失之间，青瓦看到自己的脚步离古金的人生理想渐行渐远，从此就这样彼此淹没在人海中了。青瓦唯一的心愿是不希望听到关于古金的坏消息，虽一度听说古金在某次股灾中失手，亏了很多，但心想他总能过得去的，古金的物质欲一直不强，玩股票的刺激对他或许比金钱更重要。少了李教授这根纽带，两人也没了产生交集的机会。李教授呢，后来听说在美国成了著名学者李大厚的朋友，两个人互相拜访，常在一起喝点小酒，吹个小牛，陶陶然知己了。

但古金怎么看如今的青瓦呢？一想到这儿，青瓦心里就忐忑不安，甚至有一点愧。这些年自己是不三不四，不上不下，清高得不彻底，功利得不彻底，世故得不够，脱俗得不够，哪方都讨好不了，左右皆不逢源。真成了讨厌的中产阶级妇女。青瓦想，我人生堕落的开始，就是从辞掉大学职位开始的，下海成了"泡泡党人"，不知是得大于失，还是失大于得。古金如果忽然遇上现在的我，没准会觉得我已彻底落了俗套，成了一个无趣的中产阶级妇女，皱一皱眉就转身走了。

学院当时的校长是搞经济学的，红了一阵，报纸电视上经常能看到他高谈阔论，讲股市楼市，中美货币战争，不知为何就式微了。青瓦刚毕业时，尚能安心当个与世无争的哲学老师。哲学课是大学的公共课，无论事先如何认真地备课，学生们都不太喜欢，只是为了混个学分。早上和下午的课上，总有学生在课堂上昏昏欲睡，或干脆不来，后来青瓦自己都不敢理直气壮点名了，谁让你上的是公共课呢。

青瓦向往的是下午，在教室之外的地方，阳光草坪或者咖啡馆里，和学生们高谈阔论，谈笑风生，像西蒙娜·波伏娃和她的学生们那样。当年做学生时，师生们互相借书，经常在一起玩，有时打牌，有时神侃，有时胡吃海喝，学生们还帮着恋爱中的老师出主意，陪失恋的老师喝酒喝到烂醉。记得有几个夜晚，在失恋老师的家里，有的同学坐在沙发上，有的拿个靠枕坐在地上，他们一聊就是一个通宵。夜半肚饿时，派代表去厨房煮方便面，在方便面的热气之中，失恋者酒醒，心情随即也放了晴，开始歌唱生活的美好，憧憬下一个姑娘。但青瓦知道那样的黄金时代已经过去。

如此在大学没心情地待了六年，青瓦年龄渐长，越感到无以为继。学校的教师队伍，中年以上的看起来已没什么想法，中青年教师中，心思活泛的却大有人在——谋出国的，谋跳槽的，都在暗中行动，争先恐后。青瓦断定自己学的是文科，出国这条路未必走得通，又不愿去餐馆打工洗碗，也没有力气再去苦读考博士，只想着一条路：跳槽。

有天下午四五点钟，青瓦上完课，在系办公室前的走廊上看到比自己年长十岁的林老师。林老师走路低头含胸，看起来有点驼背，手里捧着一只旧茶杯，没精打采的。正是秋季，林老师身上的紫红色套装还是好几年前的旧款式，头发简单地扎了个低低的马尾辫，暗黄的脸上架着一副镜片厚厚的近视眼镜，这形象是一个标准的人到中年、不怎么爱自己又对生活没了梦想的女人。太阳底下无新事，生活的压力却有些沉重。林老师在校已待了十多年了，也仍在上公共课。的确，在一个以财经类为主的大学，教哲学和中文的没什么出头之日。青瓦和林老师虽在同一个教研室，但上课地点时间不同，很少碰到。偶尔一起开个会，印象中从没见过林老师明亮的笑脸，似乎她已忘掉世上还有开怀大笑。这个下午林老师在走廊里的肖像，像一只尖头皮鞋狠狠踢了青瓦脑门一脚。接着学院的老师一个个都下了海，青瓦也待不住了。那年头大学老师在社会上还是受人尊重的，要是下决心离开这中看不中用的地方，机会总是有的。后来，和青瓦同院的老教师老曹出了事，成了这所大学最大的丑闻。老曹被人发现去了洗头房找按摩小姐，那家洗头房正好在老曹骑自行车上下班的必经之路上。去了几次之后，不走运的老曹得了性病。妻子是一家国有企业内退了的工会主席，正在经历更年期，这下不得了，恨不得把老曹那活儿砍成两段。怒气冲天的女人闹到系里，要跟丈夫离婚。家里没法待了，老曹晚上就睡在系资料室里。有一天，青瓦从老曹绝望的眼睛中读出了一些什么。这是一个教了一辈子公共课的老教师，当年的北大才子，因为中间得肝病耗了好几年，连个副教授都没能混上，就已经到五张了。在青瓦眼里，老曹善良懦弱，烟酒不沾，不多事，不多话，婚姻也就凑合，过了半辈子了，忽然一桶狗血泼来，洗都洗不干净了。事发之后，学院觉得丢了面子，连公共课都不让上了，把老曹调到了资料室。老曹从一个意气风发的才子落到这般境地，只能等着退休回家。有一次青瓦去资料室，照例客气地跟老曹打招呼，没料老曹重重叹口气，对青瓦说，我犯贱吧，我是好死不如赖活着。青瓦欲安慰几句，却也无话。

青瓦似看透了一名大学公共课教师窝囊的一生，便下决心另谋出路。孔雀开屏，一番周折，终于去了一家房地产公司。这一年青瓦三十又三。女人必须在三十岁以前把自己推销给男人，在三十五岁前推销给一个将来一直发工资的地方，这是青瓦认的死理。

对于妻子的这一次跳槽，洪镕很不赞同。青瓦放弃老师的寒暑假，放弃大学老师受人尊敬的身份去卖房子，洪镕认为是愚蠢透顶且有失身份的事。女儿洪未央才刚上幼儿园。洪镕婚后事业一帆风顺，是医院重点培养的业务尖子，现在还在另一家大医院主持一个减肥机构，钱赚得比青瓦多得多，只希望青瓦有个体面的大学教师身份，把注意力放在家庭和孩子上。为此两人大吵一架，谁也不肯相让，这是两人婚后最严重的一次内战，差点要闹离婚。吵到深夜，洪镕一冲动，说，当初我和家里看上你，就因为你是大学老师。青瓦奇怪地看了洪镕两眼，一字一句，冷然道，其实我早就知道，我跟你志不同，道不合。

夜里，两个人背对背，各自挨着床沿睡，中间是大半片凉空气，青瓦又想起那羞耻。生育之后半年，两人作为法定性伴侣在床上恢复了性交往。第一个晚上小心翼翼，青瓦感觉到从医生洪镕眼睛里射出一道复杂的、带有审视的目光，这目光打在青瓦正在恢复元气的不甚完美的肉体上，青瓦已一丝不挂，洪镕却像个巡查官一般，迅速地扫视了妻子的乳房和腹部，那腹部淡淡的妊娠纹尚未褪去，仿佛红字烙着。虽然只是很短的一瞬，但青瓦还是捕捉到了那目光背后的心思。

夜里辗转反侧，刚睡着一会儿，青瓦就梦见在一间陌生的旅馆房间里，外面人声喧哗，自己突然被一粒射穿了窗户的子弹击中，然后躺在一条破旧的草席上，很想小解却动弹不得，洪镕坐在一米远的一条凳子上守着她，自己快被尿憋死了，却不愿意叫洪镕导尿。后来被尿憋醒过来，开灯放尿，回身上床，一看时间，深夜3点30分。睡不着，伤心起来，沉浸在梦中不叫洪镕导尿这意象里。走到阳台上，见半月悬在无边的墨色夜空，青白间似有凄冷。洪镕在睡，摘下的眼镜放在床头柜上，一副独善其身的姿势。第二天早上起来青瓦感冒了。

冷战一个月后，彼此都有种预感：步调一致的婚姻甜蜜期已经结束。青瓦办妥辞职手续，到了新单位，负责公司品牌推广，把脑袋中那些务虚的东西变成了房子的概念，深得老总董棹的信任。董棹在一次员工大会上说，青瓦将我们的楼盘塞进了灵魂，将物质赋予了精神。一时间姹紫嫣红。但因为强势的业绩和老板的器重，青瓦无意中也得罪了比自己早进公司的一拨同事。眼下青瓦被誉为地产界明星，接受采访的照片还上了报纸。这天洪镕看到报纸，见青瓦意气风发，不咸不淡地说，你成地产界风云人物啦。两人工作都忙，不能保证准时接送小未央上幼儿园，只好送去了苏州洪镕的父母家。洪镕心下不悦。但不久后，青瓦为家里以很优惠的内部价换了新房，等于一次性赚了好几十万，此后房价节节高攀，洪镕只得按下不快不表。

那个时期，有人总结出一个现象：在房地产公司做得好的，恰恰是那些先前学文科出身的人，学历史的，学中文的，学哲学的。从前被认为是最无用的学科，一到房地产上却发挥了四两拨千斤的才能，给房地产项目增添了附加值。青瓦公司的总裁董棹是比她早毕业十年的历史系高才生，至今能背西汉贾谊的《治安策》，说起《汉书·食货志》头头是道，喜欢别人称他儒商，故跟同样学文科的青瓦谈得来。有时候董棹在公司会议上卖弄才学，说个典故卖个关子，发现青瓦是最懂得他在说什么的。有一次董棹开完同学会回来，跟部下们吃饭时聊到这次聚会，说，当年我们历史系一个班三十人，现在一半都在搞房地产，而且都做到了老总，身价上亿。董棹说，我发起搞了个联谊会，以后定时聚会，有福同享，有难同当，大家都觉得找到组织了，有了归属感。大家纷纷称赞，恭维说历史系的博古通今，能看天下大势，出大人才。董棹又说，房地产项目中的买地、造房环节，各公司的成本都相差不多，真正能拉开距离的，正是每个房产项目能制造出多少的附加值来，也就是房地产项目的务虚部分，给实货制造概念，加上附加值，正是学文科的这群妖人的点睛之术了。

不久之后，关于青瓦的流言以各个版本不胫而走，在公司的每一个楼层传播。这些流言主要集中在青瓦的男女关系上，包括青瓦与老板、校友董棹的男女关系，青瓦与下属的男女关系，青瓦与客户的男女关系，这是一度春风得意的青瓦没有料到的。在一堆扑朔迷离的关系中，唯一的事实是青瓦跟洪镕的关系变得紧张了。从前晚归的是洪镕，在家做饭带娃的多是青瓦，现在不仅洪镕晚归，青瓦也晚归，连双休日也时常不在家。青瓦便常常见洪镕沉着脸，怏怏不乐。青瓦也不提把未央接回来的事，洪镕就说青瓦母性淡漠，好像不记得自己是当妈的。青瓦暗自惭愧，奇怪自己忙碌起来后，为什么母性也不强了。

晚上青瓦翻杂志，说到中国社会新兴的中产阶级，《福布斯》杂志公布了一个中产阶级标准：生活在城里，二十五岁到四十五岁之间，有大学学位，专业人士和企业家，年收入在一万美元和六万美元之间。有位专家说，中国的中产阶级无视自身生活以外的社会病征、苦难与不公，一味放大个人的日常生活感受，将其私人世界的鸡零狗碎，经过"闲适""艺术"或者"优雅"情调的包装来塞给大众，要么满足其附庸风雅的趣味，要么满足其窥视与探淫的癖好。青瓦对照自己和洪镕，以及他们蓝白灰色调的北欧性冷淡风装饰的家，他们不过是中国无数对道貌岸然又彼此冷漠的中产夫妇中的一对。《诗经·小雅·庭燎》中有"夜如何其？夜未央"，女儿是半夜出生的，故取名未央。而如今送走女儿的青瓦也只有在夜深人静时才会想未央，第二天天亮，想抱女儿的冲动又被千头万绪的工作冲淡了。

4

董棹的公司在重庆开发一个主题创意旅游项目，和当地一家房地产公司有合作，那块位于郊区的地就是重庆这家公司转让的。白露前后，青瓦去了趟重庆。青瓦没料到，会在毫无预期的情况下和吕援北重逢。青瓦到重庆，吕援北这个名字以非常意外的方式重现在眼前。现在落霞与孤鹜齐飞，两人又成了地产界同行。吕援北由广告人转型做地产人，青瓦从哲学教师改行做地产，数年之后殊途同归。有人打趣，什么叫泡沫经济，就是从前的熟人，各行各业的，风马牛不相及的，现在十个里有五个都改行搞房地产去了，大家都成为"泡泡党人"。

到达重庆的当晚，宾馆房间里已经备好一份次日圆桌会议对方与会人员的名单。因飞机晚点，青瓦到宾馆已过了晚饭时间，旅途劳累，不想马上去吃饭，索性就靠在床上翻起材料来。几分钟后，在材料的最后一页蹦出吕援北的名字，注明职务是副总经理，还有联络方式。青瓦的好奇心一下子被激发，这个吕援北和从前在凤凰时遇上的那个吕援北，是同一个人吗？青瓦在飞机上就将重庆和吕援北联系起来，因吕援北是青瓦唯一有过交情的重庆人。上飞机前青瓦翻出吕援北当年的信，看到地址和电话，但犹豫了一下，还是将信锁回了抽屉。

现在青瓦终于拨了那个电话。当然就是那个吕援北。吕援北说给青瓦接风。青瓦心思稍定，这是和吕援北在凤凰分别后的第七年，如果从电话里听出一丝冷淡或客套，青瓦也不会意外，但听得出吕援北的声音是热情的。

半个小时后，吕援北的车在宾馆楼下等待。青瓦洗过澡，脱下牛仔裤和T恤，换上了一件酒红色连衣裙，腰间系了条黑色的细皮带，在唇上抹了酒红色的唇彩，又在镜子前左顾右盼，挑剔自己。窗户外，几只麻雀在大树枝间跳跃，青瓦的心也不由跳跃。

青瓦踩着黑色的休闲款高跟凉鞋走出宾馆旋转门，就看到一辆黑色奔驰，驾驶座上的男人，穿一件黑色的圆领T恤，果然是吕援北。青瓦上车坐下，不敢多看吕援北，只偶尔拿眼睛的余光扫过去。两个七年没见的旧相识，一下到了一个封闭小空间内，不免有些尴尬，都努力想说点什么。还好，吕援北先开口，说，我没让你久等吧。青瓦问，你家就在附近？吕援北说，我从公司直接过来。沉默片刻，吕援北又问，你哪天走？青瓦说，后天吧。吕援北说，好急呀，想带你逛逛都来不及。青瓦笑道，我又不是第一次来。吕援北说，那上次来怎么不找我？青瓦轻笑，说，上次是十年前，我只知道山上有高僧，哪知道你？

等红灯时，吕援北把头转过来，顺便看一眼七年不见的青瓦，朝她笑了一下。青瓦一走出旋转门，吕援北就看到她了，依然是中长的披肩发，左顾右盼，茫茫然的缥缈目，似曾相识。从前吕援北就喜欢青瓦这茫茫然的样子，青瓦自嘲这叫"大眼无光"。吕援北想见青瓦更多是出于多年未见的好奇，但七年后的第一眼，曾经的亲切感复活，吕援北有些始料未及。现在的青瓦，吕援北不清楚远近。三十几岁的青瓦脸色比从前暗淡，脸上没有了红晕，却比从前苗条漂亮。青瓦也一样不自然，想东想西。吕援北的变化不算大，也不算小。以前瘦削，现在身板厚实了些，不变的牛仔裤，腰围比从前大了几寸，头发也比从前少了，理得很短。

二十分钟后，吕援北把车停在一处巷口，说这是重庆比较有意思的老巷子。从有古旧市井味道的老巷子口走进去，到了一家叫"任逍遥"的饭庄。餐厅内红灯笼高挂，女服务员一律村姑模样，茶壶的嘴又细又长。清漆漆过的咖啡色藤椅，每张藤椅上都有一个翠绿的坐垫。吕援北点菜，笑着说，我记得你是能吃一点辣的。青瓦忙说，这几年不行了，吃辣总上火。寒暄几句后，女服务员把冰糖菊花盖碗茶端上来。吕援北笑眯眯看着青瓦，很诚恳地说，青瓦，你变漂亮了。青瓦好像没听到，眼睛本能地躲闪一下，吕援北又看到青瓦眼睛里的茫茫然。

青瓦想，老朋友相见会说"你没怎么变啊"之类靠谱的话，说这话的人出于礼貌或善意，不忍当面揭穿被时间改变的真相。正欲夸吕援北"你没怎么变"时，吕援北却抢先说，你看，我有太多事要操心，所以我老得快。青瓦连忙说，你怕什么，不是说男人越老越俏？此刻两人都在想从前的旅途，在一起吃的每一顿饭。每次吕援北都要青瓦点菜，青瓦实在想不好，又把菜单推给吕援北。多年以后，吕援北还是说，我们又坐在一起吃饭了。青瓦说，太阳底下无新事，饭总是要吃的。吕援北心潮起伏。

吕援北又说，记得你爱喝一种米酒，我问问看这里有没有。青瓦推辞，说，我喝茶，你以为我是酒鬼？吕援北打趣道，那时候，我真以为遇上了一个女酒鬼，满大街找米酒喝，到酒吧也要喝米酒。青瓦于是笑起来，说，你污蔑嘛！我一个淑女变成满大街找酒喝的女酒鬼了。吕援北像是受到鼓励，又说，喝得两眼放光，靠在男人肩膀上面，分量相当重，还喊着要吃西瓜，自封淑女，嘿嘿。青瓦叫道，说的不是我吧？吕援北笑眯眯注视着青瓦，指指自己脑袋，说，我这里有一段录像。青瓦也不示弱，指指自己脑袋说，我这里也有一段录像。

你来我往，迂回曲折。四目飞快碰了一下，又移开。两人开过一通玩笑，气氛比先前热络，吕援北说，那我们今天只喝茶。年纪大了，酒量差了，喝一点就会打酒嗝，怕你会讨厌。青瓦不饶人地说，我是讨厌打酒嗝的男人的。

第二道菜上来时，他们终于说到了彼此最想知道的事。两人几乎是同时问，怎么样，过得还好吧？从凤凰时光拉回到当下。都已婚，当爹当妈。吕援北的儿子比青瓦的女儿大两岁。吕援北的太太，原来还是之前分手的女朋友。吕援北说，那时家里出了点事，搞得"兵荒马乱"的。过了半年，前女友听说后又来找我，结果就在一起了。结婚后我母亲跟我们住在一起，太太待我母亲很好。

再后来，吕援北提到了"他"。吕援北说，几年前他为了一个比我年纪还小的女人，一个远房表妹，带走了家里大部分钱私奔了，后来听说在马来西亚开了工厂。青瓦惊愕。吕援北说，有段时间，我那远房表妹从下面的县城来重庆，先住在我家，说是到大城市来找机会。表妹嘴巴很甜，抢着干活，半是亲戚半是当小保姆。家里反正有房间空着，也不好说让人家走。结果一住两个月，没料到，后来就出了事。现在他从来不和家人联系。家里的人就当他死了。吕援北口中的"他"，是他父亲。青瓦沉默了一会儿，就问，你恨他不？吕援北说，恨有用吗？我对父母之间的事情也不太明白，因为小时候从没看到父母吵架，不过好像他们关系是冷淡的，父亲很少主动跟母亲说话，母亲关心我们，不怎么关心丈夫。也许他也有苦衷吧。我也不知道他们两个谁勾引谁。他走对我影响不大，只是我母亲比较可怜。吕援北叹口气，又说，我还有一个不争气的阿弟，无业游民，从小在外面荡，也是要我照顾的。青瓦跟着一同叹气。或许有一段缘分，是被"他"打散了。这时吕援北的脸上，一层阴云浮现。

席间又静默片刻，还是吕援北先开腔，说，其实，我有过几次很想去找你。青瓦说，你有我电话的。吕援北说，我给你写过信，你没有回。青瓦不响，吕援北自己又接着说，我怕电话里说不清楚，语无伦次，就想一定要写封信给你。我知道我的信写得太迟了。青瓦还是不响，因为此刻不知道该说什么。吕援北说，其实我一直想问你，我走后你玩得好吗？青瓦这时觉得有些委屈，说，你走后第二天我就走了，那种人去楼空的感觉，真像一只丧家犬。吕援北轻声道，真对不起。记得回去的飞机上，我老是想你这会儿在凤凰干什么呢。我努力说服自己，你是个有能力嚼着糖葫芦，自己制造欢乐气氛的女子。青瓦有点难过，吕援北把自己想得太潇洒，于是尽量平静地说，总是天有不测风云。吕援北说，那么，给我一个机会，将功补过？要不是隔着一张桌子，桌子又太宽，吕援北很想摸一摸青瓦的脸。青瓦却说，我现在对背包旅行之类的事没兴致了，最好无所事事地窝在家里，老得不再期待路上有艳遇了。峰回路转。吕援北有些尴尬，问起青瓦现状，终于听到青瓦说，丈夫是苏州同乡，我表姐介绍认识的，结婚也是为了完成任务，生孩子也是为了完成任务，你看我多现实啊。话语中有些寂寥不满足的意思。吕援北想说什么，没有开口。

这顿饭瞻前顾后，好像不是人吃饭，是饭吃人。吃完已经9点多，走到外面被风一吹，心情也好转许多。吕援北又带青瓦到边上的老巷子逛了逛，见青瓦嘴馋，又吃下去一份双皮奶，笑青瓦不改贪吃本色。青瓦伸了伸舌头，辩道，你不知道吗，女人吃甜食还有一个胃的。两个人说说笑笑地走在巷子里，夜风吹得肌肤微冰，街灯半明半暗，恍若又回到了当年一起在凤凰小街上找吃食的时光。

到了吕援北的车上，两个人怀抱心事，深深浅浅，反倒像是隔膜了。吕援北专注于重庆夜晚的街道，上坡下坡，弯弯曲曲，手却很想越过挡位界去握住青瓦，手指抖了好几次。青瓦已感觉到吕援北手上的躁动，几乎听到吕援北的呼吸声了，不免紧张起来，但吕援北的手最终没有伸过去。也许，当年那一夜青瓦不可思议的举动，在吕援北心里还有阴影。如果不开车，两个人坐在出租车后座，不知重温旧梦是否变得容易些。

车子回到宾馆门口，已将近晚上 11 点。吕援北见青瓦并没有邀请自己上去坐坐的意思，就把车停到旋转门那儿。青瓦下了车，进了旋转门。

第二天，忙了一天的会，两人再次碰到，画风一转，显然没有私人交谈的空间。晚上是两家合作公司主要成员的饭局。吕援北虽也在场，不过完全是公事的氛围。谁也没提彼此是旧相识。这是两个人的故事，跟旁人无关。两个人的旅途，跟眼前这种商务场合完全不搭调。会散，青瓦拖着疲惫的身体回到宾馆。又过晚上 10 点了，洗了个澡，无聊地靠在床上看了会儿电视，正准备睡觉，这时接到吕援北的电话，说明天上午要出差去京城，而青瓦的回程航班是明天晚上。青瓦于是向吕援北道别，有点心灰。吕援北说，本想明天再陪你转一转，然后送你上飞机，结果我又先走了。青瓦说没关系，吕援北叹道，我欠的债越来越多了。青瓦说，你什么也没欠啊。吕援北说，你放心，你这次来这里的事我会安排好的。青瓦说，那谢谢你费心了。

夜里难眠，青瓦只想吕援北这个人。眼前浮现出吕援北的模样，依然停留在七年前的夏天。老一辈曾说过：隔夜茶再加热，不仅味道次了，还有害健康。重庆这山城，像是并不适合如今的两个中产阶级男女抒情，让人觉得人生不过如此，有心添枝加叶，也是徒劳，若是图一时之快，将未遂之恋铺陈为一夜情，反倒显得无情。这是青瓦夜半赌气的想法。普鲁斯特有金玉良言，"有时是可以与某人邂逅重逢，但间隔的时间却无法一笔勾销"。青瓦不知道，两人之间是否真的已一笔勾销。倒是重庆的合作项目因为有吕援北暗中出力，进展得出乎意料地顺，于是青瓦又被董棹夸奖开拓能力强，有个人魅力，就又多了一桩让人羡慕嫉妒恨的业绩。此后因为业务又见过吕援北一次，但最初的骚动已经风平浪静了。

5

青瓦的另一面，是个失眠症患者，失眠史已经有几年了。书上说轻度的失眠并非无益，它可品尝睡眠的滋味，在茫茫黑夜中感知到一点光芒。但失眠毕竟不是件令人喜欢的事。长期失眠后，青瓦听从医生的劝告，开始在睡前服用一种白色药片。

青瓦怀疑自己的失眠来自遗传基因。父母生前都有失眠史，母亲是一名国有企业的会计，因在"文革"时期受刺激太多，从四十岁开始靠安眠药入睡，床头柜的抽屉里，白色安眠药不曾缺过一天。

青瓦的父亲是一名图书管理员，一个中国象棋痴，经常因下棋茶饭不思，深夜与人下棋，喝浓茶提精神，回家之后睡不着，就继续琢磨棋局，到后半夜才昏昏入睡，有时说梦话，说的都是"河界三分阔，智谋万丈深"，有时脱口而出"好棋，好棋"，有时叫"臭棋，臭棋"。渐至失眠。父亲经常头痛，头痛厉害的时候，连下棋的乐趣也只好暂停，要青瓦不停地给他敲头缓解疼痛。青瓦长大后，才明白象棋是父亲的精神拐杖。父亲在社会上无甚地位，小人物一个，但在苏杭两地都有些棋友，起码在那个跟棋有关的民间小圈子里，能以棋技受人尊重。有一次，父亲星期六晚上从杭州坐一夜轮船回苏州，会了三个老棋友，厮杀一日后，星期天晚上再坐夜航班回杭州，天亮到杭州，不耽误上班。有了中国象棋的父亲，才有了自己的江湖。

父母活着时，每天早上起来的第一件事就是像汇报工作一样，谈论各自的睡眠问题。从两个人脸上的表情，可以看出对前一个晚上睡眠质量的满意程度。如果睡得不好，两人就会唉声叹气一番，他们的这一天，基本上就是从有点灰调的叹气声中开始的。

几年前，父亲死于突发脑出血，还不到六十五岁。母亲说父亲是想棋局想得走火入魔，到天堂下棋去了。三年后的一天，青瓦最害怕的事情发生了。清明节前，下着小雨，母亲撑着一把伞，走在马路上时精神恍惚，被一辆卡车撞倒在地。当时看起来伤势并不重，皮外受伤，受了些惊吓，可母亲被送到医院后，头晕得厉害，没料到，第三天，六十七岁的母亲就因颅内出血走了。青瓦深信父亲耐不住在另一个世界的寂寞，怕没人服侍，很自私地把母亲拉走的。母亲去世的时间是午夜，青瓦正在病床边的小床上，正似睡非睡之时，好像看见母亲从床上爬起来了，穿好了衣服，还摸了摸她的头，带上了门，走了出去。她以为母亲是去上厕所，想起来又起不来。到凌晨5点多时，青瓦猛然睁开眼睛，去看母亲的情况，却发现母亲已经停止了呼吸。从那以后，青瓦有了失眠症的苗头。

青瓦又是半夜三更天生下女儿未央的，未央爱夜啼，从此晚上醒的次数多了，就不容易入睡，时常因为一丁点声响惊醒。睡不着时，脑子会处于一种持续紧张的状态。一直翻来覆去折腾到黎明时分，才昏昏睡去。青瓦被洪镕催促着一次次去看医生。一开始看的一个专家医生是洪镕介绍的，因为医生跟洪镕太熟，反倒令青瓦不自在。日子一天天过去，失眠症也时好时坏。

之后青瓦经朋友介绍找到了郑医生——美国毕业的医学博士，因为在杭州的父母年事已高，膝下无人，才迁回国内谋职。一来二去，青瓦和郑医生成了朋友，知道郑医生的太太是台湾高雄人，是他在美国上大学时的校友。

青瓦在郑医生的睡眠专家门诊那里遇到了形形色色的病人，最多的是正在更年期受失眠困扰的女人。不由得想，这些表情一看就不开心的女人的今天，没准就是自己的明天。青瓦看女人们，头发没有光泽，眼睛黯然无神，脸黄黄的，这一生中作为女人的意义已经基本消失了，今后只作为人存在，一个失去了性别的人，就像这世界的二等公民。青瓦在门诊室里遇到过一个才四十出头的女人，在女子监狱当狱警，管的都是女犯人，她也是郑医生的老病人。听说压力太大，天天神经紧绷，到晚上就睡不着。女狱警正面临着更年期提前的困扰。青瓦在一旁悄悄打量女狱警，美人迟暮，身材瘦削，看上去不滋润，头上很多白发，黑眼圈明显，只有五官还见得到昔日清秀样貌。青瓦静静站一旁，听女狱警诉说失眠的原因：工作压力、叛逆期儿子、不顾家的丈夫等。真是像秋后的蚂蚱，人到中年万事哀。青瓦悄悄想，这位女狱警不知算不算中产阶级。

郑医生的病人中，女人明显多于男人。报上说的，英国西英格兰大学研究人员跟踪五年，发现 19% 的男性和 30% 的女性近期做过噩梦，女性更易把日常焦虑等情绪带入睡梦中，而且对噩梦的感觉也更为强烈。女性也更易神经衰弱，现在把神经衰弱也归入抑郁症的一种了。睡不着的女人比睡不着的男人更多，这是否说明女人比男人更容易抑郁呢？

青瓦觉得郑医生是个可靠又让人心安的人。青瓦说话的时候，郑医生两道剑眉一展，微笑得像一尊菩萨，青瓦像是被郑医生半催眠了。有一回青瓦说，我最近总在早上醒来前，做些乱七八糟的梦。梦见自己跟一个很不喜欢的男同事在一张大床上相拥亲吻，还不回避边上来来往往的其他人。更古怪的是，醒来后，因为梦中的缠绵，再想起那个人，竟然感觉有些不一样了，那个男人好像不再那么讨厌了。郑医生安慰道，也不需太有心理负担，我看到的一本书上说，绝梦比绝经还要糟糕，这是精神排卵的终结。有梦的人，生活的滋味也多些。青瓦笑了，想这郑医生真是有几分可爱，算得上是个智慧通透的人。

青瓦苦恼地说，我的梦一点都不可爱，甚至有点恶心。有一段时间，我老在黎明时分梦见肮脏的厕所，甚至梦见一坨一坨的屎。青瓦鼓起勇气，把这个尴尬的梦说给郑医生听。青瓦又说，我又梦见自己和一个陌生男人坐在电影院里，那男人长着一个肥硕丑恶的大头，矮胖的身材，脸上有种专横。我请求男人帮忙办一件事，没料那家伙居然把裤子的拉链拉开，掏出里面黑黑的家伙来，用眼神示意口交。我吓了一跳，带着被冒犯的屈辱感起身，逃离了电影院。郑医生说，梦没有理性，或许也没有边界。青瓦说，我妈退休后，我一做噩梦，十有八九是梦见我妈死了，每一次梦见，我都悲痛欲绝，醒来后脸上都有眼泪，我知道自己真的哭过。没料到，我妈真是在我睡着的时候走的。青瓦说完这些，感觉像倾倒完一大桶垃圾，身心似乎都干净了些。

失眠症在药物治疗过程中时好时坏。三年间相继失去双亲，从前活泼的青瓦变得缄默。最明显的变化是，以前碍于高堂在上，表面总得摆出积极入世的样子——青瓦是作为父母的精神支柱活着的，如今高堂不在了，活得体面不体面，洋气还是土气，像成功人士还是像瘪三，跟别人都无关了，于是青瓦觉得自己像是获得了自由。

那会儿洪镕正忙着给各种胖的瘦的或不胖不瘦的人减肥，眼看着胖子越来越多，这个以营养改善为理念的瘦身机构名声也越来越大，在国内有了不小的影响力。洪镕还专门写了科学瘦身与营养方面的医学论文，成为国内小有名气的专家级医生。很多外地人也为甩掉身上的几斤肉慕名而来。有些人是二进宫了，又进来减。有肥胖女子进机构后，经过三个月的努力减肥成功，找到了不错的老公；有妇人产后失调，肥胖失爱，痛下决心恢复原貌——此类体重改变命运的事例层出不穷，连二三线明星和电视台女主持人也找上门来，瘦了想更瘦。洪镕认识了一些"上流人士"，被他们尊称为洪博士，洪博士金多气傲，自我感觉越来越好。有回饭桌上，青瓦听洪镕说，现在这社会，很多人像得了强迫症似的，有的人忙着考证，有的人忙着出国，有的人忙着减肥，多一斤肉就要跟自己过不去。在国外，瘦才是成功人士的标志。你看着吧，我们这一行，以后会越来越吃香。青瓦就调侃道，你当减肥教教主算了。

　　母丧六个月后，洪镕本来说休几天假陪青瓦出去散散心的，但一直像是脱不开身，青瓦不想再等，就独自订了去塞班岛的机票。第三天一早，青瓦躺在异邦提尼安岛面朝大海的躺椅上，吃着热带水果，看着夕阳，说话不超过十句。青瓦梦见女儿未央穿青色跳舞小裙子，很严肃地在海边画一幅画，题为《怪物们的海滩》，一群大大小小的两脚怪物蹲在海滩上，比赛着谁比谁尿得远。青瓦就想回去后要把未央接回家。但知道送去容易接回难，未央已在苏州公婆的小区学区上幼儿园，公婆恐怕是舍不得未央宝贝马上离开的，她又不想把公婆一起接过来住，只能先维持着周末接回女儿的常态。

一周后回到杭州，洪镕说青瓦气色不错。青瓦做了人生又一个重大决定：向公司高层打报告，要求调去二线部门。在同事们的一片诧异中，青瓦去办公司的房产内刊《湖边》了。这份工作不需要再像从前那样抛头露面，董棹看在青瓦曾经的汗马功劳上，也任她逍遥去。青瓦工资少了，但下班后收拾完办公桌，扔掉了很多的纸质垃圾，一把废笔，一堆不想再有瓜葛的熟人或陌生人名片，忽然就心情大好。再不需要和公司内外的各种人物明争暗斗——过去为了需要，跟各种男人打太极，套近乎，喝酒，说漂亮话，抛媚眼，装作风情万种，偶尔跟对自己有兴趣的关键先生玩暧昧，每一招都得拿捏好分寸，走钢丝一样。生意场上，酒喝得少，别人觉得你倨傲，缺乏诚意；酒喝得多，出丑是难免的，一身酒气的女人，事先再是美好，诱惑，打着酒嗝甚至吐出秽物时，都会败坏别人的兴致。洪镕也说这样才好，但是，大学你是回不去了。青瓦想，出来了就没想到要回去。

公司办公室的传言日新月异。青瓦听隔壁办公室的民间"新闻发言人"、行政副经理老秦说，前不久董棹上面的大老板下来视察，市场部那位新晋女副经理艾丽第一次和大老板近距离接触，在酒桌上巴结老板，都恨不得当场脱裤子了。青瓦听到这等赤裸裸粗话吓了一跳，原来男同事说女同事，用词这般下流。青瓦跟艾丽不熟，也不知其来历。一个有些富态、风韵的女人，三十七八岁的样子——

平时穿衣颜色总是偏香艳。现在的公司大老板五十开外，土木专业科班出身，保养得不错，衣服也得体，看起来没什么架子，要往男女里琢磨，一把钥匙开一把锁。一个眼神，一句话，都可能是接头暗号。艾丽在大老板面前，倒是挺放松。老秦在散布这个小道消息时，平时跟老秦交好的销售部美女薇薇颇不服气，说艾丽这么肥，这等货色老板也看得上？老秦却以资深口吻道，这你们女人就不懂了，女人性感不性感，我们男人说了才算。你不看看老板有多大年纪了，男人上了年纪，就喜欢女人有肉。再说，有的女人是带出去给人看的，另一种女人才是关起门来用的。老秦说得兴起，又拿出从前行家里手李笠翁品女人的架势评点道，一等女人是看着苗条，但摸起来丰满有肉的。一席话，说得可列入排骨美女之列的薇薇顿时气馁。老秦见薇薇脸色不好看，马上开玩笑说，美女你别不高兴，你就等着少壮派上吧。薇薇表面上骂老秦嘴臭，不过见自己这等材料，是可以与少壮派男人接轨的，也有些暗喜。

老秦这老甲鱼，原是领导的专职司机，初中学历，到了奔五张的年纪，虽然后来变戏法似的弄了张在职研究生文凭，毕竟心虚，职场上算是混到顶了。但多年下来，久经沙场的老秦什么没见过，所谓职场潜规则早看了个底朝天，平时嬉笑怒骂的。那些干了什么的人，也有点怕秦大嘴。从前当领导专职司机时，是签过保密协议的，领导的车子里坐过这个或那个女人，都当司机为无物，老秦回头想想，大人物真是霸气。但老秦混得开，也没少受大人物照拂，才脱离司机队伍的。渐渐地，老秦的角色有点像公司的民间意见领袖，大部分人觉得老秦无害，不挡谁的道，而且让人开心。公司工会主席换届时，大家又一致推选老秦。在这地盘待久了，青瓦看出一些道道，在职场混，男人和女人基本上用同一个法则，不过女人还有一层人人都懂的特殊法则。青瓦看公司里有一类女人，不见得哪里出色却春风得意，什么都不吃亏，什么都不落下，姿色也不过中等以上。一开始还有点纳闷，慢慢地才悟到，并不是她们命好那么简单的，每个女人都有自己的性圈子，像一个个生态系统，只不过不在明处在暗处。

艾丽来自皖南一个偏僻的县城，只有大专学历，这一年蹿得飞快，成了公司红人，现在连市场部经理都让其三分了。当初市场部二十多号人，地产形势一片大好时，各路人才纷至沓来，有海归，有从小报房产线跳槽过来的记者，有学经济学、工业心理学、土木的硕士，有艺术院校毕业生，如是群贤毕至。艾丽是埋头苦干的草根型，又不算最资深的，但恰恰是她得到了提升。有几个跟艾丽差不多资历，甚至比艾丽资历深的，气不过艾丽的提升，辞职走人。但公司正在上升期，铁打的营盘流水的兵，招了几个新人，照转不误，若论硬件，竟比走掉的那一批还强。于是高层也放出话来，如果自己想走，公司不会留你，保持一定的流动性，时有新鲜血液，对公司的活力有好处。其他人见这般形势，只好暗暗叹了口气，继续一边发牢骚一边混日子，也不敢再对艾丽露出不屑。只有被封为"秦大炮"的老秦，无欲则刚，大鸣大放，不避讳说艾丽是五六十岁成功人士的床上用品。

青瓦办公司内刊不到半年，艾丽已经气走了市场部总监马克江，因为艾丽绕过马总监直接向高层汇报。马克江被架空了，去反映几次都白费口舌，一气之下去了竞争对手那里。因为涉及一些商业机密，公司还跟马克江打了一场官司，扯皮了半年多，最后达成庭外和解，两败俱伤。这时，艾丽名正言顺地成了市场部总监。因为马克江的背叛，艾丽的晋升还带有一层"舍我其谁"的庄严感。董棹为此还在一些场合发出了"女员工比男员工忠诚度高"的感叹。

有一天，青瓦在公司电梯里碰到艾丽，艾丽客气地说，哎呀，亲爱的，好久不见你。青瓦忽然想起，艾丽和自己是同一年进公司的。那会儿名校硕士的青瓦的确没把草根艾丽放在眼里。当时踌躇满志的青瓦认为，这个世界是属于自己这一类人物的，而艾丽之流，论学历、才情都逊一筹，也不见得漂亮，最多是个二流角色。没想到的是，艾丽这只潜力股一路高歌猛进，坚挺异常。青瓦目送艾丽脚踩十几厘米高跟鞋，橘色短裙包裹着饱满的屁股走出电梯，虽衣着有些俗艳，倒是老男人们钟爱的沙漏型身材呢。青瓦庆幸还好自己已先急流勇退了，不需再与这当红"炸仔鸡"计较。

6

青瓦对床上事依旧淡漠。起初，洪镕不敢打扰情绪低落的妻子，努力克制欲望。两个人睡在一起，洪镕怕青瓦睡不好，翻身都不敢动静稍大，睡觉时就很规矩地缩成一只虾。慢慢地，洪镕也觉得白天已经很累，忘了夫妻间还有性伙伴这一层关系。青瓦说，不如我们分床睡吧，这样你就自由点，不用管我。洪镕还有点舍不得，说没有必要吧。青瓦坚持，说，很多夫妻都这样，也没什么不好。洪镕犹豫了几天，就搬去了另一个房间睡。夫妻唯剩相敬如宾。房间、卫生间都各用各的，青瓦在家里话说得越来越少。未央刚从苏州接回几个月，升小学就上了民办寄宿学校，学费一年好几万，但洪镕现在有钱了，觉得女儿能上大家口中的贵族学校总是好的。平时青瓦一个人进进出出，就更无声无息了。

洪镕起先对青瓦还心存仁慈，感觉这脆弱的身体像被悲伤掏空了，连生活的乐趣也变得寡淡，对青瓦也没少问寒问暖。过段时间，青瓦依然是蔫蔫闷闷的样子，洪镕也变得沉默低落，觉得家庭生活有些无趣。青瓦从前爱折腾时，活力四射，连家里的空气都是跳荡的，但洪镕时常抱怨，总不喜欢她那么抛头露面。现在青瓦半退休状态，不争不闹，低迷颓废，反倒像半个修女。洪镕心想人真是奇怪的，他反倒有些怀念从前不安心待在家里的青瓦。洪镕从前不抽烟，现在他悄悄抽起了香烟，这对一个很了解抽烟危害的医生是有点反常的。而青瓦对这个变化却有些迟钝，反正洪镕也不在客厅抽烟，他在自己房间的阳台上抽。青瓦也不关心洪镕有没有情人，这让洪镕有一点被忽略的愤怒：妻子不那么在乎自己！

洪镕正是中午的太阳。但洪镕也有自己的烦恼，机构年年翻倍的盈利指标压身，一个个需要甩掉赘肉的身体蔫儿吧唧呈现眼前。卸了妆的明星疲惫地坐在对面，因夜生活和抽烟暗沉的肤色，雀斑清晰可见，也不是什么大众面前的仙女了。这熟视无睹的场景，正一点点消磨洪镕的雄性欲望，他也变得"性趣"寥寥。他生性本就不浪漫，大学到硕士毕业一直都刻苦学习没谈恋爱，之后谈了两个同行，都无疾而终，总之是他不够喜欢。见青瓦本是应付，一见之下他的眼睛却是亮的，青瓦跟他一直接触的医科女生很不同，正是这不同吸引了他。他不喜欢戴眼镜的女生，而青瓦恰好不戴眼镜。他喜欢活泼伶俐的女生，青瓦恰好是这一款。就这样他觉得青瓦可以做他的妻。后来遇到几个他眼中清秀美好的姑娘，他也不敢更进一步，因为怕对人家负责，所以这些姑娘都没有未央这个自己的小姑娘重要。

夫妻两个晚上在家时，电视很少是开着的，家里的气氛安静得像人去楼空的教堂，吃饭也安安静静的。有一天洪镕从自己房间出来，茫然地看了一眼正在沙发上翻杂志的青瓦，问，你看什么？青瓦说，随便翻翻的。洪镕嘴巴动动，却不知说什么，就去书房。青瓦就继续低头翻杂志。杂志上的文章说中产阶级夫妇貌合神离，性冷淡的夫妻很多，但公开场合都是喜欢秀恩爱的。这种文章当然不想说给洪镕听。睡觉前青瓦在阳台上立了一会儿，洪镕也在阳台上立了一会儿，两个阳台并列着，相距不过几米，起初都没有说话。立了一会儿，洪镕说，你不冷啊？青瓦说不冷。洪镕说，我明天还要起早，8点有一个会，我先进去了。青瓦还待在自己房间的小阳台发呆。

不久洪镕接受了一家出版社的约稿，要写一本食物营养和瘦身方面的书，从此每天一回家就躲进书房。两人同时在家吃饭的日子越来越少了，都暗暗地盼望早点到星期五，只有把活蹦乱跳的未央从寄宿学校接回来，这大房子才有了家的气息。

母亲去世后的第七个月，青瓦再一次梦见了春航。梦里有胡琴声响起，断断续续，是凄楚的《二泉映月》。春航穿着冬天的咖啡色长棉衣，颀长挺拔。青瓦埋怨，你这么迟才回来看我啊，有啥用！春航揽住青瓦，青瓦却听不清春航讲什么，又想努力听清楚，夜半就又惊醒了。这个梦好像是春航的信使，特来提醒青瓦的。夜半，《二泉映月》的曲调还未淡远，青瓦动念想找春航。青瓦时常去上海出差，有几次心中闪电一般，感觉那个人就在上海，希望在某个地铁口行色匆匆时忽然撞到，微笑着，就唤出故人的名字。

因为失眠，青瓦经常半夜起来打开电脑，偶然发现了一个叫"第二人生"的虚拟空间。在"第二人生"里游荡，她和另一个半球的虚拟人不存在时差。在那里游荡的中国人很多，那是一个温度正好的所在，一个在睡不着的夜晚散步晒月亮的地方。

青瓦有两个自己。一个名叫宋青瓦，另一个是在"第二人生"的网络平台里存在的虚拟人，没有过去也没有未来，她的身份是一个寻人者。青瓦要在"第二人生"给自己起名字，就想我就叫冯小青吧。青瓦小时候，小名也叫小青。冯小青是一个在杭州的孤山边憔悴而死的古代美女，是大户人家的小妾。在孤山边佛舍小青等自己丈夫不来，就寂寞地死了。青瓦一直喜欢这个古代的女子，想着有朝一日要去杭州寻访小青的墓。青瓦是另一个寂寞的小青。"第二人生"的注册者，要将自己的真实形象通过电脑软件的制作，化为一种时下颇风靡的游戏动漫中前凸后翘的妖娆女郎。青瓦最后出场的"第二人生"形象，是一个漫画化了的古典美女冯小青，但分明与青瓦神似。就这样，一个崭新的"小青"诞生了。夜里，青瓦化身为"第二人生"中的寻人者冯小青，进入一种近乎冥想的状态，冯小青就升腾到半空之中，在夜空飘浮。青瓦不是蛇精白素贞，而是妾身冯小青。冯小青开始搜索冯春航。自从有了搜索工具，冯小青每隔一段时间就忍不住干这件事，就像一个只属于自己的秘密仪式。

春航是去日本一年多以后失联的。青瓦在茫茫众生中找春航，断断续续找了十五年，心死了又复燃，找人游戏就像烟瘾，一时戒不掉。

那日深夜，几百次搜索中，青瓦读到一个信息的万花筒。同名者滚滚如洪流，掀起巨大旋涡，将搜索者吸入。你会迷失方向，迷失在每一个名字后的无限可能里。这些同名同姓的人，有没有一个就是青瓦要找的人？青瓦不知道被自己寻找的春航是否还是中国国籍，是否生活在中国。有同样名字的男性信息有一万条之多，他们身在四面八方，职业五花八门，从年龄和地点上辨别，筛选掉很多，然后留下一些"可疑"的信息。每一次面对这些名字时，青瓦就会习惯性地陷入一种放射性猜想之中。青瓦眼看着作为寻人者的冯小青走进的是一个难以破解的迷宫，条条小径分岔，都通向迷境。

　　寻人者冯小青每隔一段时间就做同一件事情，干得相当隐秘，像间谍工作。每次不知不觉中就过了两三个小时，比一部电影的时间还长。失联的春航不仅没有消失，反倒越来越顽固地躲进了青瓦的私人房间。青瓦成了春航新人生的规划设计师，就像"第二人生"里的新角色。有段时间，青瓦怀疑春航可能改行研究历史了；另一时期，青瓦对一个同样的名字和几家律师事务所的门牌发呆。青瓦记得春航爱旁征博引，摇唇鼓舌的事，春航擅长。另一个春航是一名职业广告人，品牌推广者。还有一些同名同姓的人是能立刻排除的，比如在几个大城市以外的同名者。春航有语言天赋，到一个城市，很快就能学会当地方言。春航像一条变色龙，如果想要，各种角色都会服帖地依附在他身上。此外，青瓦相信春航不会去干医生这类很专业的职业，或者完全的理工科专业人士，这些人中的同名者也可以排除掉。

7

洪镕营养学书稿《清减净》出版，作为生活指南的这本书很受欢迎，洪镕又被几个富豪和达官贵人的学会机构聘为顾问，风头一时正劲。有几次想叫青瓦打扮一下，带她一起出席几个高档会所的活动，但是青瓦只配合了一次后，就再也不愿意参加第二次。青瓦说，这些时髦人士的优越感都写在额头上，太装腔作势。洪镕说，知道你不会喜欢，但人有时总要随大流随主流的。洪镕备了些上等行头以应对社交之需，名牌西服、衬衣、皮鞋、眼镜等等，偶尔喷点男士香水。洪镕生日，青瓦送他一红一蓝底纹的两条领带，笑道，恭喜你，现在是每季需要置装费的明星了。说得洪镕很不好意思。青瓦又道，以后你穿洋装我穿布衣，我现在自己的工资只买得起布衣。洪镕脸红，说，青瓦你咋这么可爱。其实青瓦也觉得这样武装起来的洪镕挺耐看的，称得上英俊高冷，但她并不在意。

接着洪镕被派去美国交流学习四个月。有一天夜里，青瓦在客厅里枯坐，忧伤像夜间的乌云压进卧榻。这会儿有关人生的感觉都是灰色，青瓦把握不住自己的方向。就在这一日最后一小时，整整寻找了十五年的春航忽然有了线索，就像刚坐在观众席第一排，看完大卫·科波菲尔的魔术表演，表演的节目是惊心动魄的《大变活人》，青瓦从发现春航的行迹、所在方位，到确认春航的存在，只用了十几分钟。

身处网络时代，果然一切皆有可能。原来春航和大学同学刚搞过一场大学班级同学会，七八个男人的合影中，春航就在其中，姓名和照片一一对上。青瓦憋着小便，直直地盯着那几张照片——春航静默地挤在几个中年人之间，瘦了也老了。印象中的春航，才二十岁的样貌，长得像演员秦汉，而照片上的中年春航，只有嘴角浮现的一丝莫测的笑意。青瓦于是到镜子前端详自己——镜中的女子，还算姣好的面容中透着一丝黄气，像一朵秋之将至的荷花。

一晚失眠。到黎明时分，青瓦梦见自己在学车，只有做好直角转弯，再回正两圈方向盘，才能看清楚前面站在路上的春航的样子。青瓦一遍又一遍地做直角转弯的动作，在梦中方向盘回正了两圈，再透过车窗使劲张望，仍旧看不清春航模样。远方有一列西行的火车正从站台处缓缓启动。青瓦猛练直角转弯，一遍又一遍，直到头昏脑涨，模糊中好似看到了戴着面具的春航。

第二天，青瓦去了小河直街运河边的绿房子。绿房子是家常菜餐馆，离青瓦和女友叶莺莺的家都不远。绿房子外观讨喜，是一幢土黄色的两层楼房子，坐落在一条僻静的巷子里，巷子的尽头就是古老的京杭大运河。要紧的是绿房子半新不旧，墙上爬满绿萝，所以才叫绿房子。青瓦和叶莺莺都落单时，会结伴步行去绿房子解决晚饭。

每次都是在二楼靠窗的位置，能看到斜侧的一墙绿萝。"绿萝拂过衣襟，青云打湿诺言。"青瓦因为林徽因的这两句诗，就爱上绿萝。

平时两人去绿房子吃饭的时候，二楼基本上没有什么人。店主是一对中年夫妇，妻子挺热情地招呼客人，说话的声音里是含着笑的，倒有几分日式居酒屋老板娘的风情。

晚上点了三道菜：铁板牛排，鱼片，西兰花。这时青瓦的手机响了，是一个陌生的电话号码。青瓦接了，听到一个男人的声音，说，我是冯春航的大学同学。青瓦"噢"了一声，屏住呼吸，正是自己求助的人打来的，对方直截了当地说，春航已经知道了。青瓦紧张地说，是吗？尽量使自己显得优雅轻松。对方说，春航一听说是你，很高兴，说，青瓦，青瓦好吗？末了，男人给了春航的手机号码。

从绿房子回家的路上，下了雨，青瓦没带伞，衣着单薄淋了雨。第二天下班路上，青瓦又没带伞，淋了雨。两星期后，青瓦没带伞，淋了场更大的雨，浑身湿透。雨大得连眼睛都睁不开了，鞋子里灌进了水。那段时间就是这样，青瓦出门从不带伞，甚至很有淋雨的冲动，结果就得了重感冒。青瓦仍不在意自己，竟然拖成了肺炎。在昏昏沉沉的下午，青瓦禁不住想，连春航真人现在到底长啥样都不知道呢，自己先病倒了。

这个周末，好久不见的苹表姐打电话来，要青瓦过去一趟。青瓦心知表姐一定有事。

苹表姐在博物馆当馆员，丈夫是高校行政人员，苹表姐结婚后渐渐和丈夫关系紧张，贫贱夫妻百事哀。打打闹闹中，孩子一点点大了，苹表姐和丈夫一直在要不要离婚之间摇摆。苹表姐有一个情结，一直忘不了自己在大学期间暗恋的师兄，总是想如果和师兄在一起，也许比现在幸福。

青瓦晚上到了表姐家，才知道表姐念叨了十多年的那个当年年少无知错过的师兄到杭州出差，两人这次见面将是十多年后的重逢。苹表姐叫青瓦去，一则是激动得承受不住，需要倾诉；二则平时很少化妆，坐在镜子前横竖看自己萎黄憔悴，于是搬来青瓦这救兵。两个女人关在房间里折腾了近三个小时，化妆，搭配衣服……末了，苹表姐从衣柜里找出一身在香港血拼买下的宝姿套装，湖蓝色的，显出自己淡雅的气质，去赴这一生屈指可数的重要约会了。

事与愿违，见面之后，苹表姐对那师兄没什么感觉。师兄滔滔不绝，讲自己如何在一个竞争激烈的高级中学做到了校长，苹师妹却进入不了师兄的语境，时常走神。等师兄发觉苹师妹不怎么起劲，就问苹师妹这些年过得怎么样。苹师妹简略说，马马虎虎，得过且过。谁不是这样呢？两人一时无话，闷头吃菜。师兄想劝师妹喝酒，多年不见，酒是色媒，有助于放下矜持。苹师妹却推说自己肠胃不好。两个人饭也吃得无味。9点多，回到家的苹表姐哭了一场，影子武士消失了，怎料到青春时代的最后一个梦，终结在了一顿气氛尴尬的晚餐中。

爱情梦的破碎，反倒使苹表姐下决心要离婚，一个人带着儿子过。青瓦请表姐吃饭压惊，表姐问起青瓦过得怎样，青瓦开玩笑说，乏味吧，有孩子后两个人电影都没看过一场。苹表姐改用苏州话说，奈要休掉伊勿？青瓦也用苏州话说，奈是媒人，本小姐勿敢造反。

苹表姐改普通话正色道，看洪镕人挺正派的，又上进，缺点嘛，可能是少点情趣。青瓦也改普通话说，嗨，我们又不是为了情趣结婚的，那个太高级了，我们普通小民，有个家就行，生儿育女，不能要太多。苹表姐说，这么说来，我离婚是发神经。青瓦说，自己高兴就行。

苹表姐此后像是认了命，再不费心打扮自己。以前苹表姐人憔悴，却不胖，身材纤瘦，背影依然能让人产生一些曼妙联想。慢慢地，苹表姐体形圆了起来。苹表姐对青瓦说，我从前不敢胖，现在无欲无求，敢胖了。青瓦安慰道，珠圆玉润，贵妃醉酒，那也是美。苹表姐说，半辈子过了，想再求一个好伴侣是苛求了。做人嘛，开心就好。港剧里的陈腔滥调，被苹表姐拿来说服自己。此后苹表姐叫青瓦去良渚的新家，都是家里添了各种西式烤箱、破壁机之类，研习各种西式烘焙糕点、果汁，邀青瓦去品尝各式小糕点、小饼干等，此是后话。

却说青瓦总是下意识地去看春航的手机号码，心想春航怎不先开口呢。想起苹表姐的尴尬约会，又不免有兔死狐悲之感。两人之间还需要一个过渡期，一方是"斜晖脉脉水悠悠"，一方是"野渡无人舟自横"。青瓦心里又磨不开不落定的焦躁，终究还是要行动。

8

　　在西北古城兰州，春航坐在一间宾馆房间的木椅上，想给青瓦写一封信，却总觉得那椅子坐得不适意。春航手臂因打篮球时被撞击到，受伤打上了石膏。等到找出宾馆的信纸，写下"青瓦"两个字，却不知如何写下去。打开窗帘，望着兰州的深蓝夜空发了一会儿呆。午夜，春航知道青瓦正在等电话。这是复联之后，两人约好的第一次通话。

　　20世纪80年代，流行一时的交谊舞曲一响起，站在舞池两边的男女就开始找猎物，那猎物就是理想的舞伴。陌生男女下舞池前，也需要一番开场，寒暄一下，拉近距离。此刻青瓦晕乎乎的，仿佛已被春航邀请一起下了舞池。春航有些亢奋地说，哈，真的是你，青瓦，你的声音没变，是我记忆中的。后两句的声调又变得低沉。青瓦听着春航起伏的声音，扁舟划过河水靠岸，方有着落。这时春航另一只手里的铅笔，无意识地在一张宾馆的信纸上画下一个长发女子的轮廓。青瓦的声音有一点发颤，说，我也一听就知道是你。春航笑道，现在才觉得有些定心了。最怕你的声音变了，我听不出来。青瓦说，肯定是有大变化的。两人面前好似横着一条深长隧道，距离十五载，感觉却像是过了两个世纪。春航也说，真的，太长了。一连串感叹词，飘浮在这个上弦月之夜。

　　后来青瓦回到房间，躺在床上，春航躺在兰州的另一张床上。

两人都有些亢奋，像经历一段秘密勾当，窥视又享受着高度合拍的内心戏。青瓦好奇心上来，要春航将半生故事娓娓道来，所有断裂的日子才可能接上。春航不停地说，辞藻有种老派的华丽。春航讲话一贯如此，这些年来，也没平实收敛些。一段经历没说完又跳到另一段经历。说到从前为什么错过了彼此。春航讲，我知道我说不出来，那时你有男朋友的。青瓦说，原来你和我是一样的啊，我也说不出来。春航讲，我没想过你离这么近。我一直以为你会出国去的，会越飘越远。你在我心目中就是一个飘逸的样子。青瓦失意道，可是，我哪儿也没有去呢。又羞愧地想，原来我缥缈的外壳只是假象。

春航讲，我孤身在日本的那些年，总会想起你。青瓦，你是那个在苏州河边和我一起散步，一起熬夜看足球的女孩，清纯之外还带着点雀跃，让我喜欢。青瓦说，我本来就是苏州人嘛，但是你说的是上海苏州河，不是我苏州的运河边。春航讲，我知道，你上中学才到杭州的。你走路的样子，像放了学在外面游荡，魂灵儿也飘出去的野孩子，像我小时候。青瓦不响，心想这一点喜欢还不能让自己占据他的心。对一个江湖公认的美男子来说，青春可爱的女孩子见得不少。青瓦是一点点侵入春航内心的，准确地说是在两人分别之后，青瓦给春航写信，那些信比伊的相貌更动人，使春航难以抗拒。分别多年，伊渐渐在春航心里成为一个模糊的支点。伊甚至是春航在孤独和性苦闷时的意淫对象，这是春航的秘密。春航讲，有一天我会自己去一趟杭州，也许我事先不告诉你。青瓦静静地听。

春航讲，我一直记得，你是个爱吃清蒸菜的女孩。青瓦笑道，我还爱吃海鲜，到杭州后我觉得杭州菜比苏州菜好吃。春航讲，你知道吧，过去上海堂子时的书寓、长三，也就是高级妓女，讲的都是苏州话。青瓦说，当然晓得，因为那时以为苏州女子最漂亮、最有气质。两人从午夜 11 点聊到凌晨 2 点多。后来春航讲，再说下去天就要亮了。

青瓦迷糊睡去。感觉自己轻盈地降落到春航的床边，手已抚摸到了春航脸颊。黑暗中，青瓦恍惚看到了希腊神话里的奥德修斯化身为中年男人春航，经历了二十载征程，完成了浪漫主义、现实主义到现代主义的时空穿越，又来到青瓦身边。这时青瓦在梦境边缘游走，站在一面镜子面前，长时间地盯着自己看，镜子内外，春航跟青瓦说话。春航讲，青瓦，你为什么没有忘了我？青瓦就呱啦呱啦大声诵读些什么。春航问，这是谁说的？青瓦说，一个老人说的，我忘了名字。春航还是迷惑。青瓦说，你记得吗，我最早是从你那儿知道钱锺书的。春航讲，我不记得了。青瓦说，我还记得你让我帮忙买他的书。春航沉吟，又讲，青瓦，你找我，是因为你对现实生活不满足吗？青瓦从床边翻出一本书，又呱啦呱啦念，"白昼清如玻璃，然而犹嫌不足。阳光如是温暖，然而犹嫌不足"。春航问，又是谁说的？青瓦说，忘了，我瞎说的。青瓦醒了，依稀想起梦中自己所言，觉得自己又是诗人附体了。

接下来一周，好像什么都不曾发生过。星期五，青瓦称体重：四十八公斤。回到办公室，忽然想知道春航现在有多重。春航的答案很快回复过来——透着情谊，我们俩加起来，一百一十八公斤。

初见一波三折。春航手臂骨折未愈，不想以伤兵形象去见青瓦。又过一周，春航臂上石膏拆了，可青瓦公司要集中业务培训，青瓦又担心若两人见面全不是想象中的，该如何收场，结果又是失眠。最后，进攻型人格的青瓦打败矜持型人格的青瓦，决意问春航见不见，英勇就义地发短信问春航，周日想去上海，你有时间吗？青瓦洗完澡，忐忑不安地回到房间，并没有收到春航的回信。空气沉静，不明不白。青瓦这一天都很失意。到了晚上，春航的信息才姗姗来迟，话语中显得客套，顾左右而言他，说周日下午有时间，晚上有事情走不开，给朋友介绍女朋友。青瓦见此，就回说不去了。

沉默几日后，转眼到了周末下午，青瓦走在马路上，收到春航的短信，问要不要给青瓦买好音乐剧《卡门》的票，请青瓦跟家人一起到上海看。青瓦腹语，这么多年了，你还是虚与委蛇，一点没变啊。倒回十五年前，青瓦二十三，春航二十八，某天青瓦忽然收到春航酒后写的长信，从字里行间捕捉到春航对自己有情。可临到信末，写信人酒醒大半，又将所有的心情流露审慎地收了回去，还不忘温厚谦恭地问候其男友，让青瓦有空带男友一起去上海玩。当时的男友是谁呢，过眼云烟，青瓦自己都不能确定了。青瓦越想越气，热血冲昏头脑，边走边发短信，又掩耳盗铃，发完就删，事后也不记得自己说了些什么措辞激烈的话。

快要下班时，春航那边依然是沉默。青瓦更沉不住气，索性给春航打电话。电话通了，那边有点嘈杂。春航长话短说，我正在开会，你的信息我都收到了。青瓦走在大街上，气鼓鼓地说，你怎么回事？春航轻声说，你别担心，其实你想的，全是我想的。青瓦不语，泪水涌出。春航又讲，我在走廊上，一个下午我都在开会。下午看到你的那些话，真有种想哭的冲动。青瓦泪目，不响。春航又说，刚才开会时我还有点恍惚，有个同事问我，春航你好像不对劲。我什么也听不进去。青瓦眨眨泪目，终于妥当了。

一别经年，现在春航四十二，青瓦三十七，多少良辰美景虚度，直到惨淡中年才峰回路转。无论如何，也是回不去了。"世钧，我们回不去了。"好像是《半生缘》里的台词。现在两人平静地讨论什么时间什么地点见面。青瓦要去上海，因为从前两人的序曲都是在上海发生的。春航讲，我下周三回上海，要不你过来？两人心下已定局，约了时间，在春航出差回上海的那天，青瓦去机场接机。

小满后一日，洪镕已去美国交流学习快两个月了。青瓦从公司请了假，提前大半个小时到了浦东机场。在机场候机大厅转悠，看到窗外一个个航班降落、起飞，想到远行、时空、命运。一半的人生，一场场迎接或送行，以及那些已经挥发掉一半，只剩得一点豆渣似的人生理想。青瓦一直是喜欢甚至迷恋机场的，在几十个不同城市的机场待过。机场是万物生长地带，每个人在这里尽管行色匆忙，却思维活跃，身体灵魂都有小小的兴奋。青瓦总是能在观察机场出没的各色人等中找到乐趣。因为在机场，可以完成一个准备已久的动作。在机场，一个人甚至可以决定一些事情，一些在其他地点决定不了的事情。比如，决定结婚，或者分手。决定换一份工作，或者不换。决定出国，或者留下来。决定去另一个城市生活，或者保持现状。决定原谅一个人，或者不原谅。全世界的机场，就像一个个独立运转的共和国，该有自己的法律和伦理。青瓦不知别人怎样，起码自己的每一张机票都曾改变过心情，是对抗经年的平凡生活的安慰剂。只要一踏进机场，生活就进入了另一种时态，你曾经拥有的所有身份，在进入机场地带后都变得模糊。

青瓦喜欢这样的方式：两个分离经年的人在机场这一地点重逢，而不是饭店、咖啡馆或直接在宾馆的房间。机场就像人生的中转站，前尘过往，来来去去，在这里会集了，再去下一站。它甚至可以是一个缓冲地带，给重逢者一点时间，可以从容地在从机场到宾馆的路上，一点点将陌生感消除。

在接站楼踱步的时候，青瓦想，自己的人生是一个圈，从前是春航在上海的火车站送青瓦走，如今是青瓦在上海的机场接春航回。有一种错觉——自己要接的人不是短短几天出差回来，而是刚从一次很长时间的远行归来。候机厅的广播一次次响起，时间一分分过去，令人不安。青瓦难以阻止自己去设想见到春航的第一分钟他们会出现的反应。离航班到达还有十分钟时，青瓦在接机楼洗手间的镜子前审视自己——一张有些苍白萎黄的脸透着老气，春航会对这张脸陌生吗？

广播显示春航乘坐的航班安全落地。青瓦深呼吸，发了条短信，只有简单四个字：我在门口。春航也回复了四个字：稍等片刻。十几分钟后，只见人群在往外移动，到达的应该就是春航的航班了。青瓦退后几步，故意站得远远的，在走出来的人群中搜寻那人的身影。当春航走出来的时候，青瓦第一眼就认出了，就像被一只手推着，马上快步奔去。春航着深蓝西服，深蓝牛仔裤，青瓦又一次被春航走路的样子迷住了。几秒钟后，当两个人之间的距离足够近时，春航一下伸出手臂紧紧拥住了青瓦，几乎把伊的整个身体都揽进了怀里。下自动扶梯，青瓦喋喋不休，又笑又哭说，我好紧张，昨天一夜都没睡着。刚才我都想躲起来了，我觉得自己快透不过气了。春航讲，我也是。在飞机上坐立不安，从这个位子换到那个位子，盼着飞机快点降落，真是难熬。青瓦说，只看一眼你走路的样子，就认出你。春航讲，我也是很远就看到你了。刚才在飞机上我想，你可能会穿裙子，果然是的。青瓦说，我想跟从前一样，让你不会觉得我陌生，可是我再也不是清纯女生了，我怎么就这么老了。春航安慰说，你没变，你站得远远的，可我一眼就看到你了。

这是青瓦也是春航的人生中姗姗来迟的高潮。一路相拥，下了候机楼的电梯，到了出租车站，上了出租车，春航的身体就像一只宽大的旅行箱，打开了，让青瓦钻进箱子里。从机场到宾馆，路上的时间有一个多小时。出租车上，春航握着青瓦的手。春航讲，青瓦，作为一个男人我不知道该怎么说，我要你一生都快乐。青瓦枕着春航肩膀，心满意足。又过了会儿，春航讲，你看你现在像个孩子，我可以想象等老了，你看我时的眼睛会像我母亲的一样。青瓦听了一惊。

晚上 10 点，到达黄浦江边的一家酒店。房间不大，小到足以闻得到彼此的呼吸。一扇窄窄的窗户面对马路。两人今生第一次待在这样一个封闭的空间里，这个小空间像一座金钟，与所有人都隔开了，世界也清静了。

灯下，青瓦看到一个挂彩的男人，稍有惊诧，就问，怎么会骨折呢？春航就讲了打篮球受伤的事。春航洗了澡后，青瓦把新的膏药贴上那只骨折的手臂。青瓦换了睡衣上了床，前一晚整理过夜的衣服时，不知和春航在一起时穿什么衣服好，后来想想还是带上朴素的白色棉布睡衣。看着春航也换上了一件白色的睡衣，好像约好了似的。两人偎依着继续讲话，唠唠叨叨，一点一滴，片段似的人生，跳来跳去，春航抚摸着青瓦的头发，脸颊。直到说累了，口干舌燥，喝了一杯水，一起平躺下去，春航小声问，床边的灯要关掉还是开着？青瓦觉得自己需要一点灯光增加现实感，春航的样子太久没见，需要贪婪地看真切。春航把床头的小灯调暗了，青瓦闻到春航身上好闻的味道。也不知是凌晨几点了，暗弱灯光下，将失散的亲人拥入怀中，却仍在絮絮叨叨。"七月七日长生殿，夜半无人私语时。"青瓦问，你知道我找你之后，犹豫过吗？春航讲，没有啊。青瓦又问，真的一点都没有呀？春航想了想说，要说有犹豫的话，也许有过那么一瞬间的犹豫，或者说是不确定，但是很快就一闪而过。青瓦发现春航因为曾经得过肝炎，潜意识里依然认为自己的身体是有毒的。如果春航有毒，青瓦就想要那些毒。青瓦不由分说地打破了春航的所有顾忌。两个干渴的夜旅人，到了一个又一个小客栈，需要不停地喝水解渴，一场十多年累积下来的相思，由最初的紧张直到释放。青瓦睁开眼睛盯着春航看，他也看着她，这不是她一个人的春梦。

青瓦的腹部有两道疤痕，像蚯蚓爬过的形状，这是身体的隐私，也是岁月的记号。一次是生未央时的剖宫产，另一次是更早时候，卵巢囊肿急性发作，被送进医院手术后留下的。从前的女孩青瓦无法想象要向一个男人坦陈身体最丑陋的部分。除非自己爱一个人爱到能战胜羞耻，完全可以将有缺陷的身体交出。春航触到那里时，还是惊了一下。但很快，伊肉体挨过的痛像是传导到他身上，春航的心被那两道疤扎了两下，趴在伊的腹部，像个小男孩，温柔虔敬小心翼翼地，亲吻那里的疤痕。不知过了多长时间，那时灯已熄灭，黑暗最深处，两人几乎同时跌了进去。

次日晨起，青瓦辞别春航。春航照旧去公司上班，傍晚时分回家。一进家门，见穿着家居服的妻子慧梅正在玄关处的佛龛前点香。慧梅就是春航病倒那年信佛的，随了笃信因果报应的春航妈信佛，三十岁不到，就开始每天染香念经。后来春航的病绝处逢生，慢慢好转，慧梅和春航妈都认为是诚心感动了菩萨。

慧梅接过春航的旅行包，给春航递了布拖鞋。又问春航，老公出差还顺利吧？春航讲，还好的，一个亿的汽车合同签下来了。慧梅去卫生间拿洗脸盆和毛巾，要春航洗把脸。洗了脸春航就坐下来翻报纸，又讲，明天上午别忘记带你妈去华山医院复查身体，我已经跟陆医生打过招呼了。慧梅说，那不劳你出马了，我带她去就行。慧梅姆妈上个月刚做了一次心脏搭桥手术。吃饭的时候，慧梅瞧了瞧春航，说，你好像变了个人似的。春航忙道，怎么会呢，天天就这个人。慧梅说，遇上什么好事了？春航心里一跳，忙搪塞说，倒是有一只股票涨势不错，我跑过了中国大多数股民。慧梅说，财迷，我告诉你，不能高兴太早，股票这种事，不好说的。春航讲，涨涨跌跌，总体我的直觉还不错。晚上春航陪慧梅看了会儿电视，是个相亲节目，想起青瓦说起现在丈夫是相亲认识的，心思一拐，赶紧提醒自己收回来。9点时，春航讲出差几天有些疲累，在床前翻了会儿书，早早关灯睡了，慧梅还在看那档相亲节目。

9

　　一个月后，春航去广州出差。青瓦打电话，不由分说要去广州，青瓦说，明天就是你生日，我得跟你在一起。第二天一早，春航出门，把宾馆房间的钥匙留在了前台，放在一个信封里，信封上写着"青瓦小姐收"。青瓦是中午到的，看到信封上的钢笔字迹，一阵激动，有好多年没有见过春航的笔迹了。春航的字仍是熟悉的，字形瘦了一些，不像从前张狂放达。春航是连人带字一起进入中年了吧。

花城宾馆的房间里有春航的味道。春航的手提电脑放在桌上，青瓦打开电脑，发现是日文版的。天书啦。青瓦自言自语道。合上电脑，简单地洗了个澡就出了门。青瓦走在南方下午的街上，热气腾腾，灰尘飞扬。街头女郎们吊带装、热裤、人字凉拖，与裙衫婉娈的青瓦大异其趣。青瓦一路寻找花店，想买一束花回去。南方的街道青瓦不熟悉，只是往热闹处走。走到一家菜市场门口，各种鱼肉混杂的气味中，卖花摊子混迹其间，杂花生树。青瓦买了些粉红玫瑰、白色茉莉，回到宾馆，向服务生借来了剪刀，小心修剪好，把花插进了房间里的一只花瓶。青瓦凑近茉莉花深吸一口气，对着大穿衣镜赤脚跳起了华尔兹。这一岁年华，残红败绿暗淡光景，岂料峰回路转，花飞蝶舞，不知是长梦还是短梦。

黄昏，电话来了。春航汇报，我还要晚一会儿回来，你先去填一下肚子，别饿着。青瓦收起小小的失望，软语温存，你先忙你的，不用管我。于是再一次出门，随便闲逛。不觉已穿过了两条绿荫浓郁的老街，青瓦坐进一家韩国人开的料理店，要了份牛肉石锅饭，一边吃一边看玻璃窗外的行人，胡乱地想着，哪一个幸福，哪一个不幸，哪一个得意，哪一个失意。晚上7点多，春航发短信问候，青瓦说，我正在吃石锅泡饭，春航开玩笑说，感觉你就是那个苦苦等候加班男人回家的韩国女人呢。

将近 8 点，回到宾馆的青瓦在春航的电脑上听音乐。苏联作曲家普罗科菲耶夫的《第二钢琴协奏曲》，越听越激动。又一个小时过去了，春航还是没有回来，青瓦在房间里来回走动。后来又接了春航的电话，还是说要再等会儿，听得出春航心神不宁、归心似箭了。青瓦无聊中已化好淡妆。今天装束俏丽，一件印花丝缎的连身裙，一直垂到脚背上，浅口的黑色高跟凉鞋是平时很少穿的细高跟，正在镜前左顾右盼时，门铃声响了——春航终于立在宾馆房间门口了。青瓦急忙起身，门口的春航直接把青瓦抱进了房间。已是晚上 10 点。春航讲，我是说了今天女朋友过来陪过生日才脱身的。青瓦问，你不怕人家议论你的私生活？春航眉毛一挑说，随他去，否则会没完没了，太辜负你了。青瓦说，怎么会。春航讲，有人起哄时，我搪塞过去了。青瓦说，你连撒谎都不会吗？一边坐在春航腿上，手环绕住春航的脖子耳鬓厮磨。本来说好晚上一起去看电影的，青瓦说，反正电影也来不及了，不如我们去珠江边散步。刚坐下的春航忙站起身，说，要不我们现在就走？青瓦让春航先歇一歇。后来春航讲，要不我们明天早点起来，早上去江边散步？青瓦问，几点呢？春航讲，5 点吧，8 点 30 分我得赶到客户单位。青瓦大笑，5 点就 5 点喽，谁怕谁呢。

上床了，又打电话到总台，问有没有安全套，总台小姐用礼貌而冷漠的语气拒绝了他。春航挂了电话，说，你瞧五星级酒店都没有，缺少人性关怀。此刻的春航表现得像勇往直前的骑士，青瓦在床上，身子缩成一团笑，纠正说，是缺少性关怀。他们重新穿齐整衣服走出去，已近午夜，上街找 24 小时便利店。青瓦满心欢喜，走在午夜的街头，身体里仿佛要开出花来。

从便利店买了那重要物事，路过一所大学，两人信步走了进去。夜间的大学校园静悄悄的，在石板小路上走着，看看天上，一弯儿细月，清凉地挂在校园上空，"秋月为绝佳之物。月固然无时不佳，但仍以秋月为甚"。情人在此月下，如坠梦境。此月境引诱春航讲大学往事。月下的春航娓娓道来，讲，80 年代初，我和一些同道者在学校组织了一个学生社团——萨特小组，一起研读萨特著作，写诗，还排练存在主义话剧《死无葬身之地》，当时在学校演出，蛮轰动的。组里后来发展了好几对恋人。那时的学校，不提倡大学生谈恋爱，但也睁一眼闭一眼。青瓦说，你谈了？春航讲，是的。我当时的女朋友演的就是女游击队队员吕茜，我演游击队队长若望，另一个也在追我女朋友的男生演五名被抓的游击队队员之一——从窗口跳下去的"胆小鬼"叫索比埃。萨特小组的头儿是首都来的师兄，气宇不凡，风流倜傥，组里的好几个女生都喜欢这老兄。头儿先后和这圈子里的三个姑娘谈了恋爱，搞不清楚自己究竟更爱谁。其中一个姑娘割腕，被同寝室的姑娘发现救回，然后师兄又回到了那个割腕的姑娘身边，但是另一个女友并没有退出。萨特小组的成员们也私下取个名字，叫"萨特波伏娃奥尔加三人组"。那割腕姑娘的家乡在甘肃，一座小城，记不起名字了，毕业时那姑娘因为是当地代培生，要回甘肃，又为要与恋人天各一方伤心，写了很多诗。后来听说姑娘准备毕业前的月圆之夜为师兄献身，地点选在学校后山小草坪处，没料到此壮举感动了风流倜傥的师兄，师兄竟放弃回京，最终和女友一起双双去了兰州大学，一边任辅导员一边攻硕士学位。青瓦问，那另一个女生呢？春航讲，"萨特波伏娃奥尔加三人组"的那个被淘汰出局的女生，毕业前一个月闪电爱上了一个校园诗人，跟诗人在学校后山僻静处偷食禁果，结果被校保安的大手电逮个正着，幸好被班主任保住才没被处分，后来真的跟着诗人去了南方。春航又说，我们那位"索比埃"没追上"吕茜"，还赌气跟我打了一架，他对我说，"吕茜"跟"若望"走了，如果反过来，换作我演"若望"你演"胆小鬼"，没准"吕茜"爱上的人就是我了。青瓦调侃说，好一出戏，戏里戏外都是戏。春航笑道，俱往矣！现在我在这里痴人说梦。这一出往事夹带的戏中戏，在比春航小五岁的青瓦听来，萨特小组的成员，全是白衣飘飘的年代里走出的家伙，后来果真出了两位作家，都出过书，反倒是当年的文学青年春航没有成为文人。青瓦余生也晚，仅赶上个激情的尾巴。为了这没能赶上的盛宴，青瓦必须爱春航。青瓦拥有春航，春航拥有从前白衣飘飘的时代，那么青瓦也拥有了自己来不及赶上的好时光。这叫"曲线救国"。

春航今天谈兴很浓。又讲，最近搞了几次同学会，聚会时，老家伙们喝得酒酣耳热，放声高歌，提议这种神仙会以后一个月搞一次。有个当年也是萨特小组的老兄，说我们来排一出戏吧，不如重排《死无葬身之地》。大伙儿兴兴头头地分配角色，议论由谁当编剧，谁当导演，一部戏的轮廓也差不多聊得有模有样了。青瓦问，你不是演队长若望吗？春航讲，不让我演了，我升任导演了。又补充道，从前的导演是我们头儿，就是当年跟女朋友去兰州的那个，那一对前年双双去美国定居了，现在在西部一所大学任教，据说讲的是西域文化史。太太在家全职，生了一儿一女。青瓦笑道，两个孩子，一条狗，一个花园，大学教职，在美国也是中产阶级的美好生活。春航讲，老同学说我变化好大，原来可以当男主角的，现在只能在幕后当导演了。在夜色阴影里的春航，叹了口气。反正那是一台不可能复排出来的《死无葬身之地》。过往激情就像洗旧的绸布头，很快褪色得全无痕迹。春航又自嘲道，你不用指望了，如今，当年萨特小组的那拨人已是彻底的凡人凡心。

不知不觉两个人走到一棵棕榈树下，停了下来。青瓦再次打量春航——春航怎么就成了今天的春航，于是感叹道，你做了一个最奇怪的选择，是我完全没想到的。我觉得以你的潜质，可以成为学者、作家、媒体操盘手、导演、律师、书商、画家、广告人等等，但结果，你很偶然地成了现在的你。春航讲，还有人认为，如果当年我不出国，完全可能从政，走上仕途，当个党委书记什么的。青瓦大笑，说，我不要党委书记，你别吓我。正处级甚至厅级干部？也不要，那我就不知道该怎么跟你说话了。春航也笑，讲，我也宁愿现在这样。你知道吗，我的人生理想曾经是成为张良那样的角色，不是韩信，也不是刘邦、项羽或者萧何。我喜欢超脱一点的角色，当个高参或者军师，可进可退。青瓦说，张良刺秦始皇不成，你成了一个地地道道标准的中产阶级。春航讲，我没出息，讨厌吧。青瓦说，你的选择在我看来不是最好的，不是最坏的，算是中间吧。青瓦察觉自己对春航有无法说得清的失望，有时那失望会变大，有时又变小。青瓦心直口快地说，你在我这里是不确定的，有时很伟岸，有时又像一个 loser。春航讲，我懂的。

青瓦记起初识之时，曾在无名小街的一棵香樟树下，穿白衬衫的二十五岁青年冯春航在二十岁的青瓦面前背诵屈原《九歌·湘夫人》。好一个才子，声音清朗，玉树临风，青涩年华的女孩怎能不为之倾倒？"帝子降兮北渚，目眇眇兮愁予。嫋嫋兮秋风，洞庭波兮木叶下。登白薠兮骋望，与佳期兮夕张。鸟何萃兮蘋中，罾何为兮木上……"那时候的青瓦才是顶爱春航的，无限崇拜，无限心思，却不敢说出来，青瓦觉得自己配不上这耀眼。一眨眼，等两人再相会时，已悠悠过掉十八个春秋了吗？两人悠悠走出校园。回酒店的路上，抬头看天，广州的夜空是不可思议的幽蓝，也应着"目眇眇兮愁予"的夜里。青瓦陷入了一个假想的迷宫，对春航讲，我问你，一个人，一生会面临多少次选择，你本来可以是什么人，最终会是什么人？春航讲，我哪里会有答案。

凌晨1点多，回到有玫瑰与茉莉花的房间，灯光下青瓦看着春航的裸体在房间里走来走去，家常的样子。在过去的岁月里春航结

婚，离婚，又结婚，青瓦也结了婚，现在才得偿所愿。这是春航
四十二岁生日的晚上，到了房间内，又说了许多话。青瓦说，我在
想我们之间可以做什么，不可以做什么。我俩之间，应该没有禁忌。
青瓦睁着眼睛，平静又热切地说，如果我们重逢时正好是两个单身
男女，我明天就可以和你去结婚。春航闻罢不语，青瓦忍不住追问道，
你呢？春航讲，结婚吗，那要看当时有没有这种冲动了。青瓦却保
证说，反正我是这样的，我可以。心想，结婚这件事上，男人和女
人总归有别的。

　　一夜缠绵后，新的早晨开始了。春航 7 点多就一骨碌起来，匆
匆洗脸刷牙后，准备离开。青瓦穿着睡衣，迷糊地坐起来，春航到
床边抱青瓦，吻别。青瓦又继续睡，翻了个身，睡到春航那边的枕
头上，眼前闪过一个模糊的旧影，一个长衫玉立、胡须干净的青年，
孤寂地站在一棵八重樱下，接着就落起雨来了。

　　晚上春航到家，上海也在落雨。进屋见岳父岳母都在，岳母说，
乡下亲眷拿了个蹄髈，放心的土猪肉啊，我正在砂锅里炖，等下你
们吃吃看。春航嗅到酱香，觉得肚子饿了，就说，好东西啊，我口
水都要流下来了。这次慧梅跟父母聊送酱蹄髈的乡下亲眷家事，说
小孩高中毕业了要出来打工，到处托人问有没有活做，没正眼看春
航。身体已经康复的岳母张罗着开了饭，酱蹄髈味道鲜美入骨，酱
香四溢，红是红白是白绿是绿，好看好吃。慧梅说，昨天春航生日，
可怜介一个人在外头，现在就当补过吧。岳母说，过了四十，不要

想发大财，一家子和和美美就好。又讲，你们又没有小孩，钱太多以后给谁去？岳丈说，我家慧梅跟春航一起，苦头吃过了，现在开始，就要享福了。岳母说，可惜上海两套房子，以后终究要给别人。岳丈说，唉，木已成舟的事，不要叹气了。等他们老了，以后子侄辈谁照顾他们贴心，房子就是谁的。手里有房，终究不慌。慧梅听得不耐，埋怨道，怎么又讲房子，老生常谈了，以后的事谁知道？春航听着有压力，就讲，惭愧，我没什么本事，糊里糊涂又虚长一岁。一家人说着，把酱蹄髈吃个干干净净。到夜里，春航见慧梅穿了自己去年送作生日礼物的高档丝睡衣，在梳妆台前梳过蓬松的卷发，擦好夜霜，点了一滴香奈尔香水，上床。这是每年春航生日，慧梅的床上节目。如今十几年过去，慧梅由苗条变圆润，不再是当年初见时的白衣天使美人。不过每当慧梅说自己胖了时，春航就巧言劝道，这个年纪了，健康最重要了，再说女人一把骨头也不好看。慧梅说，不好看了呀，老公要嫌弃的。春航就说，你脱了就是油画里的美人。慧梅扑哧一笑，不再自怨自艾。慧梅的面容，始终是白润的，平静的。过三十五后，开始像女菩萨，难道是念佛念出佛相？夜里春航跟慧梅做爱，熟门熟路，长驱直入，知道到哪座山唱哪首歌，吃了蹄髈，当然需卖力气，等慧梅到了点，春航才觉得自己完成了任务。事毕，昨夜和青瓦一起的翻云覆雨，总算变成拉远的老电影镜头，消失在上海静静的雨夜里。

10

一晃又两个月过去，洪镕结束美国交流回来了，人晒黑了一点，居然穿上了美国买的牛仔裤。小别胜新婚，没倒时差就和青瓦做了爱。青瓦的身体是配合的，脑子却觉得有些混乱，好像丈夫比从前活泼奔放了。但这样的热情几天之后，洪镕很快恢复了从前的生活，而且比出国前更忙了，听说已经成为医院副院长的重点培养对象。两个男人之间的女人，只能随波逐流地糊涂度日，丈夫和情人，她都不想辜负，仿佛这是人类自私的本能。

上海和杭州在两地，春航不来，青瓦不去。青瓦从春航那边听到一大堆的困扰：工作、合同、会议、司机、同事、太太，枝节旁生，全是大大小小的障碍。青瓦发现春航身上的不确定性。春航是即兴的，闪烁的，不够审慎的，现在满溢的激情或许也有倒空的一天，不免又迷茫起来。

等春航再打电话来，青瓦忍不住发飙。好在春航面对发飙的女人表现出男人的好涵养，愧疚地说，我心里很不好受呢。青瓦不吱声。春航叹气道，我只是不喜欢上次跟你惊鸿一瞥的钟点爱。青瓦赌气说，这话不中听了，什么钟点爱，听起来好像妓女跟嫖客做生意。春航心里想的，比如两个都是有家庭的人，总不能过于随心所欲，却不敢跟青瓦说出来，但春航确实感觉到似乎青瓦是更自由的那一个，也从未听青瓦讲过她与丈夫关系如何，好像她的家庭不存在一般。

青瓦知道自己跟春航那样放肆的晚上不会多，总是想下一次见春航会是什么时候。两人相见不易，打电话也是有禁忌的，比如傍晚6点30分之后，早晨10点之前，这已有了默契，偶尔的联络只维持在工作日的工作时间。春航在外地出差总是忙碌，经常在11点左右才能回到房间，青瓦时常等春航电话等得想睡又不敢睡，欢愉中就有了几分悲壮的意味。

那日春航下班后，风尘仆仆赶到青瓦下榻的酒店，穿着一本正经的上班装，短袖配西裤，像一个普通的男白领。青瓦敏感地意识到春航正穿着另一个女人的趣味。青瓦心目中另有一个春航的样子，是完全按自己的趣味来打扮的。如今他们身上各自带着不同的趣味。人到中年的春航，一丝不苟的绅士做派，跟他的日本同事相仿。青瓦却喜欢偏美国一些的休闲服装品牌，因为收入不够高，也只够买些二线品牌穿。现在的春航身上仍有很多在日本生活时留下的痕迹。他身高一米八，不胖不瘦，是征婚广告词中所说的某男貌端气质佳，全球五百强跨国汽车公司的高级灰，青瓦在想象中经常将阿玛尼西装穿在春航身上。

正是盛夏，青瓦露在外面的手臂被阳光晒得黑黑的，修身的低V领丝质百合花连衣裙，将身材裹得恰到好处。从前青瓦在春航眼里有一丝清纯飘逸，如今飘逸还在，只是昔日的清纯已化为一点落日余晖的艳光。春航一进门，两人就靠在门边相拥着，春航握住青瓦的腰，青瓦把头闷进春航宽阔的胸膛。宾馆的房间不大，两人一起坐在很阔的大理石窗台上，青瓦凑上去吻春航的脸，春航却躲开，难为情地说脸上都是油和汗。青瓦只好做回淑女，陪他看窗下的上海城——大路朝天，上下班的人潮移动着，天色一点点地暗下去了。两人坐在十八楼的窗台上，就这样坐着看天，陷入静默，不想挪动。春航首先开腔，指着视野内斜对面的一个球场说，那是以前我跟朋友们打球的地方。等天黑透了，春航提议出去吃饭，青瓦还不想起身。春航于是说，我是知道你的，这么待在一起待多久都可以，不会想到要吃饭的。青瓦也笑，说，真舍不得走出去呢。

出门，走进附近一家中餐馆，环境一般，但两个人好不容易见着，只图这一处近。吃饭的时候春航又说了很多话。青瓦发现每次两人见面都这样，话说得多，食欲却萎缩掉了。我给你夹菜，你给我夹菜，举案齐眉，吃得却少。春航讲从前青瓦不在场的故事。春航讲，那年我得了差点要命的肝病，住在医院重症病房，脸肿得跟猪头似的，眼珠子是黄的，为了不让我妈知道儿子得的可能是绝症，就骗她说我出国去了，要长住一段时间。青瓦惊道，也只有你想得出。春航讲，以后我每隔一段时间，都得假装给我母亲打国际长途电话，拿着电话时，还得强颜欢笑，编一些谎言，放下电话时，我真的想大哭一顿，但戏还得撑着演下去。青瓦说，作孽。春航低声讲，山穷水尽，怎么办呢？还好我太太一直照顾我。青瓦感叹说，你太太真是好女人。春航又讲，我妈呢，是个要强的女人。1949 年前出嫁，婆婆待她苛刻，我妈就拿自己的命去抗争。有次干活回家累个半死，家里只有发馊的剩饭剩菜，比用人还不如，她一气之下就去跳河，后被人救起。婆家人怕闹出人命，从此不敢再欺辱她，她才终于不再吃隔夜馊饭。青瓦说，你妈这样要强，你是怕她接受不了最让她骄傲的儿子病成那样。春航讲，瞒是瞒不过的，我妈后来还是知道了，一听说我是在武汉病倒的，眼泪马上流下来了，喃喃自语，武汉，为什么又是武汉？可是我妈倔脾气上来，怕我太太照料得不尽心，要我们离婚，把儿子还给她，由她来照顾。我太太也坚决不放手。这下让我一个病人心更累了，好说歹说，才把我妈劝回了洛阳。青瓦说，以前我就觉得你是孝子，不过这一次你总算没听你妈的。春航讲，我妈很年轻就守了寡，培养我上大学自立，就已经老了。那时我妈不喜欢我大学时谈的女朋友，挣扎了几年后，我无奈与女友分手，那是遇到你之前的事情。青瓦说，我知道，很早你就跟我讲过，印象深刻。

春航讲，小时候，我父亲有好几年在武汉工作，他是造桥梁的总工程师。武汉在我妈眼里荒腔走板，就是不祥之地。我妈诅咒那个地方，先是让丈夫有了另一个比她年轻的女人，从此很少回家，一年只回两三次，回来了，他们又要吵架。我爸不久后就因一次意外事故送了命，那鬼地方难道还要再夺走她儿子吗？她恨得捶胸顿足，骂她死了的丈夫到了阴间，还不好好保佑他儿子。后来我对武汉也心有余悸，死里逃生后，曾对自己说从此再也不与武汉发生联系，不碰武汉的项目，哪怕是再大的项目。

春航讲到武汉的时候，青瓦开始走神。青瓦想，武汉是春航的伤心之城，我却还没有去过呢。青瓦记得从前有一天在咖啡馆跟女友叶莺莺谈到旅途。何时上路，要去哪里。说了很久也没有结果。越来越多的地方都已踩过脚印，缺乏新鲜感了。从前，青瓦也是喜欢在路上的女子，但喜欢和不喜欢的地方去得多了，渐渐就生出淡漠来了，想到去哪里也不那么带劲了。青瓦跟女友叶莺莺说，我们一起去武汉吧，这个大码头我还没去过。没料到平时像三毛附体的叶莺莺说，我怕坐船的感觉，一天到晚，江上呜呜响，雾蒙蒙的，很迷茫、不知未来的那种卖相，让人想哭。说得青瓦心里也渺茫空洞。印象中武汉人说话凶巴巴，夏天高温达四十摄氏度。在上大学语文课的时候，老师曾特地拿武汉的方言当例子，说武汉女人不温柔，说起话来像吵架。武汉人自己说，热要热得透彻，冷要冷得彻骨，这才是生活，淋漓尽致。

春航讲，那次我在武汉倒下，有点诡异。在那里出差了一星期，突然病倒，上吐下泻，很像是食物中毒的症状，然后就垮了，我自己也不知道吃了什么中毒的。青瓦曾到过长江流经的很多个城市，也许某个晚上，会梦见武汉？武汉是一种隐喻，一种使命，一段悲伤，跟一个人、一种宿命有关。青瓦说，我还没去过武汉呢，黄鹤楼多有名呀。也许有一天，我要独自去那里，去黄鹤楼转一转，然后站在长江边上，给你打一个电话，跟你说说当年我也有愁闷，"黄鹤一去不复返，白云千载空悠悠"的愁闷。再讲讲武汉的往事，那些宿命的想法，还有面前这条长江。武汉总是要去的，那个填满世俗悲喜的城市。春航不响，青瓦又说，我希望有一天你能坦然地站在武汉的大街上，看车来车往，再到桥上去看看长江奔流。你必须回来，重新站在倒下的地方，好好吃一顿饭。最好，在夜晚没人看见的时候，对着长江撒一泡尿。青瓦这样煽动着，春航笑了，就讲，小时候游泳，我就在江里撒尿的，神不知鬼不觉的，撒完了尿继续游，反正江水是活的。青瓦问，你是在江边长大的吗？春航讲，小时候，我跟着父母，在武汉待过几年，后来我父亲留在武汉造桥，我母亲带我回洛阳了。

　　春航总是停箸沉思，断断续续地说着话，始终是一种调子。青瓦悲悲喜喜的，情感随着春航的声音起伏着。有时抬头看春航有些血丝的眼睛，有一种奇特的逆来顺受的温顺。

　　天黑了，回到宾馆，躺到床上，并排靠着说话。春航忽然说冷，起身去旋空调的按钮。青瓦就听到几声咳嗽，有些意外，看起来春航现在的身体也不是太好。两个人赶紧钻进了被子。青瓦想吻春航，春航却总是闪避，不让她吻进去，激得青瓦求吻之心更为迫切。春航轻声说，因为我爱你才这样。春航因为得过肝炎，很早就将自己判为有禁忌的二等公民。青瓦心里难过。关灯，睡觉。春航继续安慰青瓦，抱着她说，你别多想，我爱你。

　　早上醒来，眼睛半开半闭着，青瓦枕到春航的胳膊里去。本来想睡个懒觉，但春航要早起上班，青瓦也匆匆起床。两人一起去餐厅，青瓦盯着春航吃完两小碗稀饭、一个鸡蛋、一杯牛奶，目送春航走出宾馆。离退房的时间还早，青瓦回房间再次躺下，床单上还有春航身上的余温。

11

正是中国汽车制造业与境外汽车公司合作最频繁的时期，春航时常在外地出差，这次是到天津，夜里 11 点，回到宾馆的房间，打电话给青瓦。青瓦说，今天我们不说这么久了。春航讲，公司前同事又走了一个。今天还是不能离开，我委托别人送了花圈给他送行。穿着白色棉睡裙的青瓦说，这就对了，活着的人才是最重要的。青瓦说，真高兴我有你这样一个说话的人，我们是在长谈对吗？是不是每个人都应该有一个可以一直说下去的异性？春航讲，有时是我话多，我发现自己在你面前很啰唆。青瓦说，两个人都话多。青瓦讲下午自己一个人在孤山边喝咖啡的时候，看完了一本书，是简·奥斯汀的《诺桑觉寺》。这本书跟春航一样都是迟到者，或许应该十年前读的，却拖至现在。青瓦讲，一个女人在某个场合碰到一个男人，男人很优秀，学识丰富，谈吐优雅，彬彬有礼，有一双漂亮的大眼睛，或许还写得一手好字好文章，可以充当你的老师兄长等角色，你也明白你喜欢他要超过他喜欢你，他能多跟你说说话，你就像得到了奖赏。忽然有一天，他想单独和你在一起，在月光下跟你聊了整个晚上，外加在郊外一起散很长时间的步。他指点江山也指点你的人生，有一份类似牧师的职业。分别后你天天盼望着他会来看你，终于有一天，他真的来了，使你惊喜万分。会有这样的好事吗？春航讲，小说家言，我知道。青瓦说，很多年前达西是我的最爱，那时我读哥特小说和感伤小说，读了很多本乔治·桑的，现在忘得差不多了。《诺桑觉寺》里的蒂尔尼，其实也是个类似达西的角色，只不过蒂尔尼的性格有些模糊，像生活中很多优秀男人一样，因为他感觉到那姑娘爱他，他出于感激，也就爱她了。春航就笑起来，说，我知道，你是在影射我顺水推舟，还是半推半就地爱上你。青瓦也笑起来，说，是半推半就，你是顺便就爱我一下吧。春航忙说，不是的，应该说，是正中下怀。青瓦顾左右而言他，我好像闻到楼下的夜来香了，有时到了晚上，那花香一阵阵地飘进窗子，让人不知怎么办才好呢！春航又说，我知道我知道。青瓦说，你知道吗，昨天晚上我干坏事了。春航问，什么？青瓦说，在你睡着的时候，我偷看了你。此类梦幻情话总有说完时，一人不响，另一人也浸在深夜幽浮的花香里，静默了。

重逢后半年，有个早上青瓦想起床时，眼前一黑，又倒了下去。那时她正在学车，每天6点起早，赶在上班前去驾校练车。这对一个时常失眠的人来说，无疑是一种折磨。青瓦只好放了教练的鸽子，睡到中午，下午去了医院。那天春航正在另一个城市出差，晚上给青瓦打电话，就说，你这样一种气质的人有失眠症，其实我一点都不惊讶。青瓦就说，我是遗传的。你知道吗，别人在黑暗中安静地闭上了眼睛，我却在黑暗中受煎熬，漫漫长夜啊，很多时候，我干脆把眼睛睁开，看夜里到底有多黑。春航讲，我知道。在日本的时候，有一个合租的同屋，他告诉我在马来西亚吉隆坡有一个失眠俱乐部，很有名。各种原因不明、长期治疗、差不多已经绝望的失眠的人组成了这个俱乐部，因为失眠通常伴随抑郁症，俱乐部成员可以互相联络安慰，防止自杀等恶性事件的发生。我那个同屋也是失眠症患者，就参加过这么一个失眠者的民间俱乐部，听说大家在一起畅所欲言，彼此减压；也经常搞一些休闲活动，比如定期搞茶道会、读书会、登山会、书法会等。一年后，这老兄睡眠好了很多。你不妨去失眠者俱乐部试试。青瓦说，一堆病人在一起，病的磁场是不是会变得更大？就像养老院一堆老人在一起，就觉得大家都在混吃等死，很悲哀。春航劝道，你不用太敏感，失眠症患者基本是白领精英，精神压力大的人更容易睡不着，相对来说蓝领们失眠问题要少得多。青瓦还是有障碍，说，反正就是一堆心态有问题的人在一起，是不是会负能量更多，大家一起集体变态，跟精神病院似的？春航道，很多日本的职场男人不是酗酒，就是失眠，只有晚上才把他们打回原形。第二天闹钟一响，爬过最痛苦的那个时刻，照样又穿戴整齐礼貌规范地在公司当模范员工。日本人跟我们最不同的地方，在于连地震的时候，他们都衣冠楚楚的。青瓦说，你不会失眠，是没觉睡吧？春航讲，那时每天都很困，白天读书晚上打工，熬得两眼充血。当时是咬紧牙关，巴不得放假能连续睡上七天七夜呢。每当青瓦哀叹生活之不如意种种之时，春航总会拿出他人生经历的某一片段来劝导。

去崂山前那一阵子，春航被公司的几个大项目耗得心力交瘁，南方北方地飞，总是在路上，一下子瘦了七八斤，健身房去得少了，篮球场也很久不去了。人到中年，身体透支马上就显示出不良后果，春航感到自己弱不禁风，偶尔还偏头痛，感冒，喉咙疼，是"亚健康"了。到阴历七月半，是鬼节，青瓦恰好在上海，下午办完事，打电话给春航，问能否一起吃晚饭。春航为难，今天不行，鬼节，太太说要待家里，不让出门呢。青瓦说，有这忌讳吗？春航讲，主要是这阵子老是感冒，早上出门前有交代，今天必须早点回家。青瓦心塞，说，还信这个？难得同城，还关山阻隔。又气春航惧内，像缩头乌龟一样，懊恼挂断电话。当晚心里烦恼，偏独自坐几站地铁，去一个寂幽少人的公园瞎逛，逛着逛着，就在一个池塘边看鬼节的月亮。此时的月亮又大又圆，并不逊于中秋的月亮，但公园小径一路，都有鬼节的蜡烛点着，还有人在公园一角烧衣服，气氛就变得异样。青瓦边逛边赌气想，不是禁忌吗，我偏在鬼节一个人逛了，又怎样？不知不觉中，却挂下两行清泪。

青瓦第二天下午回去了，春航也没有电话。几天后，春航打了电话，说前几日头疼脑热，精神不振，所以没有陪你。青瓦压着怒气声讨，春航只好噤声。青瓦数落道，我看烦了周围的中产阶级男人，除了高度过劳的上层中产，就是牢骚满腹、灰头土脸的下层中产。在中国，为啥看不到优哉游哉读小说、写诗歌、淘碟、写毛笔字的电工和水管工或者出租车司机呢？春航忙说，肯定有的，我就认识一个电工，我看到他在读二十四史里的《晋书》。青瓦笑起来，怼他说，比你有文化呢。你最好像个崂山道士，乱头粗服才好。怨念累积到一定临界点，就要清算。春航不敢得罪尖锐时的青瓦，就讲不妨歇两日，有美人相伴，去山里做几天逍遥山人。

青瓦就说，那我们就去崂山吧。青瓦说从前听过的那个崂山道士的故事，一直觉得神奇，云里雾里，让人遐思，要春航陪了去。春航踌躇了一番，就答应安排一下，去青岛出趟差，转道过去。也许我就是那个穿不过墙的小道士，春航讲。青瓦说，我知道我的兴趣点好古怪，但就是好奇呀。

周五早晨 10 点多，春航上了火车，坐的是卧铺。还在火车上时，青瓦发来短信，说昨夜失眠。中午，青瓦去青岛火车站接站。路上拥堵，迟到了几分钟，春航已经在出口处等候了。两人会合，匆匆离开车站，直奔崂山而去。这一次的接站和之前重逢时的那次完全不同。上了出租车，青瓦很随意地将小旅行包搁在两个人中间，春航却把包和袋子放在一边，好让两人挨着坐。春航闭上眼睛，不怎么说话，青瓦就靠在春航肩上打盹。后来春航先睁开眼睛，望望靠在肩上的青瓦。一路上有些困乏，青瓦闭着眼睛说，你是第一次来吧。

春航讲，是的，来青岛好几次都不曾去过崂山。

　　不知过了多久，海岸远了，已在一条盘山公路上了。青瓦睁眼看，

高大的树木忽然多起来，郁郁葱葱地合抱着，围住了马路。山上的
下午，空气依旧热腾腾的，若站在树荫底下，却有清凉山风。两人
又活跃起来。青瓦开心地给他取字和号。春航一会儿字沐冠，号谷
瓦道人，一会儿又字墨渔，号子虚山人。春航认真问这字和号乃何意，
青瓦笑笑，天机不可泄露。走在山路上的青瓦脚步轻快，脑中常有
古今两千年的意象翻飞，春航在各个朝代会是个什么样的男子，发
生什么样的艳事，一幕幕像拉洋片般闪过。自七岁始，青瓦就跟着
父亲在苏州老弄堂茶馆里听评书，不知不觉成了英雄崇拜者，最早
记住的英雄是《隋唐演义》里的尉迟公。如今承平时代，太阳底下
无新事，青瓦梦中仍会有古今英雄出场。青瓦的梦炫丽铺张，需要
载体，否则空洞无依。春梦了无痕，多数也是向梦中英雄献身，从
《红拂夜奔》里的李靖，三国的周瑜，罗马大帝恺撒，圆桌骑士朗斯
洛，到东林党人陈子龙，球星巴乔和巴蒂斯图塔，青瓦都梦见过。
青瓦有一回梦见京娘附体，自己就是赵匡胤千里送的京娘，一路上
转山转水，骑马走路歇客栈，赵匡胤问寒问暖，温柔体贴。最后一晚，
在河边一家客栈，她推开匡胤屋子的门，坚定而又热烈地要委身于
匡胤，贴在匡胤雄实的背上，耳鬓厮磨加上窗外的大雨，想当柳下
惠的匡胤只得转身抱住她。梦中与匡胤的激情缠绵，仿佛真的发生
过。匡胤长什么样？长衫高靴，古人的长发已披下，覆在她裸露的

肩上，那张脸是模糊的，分明有春航的影子。

小旅店在崂山的高处，其实是一幢近百年历史的老别墅。坚固的青色石头砌成的墙，云掩柴门之幽深，别墅大屋的地板是老漆的朱红。二楼的房间，屋子不大，推窗见山，人就像住在山洞里。在老道士闭关修炼处，一条上升的小山道，石阶绵密，直达山上公路。两条大狗在林子边的草地上玩耍，一条乌亮黑狗，一条黑白花斑纹狗，一公一母，漂亮，威风。在旅店边上的农家小院吃了午饭，老板娘是青岛人，热情地跟客人聊天，猜他们两人都是三十出头，青瓦乐了，也不去说破。回到房间，青瓦坐在床沿上，放下包，摘下帽子。春航在房间里转悠，东张西望一番，忽然雀跃起来，说，这地方适合养老，我打算在这里当山人，像王七那样好吃懒做。青瓦说，王七本来已经学了穿墙术，师傅说只能紧要关头用，但他一回家就炫耀，所以就不灵了。春航看到一则介绍，说全真龙门派创始人丘处机到过崂山，那时叫鳌山。青瓦说，我不喜欢丘处机，跑去给成吉思汗当国师，我喜欢的是崂山道士那样虚幻的故事。春航正想说，我们是逃避现实，话到嘴边，又咽了回去。

在旅馆的房间里歇了会儿后，青瓦问春航老照片带来了没有。春航讲，你放心，先洗个澡再看。青瓦推开窗，山上的午后很是凉爽。两个人索性盖上被子，春航看了下表说，噢，下午3点了。青瓦一开始还以为春航只会简单地拿几张各个时期的照片来，男人嘛，做这些事的时候总归是敷衍态度的。结果这个下午，等到洗了澡，泡了茶，把电视机关了，春航从黑色旅行包里拿出一个大袋子，里面有几百张照片。照片分成厚厚的三沓，每一沓有一本砖头书那么厚，用三个柠檬色信封装着。

一壶水烧开，春航倒好两杯水。现在这里是与世隔绝的崂山梦话了。春航的照片在青瓦手中。从七八岁到四十出头，三十年的长度。最早的一张照片只是一张底片，是春航在武汉刚上小学时拍的标准照，圆头圆脑，眼神机灵喜气。再是中学时代，春航和同学们在洛阳的合影。合影照上有春航朦胧初恋的女同学，曾经拉过手散过步的，春航让青瓦猜是哪一个，青瓦一猜即中，那梳着两根麻花辫的少女，像别人诗歌咏过的朝颜。二十年后开同学会，春航回故乡和高中同学相聚，照了一张全班同学的合影。合影上的男人，表情严肃，不快乐，头发有些花白，是标准的沧桑中年，让青瓦有点不适——望望身边的男人，也和照片上的男人不一样。那"朝颜"也在这张合影照上，春航再让青瓦找，这回"朝颜"却无迹可寻。春航指给青瓦看，是一位身材发福、妆容端正、神情干练的女人，当地的女强人。又打开几张照片，春航与几个通讯社同事走在人民广场大马路上的合影。青瓦指着春航身边的一个短发女人说，我记得她，有点特别的一个女人。我还记得她的桌子在大办公室的第一排，边上放着好几幅油画，都是她自己画的。她好像是一个独身女人，挺骄傲的。春航讲，对的，她离了婚，一个人过，喜欢画画。青瓦说，那时她喜欢你吧？春航讲，那时她对我很有意思，我这人"马大哈"，也不太懂女人的心思，根本不知道她想什么。当时社里的同事三教九流都有，科班出身的不多。我和她都是科班出身，被好事者合并为同类项。我们还算聊得来，因为我小时候也学过画，所以有些共同语言。我叫她孟姐。孟姐在一堆男人面前还是有几分傲气的，她家就在山东的一个小城，离婚后一个人调到了这里闯荡。我觉得她身上有小女人的自恋，也有北方女人的那种豪气，她很会喝酒。

青瓦回忆道，那时她总是走到你座位这边来，跟你聊个没完。好像整个社里的男人都不在她眼里，除了你。

春航讲，有一次，孟姐说请我去她家吃饺子，我就去了。她比我大好几岁，那时候应该也三十出头了，我从来没有往男女方面想。到她家后，看到她，感觉她好像有些不自然，脸上是精心化了妆的。我像是误入了闺房，空气里有香水的味道，不大的客厅里，放着一大幅色彩很艳的自画像，是她的。我就感觉不自在。她去厨房煮饺子，我一个人在客厅看电视。吃饭时她拿出一瓶酒来，我想，盛情难却，既来之则安之吧。但是那天吃完饭，坐在沙发上，她忽然蹲下来抱住我，用刚吃过大蒜的嘴吻了我。我傻了，太突然了。青瓦乐不可支，问，后来呢，后来呢？春航讲，还好还好，酒后没乱性。又自嘲道，感觉特别奇怪，有股蒜味，让人特别不舒服。后来赶紧找个借口走了，又不能伤她面子，她毕竟是同事，再说又是单身。一路上就觉得恶心，那气味现在还记得。后来大家好像从来没发生过什么，相安无事，再后来，她去了德国。青瓦叹道，果然是这样。大蒜是个意外事故，不然你会不会被她勾引上？春航讲，应该不会吧，她不是我想要的那种。青瓦说，当然，假如是不存在的。春航讲，你还记得那时候我们的社花吗？青瓦模糊地想起通讯社走廊上一个摇曳高挑的女子的身姿，说不记得了。春航讲，那时候很多人都说她暗恋我，她的确是个漂亮女人。后来她结婚了，生了孩子。有位仁兄就出馊主意，叫我上，去把她搞上手。青瓦说，后来呢？春航讲，当然没有，我只是一笑了之。其实那时候很单纯。跟大学时代的女朋友恋爱谈了好几年，最多也就是在学校草地上亲热一下，回寝室的时候，女朋友可能头发上会粘上一两根草，被室友打趣一下，实质性的事情是没有的。那时候的观念很保守，觉得人生最美好的时刻得留到洞房花烛夜，所以更不想和女同事暧昧不清。青瓦说，也是，男人女人都比较清白的年代。春航讲，社花后来有点可惜，据说成了那种热衷于要男人爬上位的妻子。青瓦说，那你前女友呢？记得那时你好几次向我提到她，你说是因为你妈不喜欢她才分手，很伤感的样子。你说她们水火不容，你没法违背母亲，她很年轻就守寡了。当时觉得你有点懦弱。春航讲，也不全是这个原因。也许我那时还没有做好和一个女人过一生的准备。大学毕业后两个人好不容易分在一个城市，有段时间，我看她留意着买家具，很投入地要进入主妇角色，忽然就不舒服，好像她要拴住我了。青瓦叹一声，说，我以为你们会复合呢。春航讲，她后来去温哥华了，中间隔了很多年没见。这两年她对我好像很有热情，她几个要好的女同学都知道她喜欢我，但我不想再跟她有什么。毕竟每个人都会珍惜当年的感情，我也理解她。青瓦说，你动心过吗？春航讲，有那么一刻吧。前两年她回国探亲，要见我，我们很多年没见了，一起到外面吃了饭，晚上我送她回家，到她家后，她忽然扑进我怀里。我感觉到她软软的身体，有一瞬好像从前的感觉又回来了，但我克制住了。她说要我第二天去看她。青瓦说，你去了吗？春航讲，没有。青瓦追问何故，春航讲，我也不知道。青瓦还在想春航怀抱前女友的那一刻时，春航及时岔开去，叹息说，真的，我本来觉得自己这些年已经老僧入定了，不料你出现了。青瓦不解道，为什么是我呢？春航讲，不知道，我的第一感觉就是要抓住你。

春航在日本的照片只有十张，很多都找不到了，因为离婚、分家、回国等种种原因，飘零不知何处。有一张在东京千鸟渊的樱花树下，目光忧郁，眉宇落寞，身后大片正在花期的粉白色樱花。另一张是春航脚步轻快，穿过池袋车站东口区的马路中央，那眼神里有一种闯入者的不羁。还有一张，春航站在北海道的雪地上，中远距离，人看起来很小，好像要遁形于雪国，让人想起跟了托钵僧归隐的贾宝玉。春航解释说，那是在日本的最北端，宗谷岬的12月，离婚之后的旅行。

青瓦忽问，你收到过我的信吗？春航不语。青瓦又问，你到底收到我的信没有？春航沉默了半晌，才说，西尾久吗？那段时间我不记得给谁写过信，除了在国内的母亲和前妻。青瓦叫道，为什么一封都没有，怎么可能呢？我不信。脸都变色了，因为青瓦往日本寄了有十来封信。春航讲，真的，一封都没收到。也许是因为那段时间我很动荡，几乎居无定所。青瓦有点不信春航。

12

听罢一堆猎艳者春航的往事，青瓦嗔道，鸳鸯蝴蝶乱飞，你要怎么收场呢？春航讲，我就摊牌，说我还不想结束单身状态，人家也就明白了，我不可能认真。青瓦说，你就不怕人家偷偷生下孩子也不告诉你，只是借种？春航讲，那时的人还没这么开放吧。女人怀孕是要男人负责的。青瓦说，总有特别的女人，秘密烂在自己肚子里。春航讲，我曾经在同一家餐厅碰到两个女人，远远地点点头算打招呼，真是尴尬。青瓦说，我懂了。春航讲，那是在我病后，脸上还有浮肿，她们对我的变化一定相当吃惊。春航讲，有一次，躲在一个女孩家的床底下。她妈那天本来有事去了亲戚家，说不回来了，于是女孩就给我打了电话，到她家幽会，到晚上10点多，她妈突然回家了。听到动静时，女孩赶紧让我躲起来，我就躲进了床底。在床底听着刚才还在娇喘的女孩和突然驾到的母亲故作镇定地交谈。她妈数落女儿说，你房间怎么这么乱，猪窝一样。女孩说，我正要洗澡嘛，好了好了，你去睡觉吧。我仍然躲在床下，过一会儿，她妈又进来说下了面条，问她要不要吃夜宵，女孩赶紧说，不吃不吃，我很饱，你别烦我了。我在床下，差点要笑出声来。青瓦咘咘笑道，床下有登徒子。两人说笑着，好像说的是别人的事情。

　　春航又描述一生中最疯狂的一夜，一夜御三女，以为帝王不过风流如此。在第一个女孩的妈妈回来前离开，就像一个食客才点好了菜单，浅尝了一下就走了；去第二位姑娘的香闺，不过像刚上了开胃酒，完事后又离开了；半夜到了第三家，是一个留守女士的家中，才是酒过三巡的彻夜放纵。春航讲的时候，是平静的"闲坐说玄宗"，青瓦则听得心惊肉跳，如梦初醒，原来过去自己不过是喜欢上春航的数目可观的女人之一。春航自嘲道，那时候有人说我眼神忧郁，身上有颓废气质，像个诗人。我只是在一种不想负责任的状态中，惯性一样。性成了寄托，但每次事后我也很烦。青瓦的身体有一丝僵硬，不过仍追问，你还干过什么荒唐事？春航讲，那倒没有。不过曾有一次，和一个哥们交换过女友，当然不是认真交往的那种女友。我还带着女孩夜里兜风，开快车，还无证驾驶，差点被抓进去。有一次为了躲开警察，一路狂奔，等停下来时，发现已经冲到江苏省界了。青瓦说，所以就钻到人家车底下去了？春航讲，那是后来的一次，差点车毁人亡。那以后我才知道怕死。

　　接着青瓦看到一张几乎面目全非的标准照，春航睁大了眼睛。那是春航大病初愈后的第一张证件照，看起来有些奇怪，脸上还有未褪尽的浮肿。肝病会要命的。青瓦想起一个男同事去年死了，才三十六岁，是同样的病。男同事来自农村家庭，一路念到重点大学硕士毕业，性格淳朴，病倒前是条黑壮汉子，没有人相信一年之后他死了。春航讲，可能是报应吧。青瓦沉默，良久后问，如果可以重新活一次，你愿意有这些经历，还是没有？春航讲，还是有好。青瓦问为什么，春航讲，很多东西，只有当你经历过了，才不会再有诱惑，你也更了解自己。青瓦说，真奇怪，我印象中的你完全不是这样的。春航讲，在你这里我不敢坏。也许是我身上坏的一面，在坏的环境里被激发出来了。青瓦说，看来发现坏也是一种机会。春航讲，现在我身边也有不少男人，有点钱就有美女来投怀送抱，但那个时代不一样，猎艳基本上与钱无关。我肯定那些女人喜欢我不是因为我成功或者富有，可能是另一种她们喜欢的东西。青瓦怼他，你就这点得意了！我可以想象得到她们为什么跟你睡。女人就喜欢浪子。春航讲，以前我是浪子，现在不是了。

春航讲，那年初夏，医院已给我下了病危通知单，每天要上千块钱医药费，只好卖掉新房子。后来我知道一旦肝昏迷，连自杀都不可能，就成活死人了。半年后出院，我对自己说要从头来过。从此不能轻狂，要懂得感恩。后来几年又经历了些煎熬，投资失败，一度灰心得好像得了抑郁症。青瓦不语，难免联想春航又黄又肿的模样，会是什么光景。春航讲，等到我出院后，就迷上了看京戏。当时身体状况还不能上班，需要休养。那时戏院时常有下午场子的京戏演出，有时连本，有时折子戏，时常有名角登台。每个星期三下午，我都会坐上几站地铁，看一出京戏，然后慢悠悠地回家，差不多是上班族下班的时间。看得最投入的，记得是梅派青衣戏《宇宙锋》。青瓦感叹道，这也算因祸得福，你过上古典生活了。春航自嘲，提前过上老年生活。青瓦就说，我巴不得呢。

春航又讲，我在家里也时常会听一些日本曲子，《樱花》《雪花》《春痕》等，都有人生无常、阴晴圆缺的咏叹。去日本后，我最爱的是日本的音乐，当年荒川居酒屋的庆子会弹琵琶，会唱一些古歌，我耳濡目染，是劳累的打工生涯中唯一的一点儿美好记忆。最喜欢的《宵待草》，是日本画家竹久梦二作的曲子。青瓦说，《宵待草》，好听的名字，是什么花？春航讲，其实宵待草不太起眼，就是一种黄色的小花，但那首歌听起来特别感伤，应合我当时的心境。竹久梦二自己就是个短命鬼。

春航的声音有磁性，用日语轻轻哼唱《宵待草》，翻成中文的意思是："等待啊，一心地等待，那人不再来。盼夜幕，宵待草煞是无奈。今晚的月亮，似乎也不愿出来。"青瓦听着，陷入了宵待草一般浓郁的感伤之中，即便是如今不须等待，春航就在面前，那感伤依然是浓郁的。

青瓦说，高中时候我读了一本书，叫《道林·格雷的画像》。小伙子放荡不羁，一天天地变丑，很像你。春航讲，我也看过，道林·格雷就是我。青瓦说，记得那年上海夏天，我们一有空，就坐一起谈书，两个地道的文学青年。那时人人谈萨特、尼采，现在吃不消了。春航笑道，当时我们处在最旺盛的抒情期，我记得在宿舍里深夜点蜡烛读《百年孤独》和《变形记》。青瓦笑，说，我梦见过你戴着面具，演《哈姆雷特》还是《李尔王》。春航讲，我十五岁那年，本来已经考上省话剧团当美工，只是家里认定了我要上大学才没放行。青瓦笑道，我知道你很小就有当演员的天赋，这世界到处是舞台，你会情不自禁地进入角色。春航难为情地说，你的讽刺我懂，我笑纳。青瓦说，如果我们到七十岁时才重逢，没准你已经睡过三位数的女人了。春航笑而不答，拿出一块男式手帕揩了揩鼻子。墨绿色远山图案的日本手帕很雅致，叠得方方整整。这餐巾纸的时代里，春航的手帕也是迷人的。

春航若有所思，就讲，青瓦，你和我太太完全不一样。太太想让我忘掉过去，你是让我回到从前。青瓦小声地、紧张地问，如果那个时期我就找到你，会怎样呢？春航讲，不知道，还是不要吧，我怕伤害你。青瓦说，后来你是终于厌倦那种生活了，所以又结了婚。春航讲，人总有厌倦的一天。青瓦像是自言自语地说，是忘记还是不忘记好呢，我也不知道。

13

黄昏时分，崂山上冷冷清清。他们找了一家看得见风景的饭店，在露台上惬意地坐下来。天边，整片的晚霞，青天之间蔓延出一带赤橙黄。城里很少看得到这样广阔的天空。山上到处是植物，角树、栗树、苹果树、桦树等，很多植物都叫不上名字来。

山里的饭店，最拿手的是野味和农家菜，女服务员推销的山鸡味道正，青瓦点了几样山里的野菜。最后一抹晚霞隐落时，群山渐成了墨影。晚餐端上来，三菜一汤，主菜是一锅黄油漂浮的山鸡。一只肥白山猫蹲在脚边，软媚温存地叫着，青瓦只得试着把鸡骨头扔给它，猫儿嗅了几下后走开了，过了会儿又犹豫着过来，将骨头吃掉。春航看青瓦喂那只肥猫，好奇道，你看山里的猫，没鱼吃，也就改了脾性，鸡骨头也将就了。青瓦笑道，山外的人来到山里呢，也改脾性了？春航讲，肯定改了。比如有两只大猫，雄猫拼命讲故事，雌猫拼命问问题，不吃不喝，夜以继日。春航的俏皮话，青瓦常是又爱听又嫌他会花言巧语讨女人欢心。

夜黑透了，山野的凉气渐渐浮到脚边来。回去的路上没有一盏路灯，漆黑一团。他们只得借着上弦月的微光挽着慢慢走，深一脚浅一脚地回到房间，脱下的衣服上已沾有露水。青瓦抱起一只枕头靠在床上，说，一对男女私奔，渴了喝山涧水，饿了打野果子吃，比如摘野草莓充饥，当然还得自己盖房子，不会盖房子，搭个草屋也行。春航讲，想起从前古人说山中一日，人间十年，是遇到神仙了。真的是离开十年，天早塌下来了。山中一日，人间一年，天也塌了。是不是？青瓦却说，我们私奔三天，天不会塌下来。春航拉开窗帘探看，夜色黛不见底，荒郊野岭，茫茫漠漠，不见边际。不一会儿，山雷隆隆响起，鬼哭狼嚎。当地人说，山里打雷很恐怖的，像霹雳一般，一下能把屋里的电视机炸坏。俄顷，暴雨至，雨声哗哗，好像马上进入了秋天。

才晚上9点多，春航和青瓦像冬眠的黑熊躺在被窝里。听着怒雷炸响，一个接一个，雨声敲鼓一般，时光在山间暴行。青瓦说，好怕人啊，还好在屋内。春航抱紧了青瓦，说自己有些头痛。两个人静静地躺着，也不知今夕何夕。不知过了多久，青瓦见春航睁着眼睛，就问春航睡着没有，春航讲没有。青瓦也没有睡着过。一夜都没有欲望。

天将晓，青瓦听到走廊上发出的噪声，也不知道山里的天是几点钟亮的。青瓦蒙起被子，没头没脑笑起来，说，山里人起得早，嗓门真大。身边的春航哼哼了两声，青瓦翻过身去，把头枕进男人臂弯，把腿架在他腿上，胸贴紧他的背，半梦半醒间都是缠绵。这很像青瓦的梦境：很多次梦见春航来看自己。春航在各个季节来，春夏秋冬，穿四季衣裳，梦中的场景全是在室内。很多次青瓦醒来后，发现不过是南柯一梦，雾失楼台，空空荡荡，无法再睡。贪爱梦中光景，想再回梦里又回不去。青瓦只能回忆从前春航写给自己的信，那真正是老皇历了。十八年前，也是夏日，春航来杭州出差，晚上应酬喝多了酒，找出望湖宾馆的信纸，就开始给青瓦写信，洋洋洒洒地写了好几页。信中说的是，独自来杭州，寻青瓦不遇，一个人在杭州公园长椅上睡了一夜，第二天清晨，扫街的大妈把自己推醒，恍然黄粱一梦。

又几阵错落吵闹的脚步声，青瓦抚摸着春航，他有三十七摄氏度的体温，七十公斤的体重，活生生的一个男人。春航也醒了。还想沉醉一会儿，闭着眼睛做爱，四条腿缠绕着，仿佛又是青瓦的春梦。汗水混在一起。刚下过暴雨的山里空气潮湿，整张床都是湿漉漉的，好像水里两条鱼在交媾。

洗了澡后，收拾好所有东西，走出房间，去一户山里人家吃早饭，小米粥、馒头、咸菜，吃得很香，又用泉水泡了崂山绿茶，小狗小猫在边上趴着。喝了茶，然后就下山。

陪青瓦飞回杭州，正是傍晚。春航靠在餐厅舒服的长沙发上，说，我喜欢上杭州了。吃饭时，春航又说，我打算五十岁就退休。青瓦说，据说很多IT精英，喊着三十五岁退休，甚至三十岁退休，或者四十岁以后就进入半退休状态，其他时间想干吗就干吗，人何苦在一棵树上吊到老呢？春航讲，很多中国人宁愿把自己吊死，我是该觉悟了。日本人更是。有一天下午，我陪一个老同事在市中心的一家日本咖喱屋坐了一下午，那位是公司的老前辈，正面临着职场的两难选择。三十年岁月都搭给公司了，可青春是再也回不来了，我对照他，照了一下午的镜子。青瓦吐了吐舌头。春航讲，前车之鉴啊。前一阵子我感到特别疲倦，就想象着和你一起去户外探个险，结果变成去探崂山道士了。青瓦说，我老想着最好已经是老年了，我只要和你在一起，每天最多离你一米远，犯困了，我就趴在你膝盖上打瞌睡，没准还会流口水。春航笑得好看。青瓦回到现实，说，退了休，然后呢？春航讲，然后就天天发呆，然后就变成"老年痴呆"？青瓦说，那我们一起发呆。

　　吃了个早晚饭，春航别过青瓦上了回上海的火车，然后搭地铁回家。到家后不久，慧梅说她没吃晚饭。春航问是不是感冒了，慧梅说，昨天做梦乱七八糟，梦见我们床上还躺着一个女人，面目模模糊糊，看不清楚，床太挤，结果我掉下去了。春航一惊，连忙讲，梦都是乱七八糟，上次我还梦到你被日本宪兵抓走了呢，所以不要瞎想，今天早点睡。就为慧梅倒了水，加维生素泡腾片，搂着她上了床。又去厨房煮了两碗面，一人一碗，慧梅吃了几口就不想吃了，脸色还是憔悴蜡黄。春航上床陪慧梅，让慧梅靠在自己肩膀上，像拍小孩一样轻轻拍她的背，心里有一万个内疚。

　　7点钟时青瓦也回到家。洪镕说，你回来啦，我正好去赴个外地老同学的小聚。未央说，我要跟爸爸去外面玩。洪镕说，妞妞你跟妈妈玩吧，爸爸向你请会儿假。洪镕走后，青瓦和未央一起在沙发上画画玩游戏。青瓦给未央画了一座山，一个穿墙壁撞破脑袋的小道士。未央说，这个道士好滑稽啊，他为什么想穿墙壁呢？青瓦说，未央要是会穿墙壁呢？未央说，我不喜欢穿墙，我要有把万能钥匙。

14

星期五下午，春航坐在上海一家星巴克，给青瓦打电话。春航讲，知道我在啥地方，你猜猜？没等青瓦接话，春航讲，除了别猜我在杭州。青瓦奇道，那你在哪儿呢，在老通讯社吗？春航讲，我在上次我们一起坐过的星巴克。

一个月前，青瓦在电影院看完一场电影，在边上的星巴克一边喝咖啡一边等春航下班。本想和春航一起看电影的，春航却因为工作临时爽约，青瓦就自己去看了。电影散场后到星巴克，店里放的是爵士女伶罗拉·费琪的歌《小梦一场》。等春航的时候听着女人柔靡的歌声唱"做个梦吧，想想我吧"，后来听到第四遍"做个梦吧，想想我吧"，青瓦接到春航电话，说已在楼下。青瓦从二楼望下去，春航正向自己招手，这时已经唱到"美梦一场，艳阳初上"。两人凑在一起匆匆地吃了两个蘑菇蔬菜派，喝了一杯焦糖玛奇朵。

现在春航坐在小小的店堂，说这个下午他在上海街上漫游的历程。原来计划中公司的一个小会忽然取消了，3点以后，就有了自己的时间，春航信步从办公大厦走出。青瓦则想起电影里一个戴着眼镜的瘦男人走在一个下雨的城市，手里拎着一刀五花肉。青瓦笑，这是臆想，一个拎着五花肉的男人。两人在电话里说到认识的和不认识的男人女人。春航讲，那个老通讯社大楼已经拆掉了，现在那个地方建成高档商品房了。青瓦怅然，如今怀旧落不到实处了。后来青瓦从电话里听到春航结了账，从星巴克走出来，一路途经一收费公厕，春航大声说，亲爱的我爱你，但是现在我要溜进男厕所了。青瓦觉得春航这人真是滑稽。

　　几天后春航去了呼和浩特出差。天寒地冻，海拔两千多米的高原下起干雪。夜里，春航陪客户在一个热闹的酒吧应酬，到走廊外面给青瓦打电话。春航兴奋地讲，你听到内蒙古高原上呜呜的风声了吗？那大风，真是带劲。青瓦这边却是风平浪静，只是已好几天不见阳光，就问，你最近怎么老要东奔西颠？春航讲，中国也很快要变成轮子上的国家了，跟汽车有关的各种项目，各个地方争着想上马，所以我就在中国地图上瞎忙了。青瓦忽然想到，洪镕忙着给国人瘦身，春航忙着让国人开上车，她忙着房地产，好像都是要紧事，大家都在为 GDP 增长百分之十二做贡献，想想这情形也是滑稽。

　　青瓦又问，你知道李小牧吗？春航不知道，于是青瓦就讲李小牧的故事，讲新宿，讲案内人。青瓦在读《歌舞伎町案内人》，是在日本新宿著名的红灯区拉皮条的中国人李小牧写的一本书，这人经历复杂，黑白两道都通，却有闲心来写一本"皮条客个人奋斗史"。看书上照片，李小牧长相清秀标致，身上有红灯区的颓废气息，每次穿着名牌正装出没，赚了很多钱。这个李小牧，曾经是中国芭蕾舞演员，后来自费留学去东京，见证了日本经济从泡沫时代到随后的经济危机，现在又传闻李小牧要竞选市长。李小牧和春航年纪差不多，身高也差不多，对自己外表很自信。不知为何，春航讲到日本的打工生活时，青瓦总是想起那个李小牧，好奇春航在日本时，有没有做过像李小牧那样的"歌舞伎町引路人"。春航讲，那个地方我很熟悉。案内人，日语里就是引路人的意思。青瓦说，你的第一份工作富太太俱乐部也在那里吧？春航不置可否。

春航讲，等我们都老了，坐在一起，边晒太阳边喝茶，一边说说年轻时的故事，都要毫无保留，说完了，谁都不可以生气。青瓦说，我有个女朋友说，等到了九十岁，我什么都告诉你，有意思吧。春航笑道，有意思的。青瓦呢喃道，有个傻问题，女人的感情对男人真的重要吗？春航想象青瓦说话的样子，应该像个天真的女学生，就说，一般来看，感情对男人来说不是最重要，除了两种情况：一种是，这个男人正处于很寂寞的时候；另一种是，这个女人确实很优秀。青瓦心下稍安。

内蒙古高原上大雪渐止，小寒日，春航想青瓦那边杭州的冬景，或是溪桥残月和霜白。若要给这画面添一笔人物，着青衣的青瓦是可以入画的。春航在呼市街边的一处槐花灯下，穿着深蓝色大衣，竖起领子挡风，影子拖得老长。青瓦最近又老爱讲些稀奇的梦，讲梦里的男人一本正经说"我革命去了"。春航听青瓦讲完一个梦，想起不知是谁说的，这世界上只有三件事情最浪漫，一是革命，二是宗教，三是恋爱，春航就发笑。青瓦怨道，你只会发笑。如今是个平庸的时代，青瓦这女子，仍拔不掉英雄主义的草。青瓦说，我从小就这样了，看到《田横五百士》这样的油画会激动不已。长大一些，又爱上了弹琴的嵇康。有一阵子我把所有能找到的英雄史诗电影都看了一遍，《角斗士》《斯巴达300壮士》《亨利五世》《蒙古王》《特洛伊》《恺撒大帝》《亚瑟王》等，一部接一部地看，后来老梦到电影里的人。春航讲，真叫作千秋大梦了。青瓦不好意思地说，你在我的把戏里不停地换装，一会儿是古代城楼下的剑客，一会儿是私园的亭子边潇洒抚琴的名士。春航讲，你的美意，我只得笑纳了，尽管我只是一名普通男子。青瓦忽又感喟，说，我这毛病，不会有人理解我的。春航讲，你怎么没想过我当军人的样子呢？青瓦说，还真没想过。青瓦看过很多二战片，没想过春航穿上戎装可以化身为谁。青瓦说，有一部苏联的二战电影，讲的就是狙击手的故事，最后的较量在德国的第一狙击手和红军第一狙击手之间，两个狙击手都很好看。春航讲，苏联的"高大全"东西，很容易把我们震了。小时候看《钢铁是怎样炼成的》，想象自己是保尔·柯察金，一定要把小资产阶级冬妮娅改造成革命者。

青瓦没头没脑来一句，比起从前，我们已经低到烂泥里去了。这叹息春航是懂得的。春航就讲，这是我们这代人的悲剧啊，连挣扎也不太有，我们很快就没有翅膀了，贴着地面，眼睛看得太近，目光短浅。青瓦说，仙女也都下凡了。春航又自嘲，我的梦就剩下尽快赚够一生的钱，想什么时候退休就什么时候退休，像范蠡一样泛舟太湖，带上我的美人。青瓦也自嘲，我呢，无非就是想在拍照还不算太难看的时候，在每个自己喜爱的地方住上一阵，度过一个四季再走，今年巴黎，明年柏林。

　　春航讲，我头脑里倒是有很多做慈善的念头，但很少有认真落实的。有一阵想着去福利院看望孤儿，再收养一个孤儿，前一个想法工作一忙，还只是个念头而已，后一个，更像是空想。青瓦不满春航的行动力，嘲笑春航，你是光说不练。其实青瓦和春航也不过是五十步和百步，碰上个单位组织的捐款，都按规矩来，不多捐一分，也不少捐一分。旅途中，即兴式的行善举动倒是有的。到了贫困地区，看到小孩子饥渴又纯朴的眼睛，红扑扑的脏脸蛋儿，心一热，就会一两百地给出去，但都是一次性的，从未留下地址姓名，从未关注他们的未来。听到矿难，一开始激动，愤怒，眼里泪光闪闪，可后来听多了，也就不过如此了，甚至不想再听到此类死亡事件，只求耳根清净。于是也自嘲道，我现在真的自私，只贪心自己的那点事。春航讲，我妈现在比我有热情，喜欢帮助别人。我早已心如死灰，如果没有你出现，我连贪心都没有了。青瓦说，我们是丑陋的中国人。

　　从中国人又说到日本人。春航讲，日本人有日本人的丑陋，只是丑法不一样。日本几乎每条街都能遇上醉鬼，那会儿人消沉时，我也很想醉死街头，一了百了。有段时间，我特别不想坚持了，看看自己到底能够变多坏，结果发现我还是做不了坏人。某些人一生下来就当不成坏人，是天注定。青瓦说，我知道你干不了黑社会。不过你可能会在一个陌生的地方，开始另一种人生，完全忘掉当初的尊严和骄傲。你会随波逐流，甚至彻底堕落。你所有的劣根性集合在一起，也当不了帮凶，只能当个帮闲者，就像西门庆身边的应伯爵那样。春航听了也不生气，却感叹道，知我者，青瓦也。青瓦说，我睡不着时，就想如果是五年前，我们就去登珠穆朗玛峰，一起住帐篷，吹高原风，吃羊肉喝白酒。可是现在我却不太愿意去想这些。高原上荒蛮的风景，已经不能吸引我了。春航问，现在你想去哪里？青瓦说，现在最适合我们的地点，应该是老别墅。立冬之后，天气阴郁，寒雾萧瑟，我们在厚实的羊毛地毯上围炉夜话，我愿意跟你聊些跟眼下无关的、不着边际的事，比如你老家的土匪故事，或者红线女、聂隐娘之类唐人传奇。春航叹息说，青瓦，你没变的就是天马行空。你这样的女孩子应该不少的，但我不能想象当了母亲的女人还像你这样。青瓦笑道，我也就剩下这点像神经病了吧。

小寒次日夜，春航回到高原宾馆的房间，继续给青瓦打电话，现在青瓦才知道当年春航想说而没有说出的事。青瓦看中年春航一副稳当的样子，真想象不出十多年前的春航，会为了哥们义气，让一个被通缉的犯罪嫌疑人躲在他家里。春航讲，我发现自己在人生关键的几步做决定，凭的往往不是理性。又感念起当年受自己牵连被警方问话的女孩，不知后来嫁得好不好。不料这番感叹却引起青瓦的反感。青瓦说，你跟我说过，还有一个要你在她四十五岁生日去看她的女人是不？说得这么浪漫，当时你们肯定有过一夜情吧。春航难为情道，早没有联系了，只是跟你在一起说到过去的时候，才想起来有这么个人。青瓦追问，她是做什么的？春航讲，做生意的，搞外贸。青瓦又追问，还有那个得了抑郁症的女人呢？春航讲，说来有好几年没联系了，最近才见过一次。她身体恢复得还可以。她打电话到我办公室找到了我，说自己终于走出来了。前些天我去她的城市出差，就请她吃饭。青瓦问，她是做什么的？春航讲，以前是一个酒店领座员，真的，那时候清纯可人，身材好得跟模特一样。后来男人没找好，赌输了钱，又把她的钱也贴进去，离了婚。青瓦说，春航你口味真杂，三教九流，来者不拒。这话春航听来刺耳，青瓦的语气里，掩藏不住知识女性的傲慢。春航想说，其实我并没有那么强的等级观念、阶层意识，也没有那么强烈的精英意识，这些都是青瓦的意识，话到嘴边，还是不说了。

春航就柔声解释道，我对那女人只是朋友的情谊，现在她的病已经好多了，想认我做哥哥，说等我老了她来服侍我。春航忽然发现自己说多了，果然，这时青瓦尖刻的嘲讽来了，说，你很受用吧，我怎么觉得你这人特虚妄呢。春航不响，青瓦又说，还有你的"鸽子"，一直想和你旧梦重温，前几天她回国又来找你了，我怎么有那么多情敌！春航解释道，我只是陪她吃了顿饭，她回国休假，约我出来见个面，早就是过去时了。

女人要不讲理，顶牛一样，青瓦脾气不小，这种隔空对话，唯一的办法只能是岔开话题。于是春航片刻沉默后，说，其实，我发现自己在关键时刻往往做一些非理性的决定。青瓦说，那你回国后做汽车行业，也是非理性的？春航讲，很荒谬是吗？我只是夕阳工业的掘墓人之一。青瓦说，嘿嘿。

彼此心里都有点不舒服，又不想挂电话。春航起身倒水，接着说故事。春航讲，我那个被枪毙的发小范东，有个浑小子弟弟，后来也到上海来了。到上海后找我帮忙，我看在他哥哥分上帮他找过工作，付过房租，还借钱给他。有次那浑小子又问我借钱，说他女朋友要来上海玩，我就有点生气——你泡妞还问我借钱就不对了，我可没这个义务为你泡妞买单，就没理他，他也没再找我了。又过两年，忽然有一天他打电话给我，说在老家洛阳下面一个县里开了个按摩中心。其实，就是那种场所。听他说，那些性工作者也有教练，初上岗的女孩子，都要教练教怎么干那个活才能让客人满意。教练有时还通过摄像头监看，哪个小姐偷懒，服务不到位，动作不到位，都要扣工资。那小子，说不定哪天也进去了。青瓦说，他说要请你去了吗？春航说，当然说了，人家要摆谱嘛，说大哥你过年回老家，我请你来我的娱乐城视察视察。我说我年纪大了，视察不动啦。青瓦说，我住的那个街区，也有一条红灯街，到了晚上，玫瑰红的灯光下，一堆暴奶小姐坐在玫瑰红的沙发上。有时忍不住往里边张望，很好奇她们生意好不好。小姐们下午没事的时候，就聚在一起打麻将，晒太阳，涂指甲油，跟隔壁香烟店的男人也混得很熟。这些浓妆艳抹的外来妹，一个个发育好得过分，我曾想，是个男人估计都会有反应吧。中国的丰乳肥臀，可真的都产自广大乡村？春航好不容易抓住了时机，忙说，你不用羡慕别人的，你身材挺好。青瓦仿佛也忘了刚才的不快，说，我的太小了——可怜的 A 罩杯。春航讲，傻妞，你以为男人就喜欢大胸？青瓦笑道，如果我是男人，我就喜欢大胸，而且姿态要嗲，要浪。春航笑说，我没什么感觉，我清心寡欲了。一场无主题夜谈，终于以调笑收尾。

挂了电话，青瓦又烦心起来。洪镕已经出差一周多了，家里是冷清的，心想如果洪镕在家，我肯定不会跟春航煲电话粥。又想，我与洪镕就是人们所说的中产阶级形婚夫妇吗？但又觉得洪镕生来如此，不知怎样的女人能成为洪镕的红颜知己。青瓦就是不愿意多琢磨洪镕的事。发了会儿呆，起身穿过走廊，去厨房倒了牛奶，又去阳台上立了片刻。每天子时，对楼时常只有一家还亮着灯，一个穿臃肿睡衣裤的中年女人，会在阳台上伸胳膊伸腿。青瓦立于阳台，目光空洞地看着那黑影中的女人一板一眼地做操。青瓦穿过走廊回到房间，寂寞像不小心倒翻在桌布上的墨水，一块块洇开。床上的席梦思是法国牌子的，适合夜里做春梦。是夜，又梦见"荆轲刺秦王"的荆轲，古装打扮，头发很长，一半遮面，自己是被送给荆轲解闷的歌女，化了浓妆，头插粉色牡丹花，靠在挂满绣帏的床上等荆轲来。荆轲来时，将伊身上的裙带解开，脱到一半，却怒道，这等姿色也来打发我，甩袖而走。歌女青瓦很是狼狈。醒来后睁大眼睛发了会儿呆，想想老做这种不着边际的梦，自己就是有病啊。

15

青瓦一点点地把春航的身体从头到脚地吃透，是重逢两年后的事情。快到冬至，天寒地冻，两人设法一起度假三天，住在厦门郊区的温泉度假酒店。到达宾馆的晚上，那个一年中最安静的长夜，春航提议一起泡按摩浴缸。浴缸清洗过，喷洒了消毒剂，然后放水，调试水温，加浴盐。水不能太热，不然很快就会昏沉沉的，有气无力。春航细致周到地做这些，青瓦在旁边懒懒地看。春航讲，这样泡着放松，解乏。房里点了小灯，两人在光线昏暗的浴室坦诚相见，还是第一回。

浴缸的白色蔓延着安宁，赤裸的身体摊开成一张饼。青瓦本以为会演变为一场浴缸大战，水珠在球形乳房滑落的瞬间难道不性感吗？结果，春航像尊佛一样安静。青瓦泡在浴缸里，只好冷静下来研究赤裸的那人。春航浓眉大眼，鼻梁挺拔，只有嘴唇的曲线显得柔和。体毛旺盛，可腿上有一些奇怪的纹路，膝盖骨突出，像个怪脾气不肯妥协的倔老头，跟整条腿的风流倜傥格格不入。相书上说，膝盖要平有福气，一看这突出的膝盖骨，就会让人想到此人八字过硬。青瓦枕着这奇怪的膝盖，仿佛对着一个标本陷入了沉思。春航的额头右边有一道疤痕，大手上的静脉跟青瓦的静脉差不多粗细。最近青瓦又发现春航是个周期性病人，最常得的病就是感冒发烧，基本上个把月要来上一次，像女人的月事。因为静脉太细，吊盐水时很考验护士技术，经常会被多扎上几针。当年的俏护士慧梅，就是见春航一个大男人却有姑娘般纤细的静脉，对春航产生了怜爱，从那时起，一直把春航当个小男孩一般怜爱至今。

春航看起来很有活力，能应付早上 8 点到晚上 10 点的跨国谈判，除了发际线后退，仍旧像一个爱好运动的青年，但这几年一直被身体的苦痛纠缠着。从少年时期开始，肢体的各大部分在不断地受伤：先是颈部，腰，手臂，腿，脚趾；后来是骨刺，因为骨刺的疼痛，有一段时间不敢再去打篮球；再后来是膝盖，医生建议最好去动一次手术。膝盖的伤是打篮球惹的祸。对于篮球场来说，四十多岁的年纪已是高龄，即将被宣判运动生命的终结。从高原回到平原，或天气潮湿时，春航的膝盖会痛，厉害时痛得几乎不能走路。春航去看医生，医生说手术的作用不会太大，建议定期抽取膝盖里的积水。一到天气异常时，青瓦也老担心春航会膝痛发作，时常要问候他的膝盖。

近来春航越来越会扫人兴。三天的假只过了一个晚上，就让青瓦看出他的不安，猜到春航要提前走。春航讲，刚来的电话说我负责的项目出了点状况，汽车安装时有工人受伤，差点出人命，要紧急处理，我还得代表工会跟公司谈事故赔偿。后来又得知，受伤的工人是辽宁鞍山人，下岗后南下到了上海再就业，稍有处理不慎，容易激发民众情绪，扩大成群体性事件。这种事日本公司总部也很紧张，春航连忙打电话，先交代赶紧把受伤工人在鞍山的下岗妻子接来陪伴，包吃包住，并付她护理费。放下电话春航心下仍然不安，事故赔偿事宜也不是简单的事，他得让两边都心服口服。果然公司总部又有人打电话来询问作为中国公司工会主席的冯春航的处理方案，春航讲了自己的想法，对方又觉得对那工人是否过于慷慨。春航不愧从前是做新闻记者的，这时就开始讲政治，讲影响，公司不能因小失大，总算说服了对方。第二天中午，两人退了房各奔东西，春航直接去了机场。

回杭州途中，青瓦思考了一个问题：衰老的过程是一副什么样子。青瓦想起以前的自己。一个人想出门走走，搞定假期，背上包就走了。首先想到的是路上的风景和可能性，都很诱人。现在首先想到的是独行的寂寞，有可能出现的危险，语言不通，疑心宾馆的床单是否洗过，甚至怕吃了不干净的东西拉肚子。以前从来没害怕过旅途中拉肚子，现在，怕拉肚子成了很大的一个障碍。真是今非昔比。春航曾说，用电击疗法刺激一下。中年的无限苍凉，是因为时不时能望见衰老之神。有些人要抵抗，拒绝见他，但终究是逃不掉的；有些人就认命，老了就老了，人总是要死的。

冬去春来。立春，之后春雨淅沥。春航的膝盖跟着娇喘不休，一双膝盖的忧伤，变成了两个人的忧伤。其间青瓦获悉春航因为膝盖住了院，要做一个手术。又悉春航在华山医院待了将近一个月，行动也几乎都是坐轮椅，慧梅请了假去医院照顾。青瓦几次动念想去医院探望，终究还是缺少勇气。到了4月，春航告诉青瓦自己的膝盖几经治疗有了好转，青瓦就迫切地想着下一次约会。

一来二去，又到了春航生日，是谷雨后第三日。青瓦装扮了一番，把一头长发离子烫得更直了，又细细地修了眉毛，点了绛红唇彩，坐火车去上海。见车窗外的稻田，蜻蜓和柳絮飞舞，池塘的水草连绵纠缠，浸着无边春意，便觉年初开始的这一段光阴因春航不争气的膝关节虚度了。惊蛰的雷声、春分的梨花淡月、清明的桃之夭夭，春航都因不合作的膝盖缺席。一晃，便到了暮春，岂能再不抓住春天的尾巴？

春航带青瓦坐了一个多小时轻轨，去他们从前一起去过的吴淞口码头看海。那是海边，大上海的边缘，总有潮湿的大风。他们走到堤岸边的水泥坝上。海边的日光似彩烟，粉金波光泛于海面，鸥鹭在天空与海面之间高飞低就。腥咸的海水味道扑面而来。

坝上有一行大大的红色毛笔字，面朝大海，每天有很多人看到这一行字：亲爱的小兰，原谅我吧。青瓦说，那个小兰是谁，她原谅他了吗？春航笑，你认为写这行字的就一定是男的？青瓦说，因为这种面朝大海书写悔恨的壮举，我以为只有男的做得出来。春航问，小兰会不会喜欢这样的方式呢？青瓦说，一般女人都不喜欢将这类事搞得太张扬。而且这个男人会让人联想到其他，比如，会不会有暴力倾向，会不会动不动就痛哭流涕让人厌烦。

堤岸边，有色彩鲜艳的大风筝在高空飞舞。青瓦见花坛里有一种白色小花，不知是含笑还是九里香。海边所有人的头发都被吹乱了，湿风吹得冰冷。两人还是静静地待了一会，才转身离开海边。

又坐上地铁漫游。下车，春航指着不远处的一片街道说，你还记得那幢楼吗？青瓦点头。那是春航浦东东方路的旧居所在，那幢从前住过的电梯公寓还在，十七年了，只是外墙换了油漆的颜色。从前是白，现在是粉红。青瓦想上去看看，于是两人进入了那幢十五层高的老电梯公寓。坐上老旧的电梯，到十二楼，出电梯，时隔多年后，那条深长的走廊重现。只是在眼前，走廊的气息，倏忽从青春味变成老年味。

青瓦身上穿的是浅粉色的连身羊毛裙，出门的时候，又随意地扎了条很长的亚麻质地的水红底色丝巾，正是这一线的水红点亮了老旧的走廊。是暮春了，这幢老楼的走廊外，樱花已谢了。繁花凋敝，枝头残乱。春航感叹起来，有点见不得樱花临终之时的衰相。

春航领青瓦深入十二楼的走廊。这条走廊也老态龙钟了吧，又瘦又老的样子，感觉还会随时咳嗽几声。走廊很长，在不太亮堂的光线下，整幢楼都显得暮气沉沉，不再是当年生机勃勃的青年公寓。回想当年这幢楼是分给青年员工的婚房，喜气洋洋搬进去的人，虽然没几个手头宽裕，拍个婚纱照都需要下一番决心，但一个个都是在人生的上升期，手里捏着一大把未来。仅仅这未来，就使楼里眉飞色舞了。如今是此一时彼一时了。青瓦轻声说，让我想想，从电梯到你原来的家需要走几步。是第几间呢？边走边猜着，走过头了一扇门。约莫下午4点，两个业余"私家侦探"头靠着头，趴在从前那扇窗前往里瞧。这时春航讲，回来后，我还在这儿住过两年的。这话像一个霹雳，青瓦惊得张大了嘴巴。有过那么一次，不多不少就那么一次，青瓦去上海出差，鬼使神差，凭着老印象，来这片区域游荡过，找到了这幢房子，在楼下徘徊了好一会儿，难过了一会儿，却并没上电梯，那时只当春航无论人在哪里，早已跟这旧公寓不搭界了的。

如今状况，看来房子的新主人境况不算好，也可能是老人住着，室内并没有重新装修。春航的目光穿过半开着窗的厨房，几乎能抵达纵深处不大的客厅，再一次看到了从前的自己。青瓦则看到了多年前那个雷雨天的失意姑娘，和春航姆妈坐在客厅里聊了几句，忽一抬头，看到了墙上的结婚照。彼时彼境，无限感慨，化为两人无言的对望。

春航曾经的厨房，又给了青瓦新的刺激。现在青瓦很想和春航一起置身于冒着饭香和油烟的厨房里，想要和春航一起做饭——真实的生活，是该有烟火气的。5点刚过，慧梅发来短信，说晚上家里炖了只老母鸡，要春航早点回家过生日。春航有点尴尬地朝青瓦笑笑，回了信说要晚点到家。青瓦想，如果自己也变成慧梅，隔天给春航发短信，谈论晚餐是吃鱼还是吃鸡，清蒸还是红烧，春航会不会很高兴呢。这下又受了慧梅的老母鸡的刺激，青瓦在走廊上回头问春航，如果我们在一起过日子，谁会做饭呢？春航讲，估计是我做吧。青瓦说，我们在一起，没有真正吃过一顿饭。即便面对面地吃饭，也没有一张餐桌是我们的。春航歉疚道，怪我吧，总是说啊说的，吃饭有点心不在焉。春航定睛看到窗台上的一盆仙人掌，不死不活的样子，那只花盆是粗糙的青花瓷，好像记得自己当年也在这窗台上摆过青花瓷器栽的仙人掌，这么多年过去了，或许盆还是那个盆，盆中的仙人掌，该是房子的新主人换过了吧。原来的仙人掌，记得是刚和自己谈恋爱时慧梅从菜市场带回来的，不禁又有些恍惚起来。他和慧梅刚结婚时，在这里只住了两个月，就嫌自己要做家务不方便，慧梅医院工作又要三班倒，就搬到岳父母家里吃现成饭了，此后这里就不大来，再后来买了新房，这房子就卖了。

从老楼深处走到喧哗的街上，已是上灯前时分。青瓦仍有些时光交错的恍惚。春航建议就到老楼对面的小饭馆吃饭，于是就走过去。小饭馆的白色餐布洗得洁净，春航怀旧道，这里的饭店换了一家又一家，不过这个位置，正是我从前单身的时候常来解决晚饭的地方。

店里已经有几桌客人。春航点了家常菜，又将碗碟细心地用茶水烫过。窗外天色一点点暗了，亮起一排青色街灯。青瓦盯着眼前从热气腾腾渐渐变凉的菜肴，若有所思地说，你看这些好吃的东西，没有得到我们的善待。春航讲，有些自尊心强的厨师，会觉得自己的佳作没受到我们的重视。

青瓦这一刻的心思，要的是夫妇般来淡吃饭的味道，不喜两人一起，总是住宾馆，在饭店吃饭。可是除了旅店饭店，还能去哪里呢？

此刻，青瓦在饭桌上懒懒地支着肘，吐露心底最热衷的事情，是跟春航搭伙过日子，煮饭，烧菜，吃饭，洗碗。春航心中讪笑了几声，又对青瓦怜惜起来。男人和女人的心常是南辕北辙，男人要偶尔幽会的艳丽，女人却想过日子。青瓦说，过日子有什么不好呢，做人要有烟火气。

马路边街灯下，青瓦笑得软媚，说，你知道吗，我觉得最开心的事情，是先和你一起吃早餐，再和你一起吃午餐，再和你一起吃晚餐，再和你一起睡觉，到了早晨，醒来，和你一起吃早餐。春航笑，一天都在吃。青瓦又说，而且我还想在你面前穿上那种最没有特色，上下两分式的臃肿家居服，像我在黄昏的小区里时常看到的散步女人，不是那种性感的丝绸吊带睡衣和蕾丝内衣。青瓦越说越起劲，春航心想，女人真是奇怪的动物。

逛到附近的一座老厂房改建的创意园区，有一家专卖男女和服的商店，店名"菊与樱"，灯火通明，装饰华丽漂亮，青瓦就拉着春航进去。"菊与樱"的衣服，一件件精致得像艺术品，每一件要好几千甚至上万块。春航在日本时，偶尔在各种日本传统节日时会入乡随俗地穿一下和服，从日本回中国后，那一两件和服和浴衣也束之高阁了。青瓦很想看春航穿和服的样子，定要春航穿上其中的一件深灰色淡格子图案的春秋季和服。春航起先不想麻烦服务员，可拗不过青瓦的好奇心，终于慢慢穿好了，走出试衣间给她看。女店员颇有兴致地夸春航穿和服好看，青瓦也说好看，弄得春航不好意思起来，赶紧脱下和服向店员致谢，拉着青瓦赶紧走。青瓦一路上乐滋滋的，还沉溺在穿和服的春航身上。春航打出租车，把青瓦送回宾馆，也不下车，直接回家。

已过了9点，慧梅在沙发上看电视，见春航回来，起身去给春航热鸡汤。两人闲话了几句。慧梅说，鸡汤熬的寿面是否要吃一碗？春航讲，陪客户吃过夜饭了，喝点鸡汤就行。于是慧梅在鸡汤里只放少许面条，意思意思。春航讲，我还好留了点肚子。慧梅说，又大一岁。春航讲，是又老一岁。慧梅说，人总要老的，所以我要跟你商量个事。春航忙问，什么事？慧梅说，现在上下班时间天天堵，我考虑我们不如早做打算，到松江那边买个郊区好一点的排屋，带花园的，等退休了可以住过去。春航讲，你爸妈住松江郊区不知习惯不习惯？慧梅说，随便他们，他们要不习惯，可以继续住这里。等我退休了，我想有个园子，种花种菜，再养只狗看院子。春航讲，你有心情就可以先留意着，反正离退休还早呢，可以慢慢看房。慧梅说，双休日有空，我们一起去看楼盘好吧？春航答应着，喝完鸡汤。望着慧梅在厨房收拾的背影，思想又飘到已独自回宾馆的青瓦那儿。因为是他的生日，春航不方便找借口去宾馆陪青瓦，所以把青瓦送到宾馆直接折回家中，不知青瓦这会儿在做什么。到了晚上就寝，春航见慧梅照例又换上丝质睡衣，梳头，擦夜霜，涂一点香水，上床。这是每年春航生日，慧梅献上的床上节目。春航依稀记得，慧梅身上穿的还是前年他作为生日礼送的那件粉色桑蚕丝睡衣，看来最近自己是疏忽了。想到慧梅说的要买松江的排屋，为退休后做打算的事，春航抚摸着慧梅睡衣里的身体，迟迟没有冲动，又怕慧梅察觉自己不起劲，于是努力将自己带回到从前在日本旅行时，跟高高翘起肥白屁股的藤原谅子在榻榻米上做爱的场景，方才完成了又一个生日的任务。

16

每个夏季，都是青瓦蠢蠢欲动的时候，总是没来由地说走就走，就去上海见春航，最好是时常地能和春航肉贴着肉，气息相闻。不管春航处在何种状况，青瓦忍受不住分离时，就跑去上海。春航怕青瓦生气，也不好推脱，只尽量抽时间陪青瓦。这就使风一样的青瓦有几次亲历了春航状态不太好的时候。

洪镕的事业做大，越来越忙，医院在西溪一个创意园区给了他一个可以兼当卧室的工作室，离家车距半小时，现在只有未央在家时才回原来跟青瓦的家。那个时尚高端的工作室，青瓦一次也没进去过，觉得那是洪镕的个人空间，她自己完全是个外人。青瓦也不去想洪镕有了工作室，是否便于金屋藏娇。如今青瓦心里只有春航这个人，似乎还庆幸跟丈夫的关系越来越疏淡。偶尔青瓦内心也有念头闪过，觉得自己像狂热爱上渥伦斯基的安娜·卡列尼娜，整个身心都只向着这一个人。心里没有工作，没有丈夫，也没有多少女儿的位置，只想着和春航厮守在一起。以前未央上寄宿学校一般是爸爸送，妈妈接，但最近有一次未央临出家门时跟爸爸撒娇，爸爸来接我。洪镕说，妈妈会去接你的。未央说，为什么爸爸不来接，我要爸爸接。青瓦连忙说，妈妈接才会带礼物给你呀。未央说，那就要《我可以咬一口吗》的绘本。青瓦答应了，心下忐忑，或许连女儿都感觉她心思不在家里，这样一定会遭报应的。

这天待春航知道青瓦来上海时，青瓦已经到了酒店。春航只好说，我发烧了，正在医院输液。青瓦急道，要不我去医院看你？春航讲，不用不用，要不你少安毋躁，自己吃个午饭，等我输完液后去找你。青瓦心下不安。四小时的输液后，疲惫的春航从医院赶到青瓦住的饭店，已是下午3点。青瓦正等得坐立不安。明知春航是病人，仍很不理智地盼他健步如飞地奔到跟前，然后就是热烈地拥抱和亲吻。被爱情冲昏头脑的女人有时不讲理。因为此类事情，两人也曾闹不愉快，谁也不肯开口说话。等到终于言归于好，青瓦就慢慢地审慎起来，会找一些事情打发自己的注意力，比如双休日把未央送去一个画家那里学素描。春航对于青瓦终究是存着柔情的。春航偶尔会想到，青瓦这发烧状态的热乎劲儿有时让自己吃不消，而且每次分别时她都忍不住要哭一顿，不知何时退烧一点，不禁又叹息又微笑起来。

病人春航来了，说过来时一直打不到车。青瓦问春航，你为什么不自己开车呢，这样多不方便。春航苦笑，太太一直不同意我开车。青瓦惊愕。因为曾经撞车的前科，慧梅一再反对春航重新坐入驾驶席。春航跃起的心慢慢地萎缩下来，接受了这个好意的暗示——如果我开车，最终会死于车祸。青瓦埋怨，你一个从事汽车行业的，整天要跟金属打交道的男人不能开车，真是可笑。春航讲，是挺可笑的，我既不是色盲也不是残疾，运动才能一直算好的，却被"终身禁驾"了。

青瓦不服，说，年轻时荷尔蒙驱动，谁没有过冲动呢？当年曾经在摇滚音乐节的泥浆里打滚的青年，十年后不都变成了好好中产先生？慧梅对春航的过度紧张，在青瓦眼中转变成御夫术了。

春航说想利用年休假去西藏，从冬天到盛夏，说了好几个月，买了冲锋衣和登山包等户外装备来促使自己行动，但慧梅还是不同意春航独自出远门。她担心春航身体脆弱，经不起高原反应。春航生了气，慧梅就掉眼泪，说你折腾坏了自己，到最后还得我照顾你。春航负气道，我不要你照顾，我要是不行了，会找个庙自己解决的，人跟狗也差不多。慧梅就说，你就是没良心。冷战了两天，春航的一颗雄心在慧梅的眼泪面前败下阵来。春航最害怕听到的是诸如"你忘恩负义"之类的控诉，宁愿再生一场大病，也不想听到这样的指控。至今慧梅从没将这句话说出口来，但春航总觉得有几次慧梅的这句话已到嘴边，这是一个隐患，像定时炸弹那样。

青瓦听见春航流露出的抱怨，先是建议春航可以邀请慧梅一起去。春航苦笑，她不是你，没有这种浪漫心情，要出门也就是去香港购个物。青瓦说，不是说爱你就是陪伴你吗？春航说，其实我也不想要她陪。青瓦就愤愤地对春航讲，她是为了自己的安全感，一直在让你觉得自己没用，半废武功的男人才是最安全的。但春航像是出于本能地为慧梅辩护，说妻子是个丈夫大过天的女人。青瓦忽然觉得自己这样发表意见是多余的。

正不知如何说服春航不要唯命是从时，青瓦忽然发现春航的手背上默然埋着的针，顿时气馁。春航解释说，我要吊好几天的盐水，只好埋针了。春航背上出汗，衬衣湿了，青瓦拿浴巾给春航擦汗，再用吹风机把汗湿的衬衣吹干。春航的膝盖在用力时有痛感，青瓦只听到轻微的"啪"的一声，随即听到春航轻轻哼了一声。春航靠在床上，微闭着眼睛。青瓦坐在边上，有些不知所措。春航讲，有个坏消息，我的篮球生涯要终止了。医生已经发出警告，说不能再这么伤害膝盖了。青瓦见春航脸上瞬间暗淡了，仿佛烟花熄灭了，不知如何安慰。春航讲，我曾经有个梦想，就是去美国看 NBA，可以在中场休息的时候玩上几个球。现在我只能站着投篮了，还好我的投篮命中率很高。青瓦惋惜说，我又晚了一步，再也看不到你打球了。这中年的哀景，让人徒唤奈何。从前在上海实习时，青瓦倒是有机会看春航打篮球的，不过那时春航跑去通讯社的球场打篮球，是最普通的下午场景，青瓦也没有特意去看。

床头柜上的小闹钟嘀嗒响着，脸色苍白的春航昏昏沉沉地睡了会儿，青瓦埋头玩手机，心里不是滋味。到黄昏时，青瓦让春航早点回家休息。人走后，茶几上他喝过的那杯水渐渐地凉了。青瓦感觉自己的心也像那杯凉凉的水。青瓦靠在还有他体温的枕头上，看着窗外的天彻底黑下来，想起他唱过的日文古曲。她现在也迷恋上宵待草，仅仅是因为名字就迷恋起来，那是一种黄色的小花，据说是开给月亮看的，黄昏后开，天亮前就谢了。青瓦想，若宵待草从下午3点后缓缓开花，那就好了，情人的身体暴露在半明半暗的光线之下，宵待草半睁半闭，默默地看着他们。窗外有人声，路上是匆忙来往的饮食男女，唯有帘内喘息的男女，不知身在何时何处。独自在黑暗中，青瓦此刻想到和春航欢爱的那些时刻。她喜欢和他各种程度的身体接触，从不经意间指尖的轻抚，到最胶着深入的厮缠。而春航对她却是滤掉了放荡和色情。两个人非常熟悉之后，春航似乎对性也不热衷了。洪镕对性也不热衷。青瓦现在倒是过着素静的生活了。

这会儿春航病了，青瓦拍一下自己的脸，很恼自己胡思乱想，看镜中无聊的自己，又觉得前所未有的空虚。春航每到夏天，因为总是不适应空调，比其他季节更容易感冒发烧，每次发烧都要去医院输液，柔弱病骨像江南的梅雨季，滴滴答答中发了霉，不能干脆了断，这些病痛好像就是上帝安排的。

这边春航打车到家，仍发着烧，饭也不想吃，回房间倒头就睡。

依稀听到客厅里，慧梅对岳父岳母说，春航真是可怜的，一到夏天就三天两头发烧。岳父说，他要没你这个女人家，那才可怜了。慧梅说，等下也不知他吃不吃，我给他熬点粥。春航叹声气，关了手机，翻个身，又昏沉沉睡去。

17

这天青瓦去上海参加一个地产行业论坛，不巧春航去了外地出差，听说下午青瓦有时间一个人在上海游荡，春航就说那你不如去我住的小区看看。春航住的小区，在上海的东边。有一次两人曾描述过各自住的小区。青瓦议论道，城市与城市之间越来越世界大同了。希腊诗人卡瓦菲斯曾在《城市》里说，你将到达的永远是同一座城市，别指望还有他乡。A 和 B，C 和 D，都是孪生姐妹，千篇一律的面孔，高架桥、地铁网、CBD、广场、商业区、居民小区、电子屏幕、大型广告牌和花坛，还有人心和欲望，甚至连很多路名都是相同的。大众流行的国际品牌也是一起来的。ZARA，H&M，无印良品。H&M 在上海开了家旗舰店，过不了几个月，杭州也有了 H&M。上海和杭州的女人们都喜欢去这种地方，还有 IKEA（宜家），成为一时之尚。让·波德里亚说，实际上，国际都市都是同心、同构和同步的。只存在一座城市，而你总是在同一座城市中，这与乡村世界不同。真实的存在只是上海与杭州之间的物理距离。

两人居住的小区有一些相似的细节，都是棕色的、大理石外墙面的高层建筑，房龄七年。住的人也是相似的，相似的表情，相似的生活方式，相似的悲喜。春航住九层，青瓦住十层。青瓦说过，我们楼上楼下，哪天一起坐电梯，我还得送你出门。又说，要是我晚上睡不着，失眠，我就拿根棍子敲你家天花板，再狠点，我就凿个洞。春航发痴地讲，我最中意的方式是和你当邻居，楼上楼下，或者对门而居，或者是能看到你家窗子的那种距离。他甚至想象着两家人可以互相走动，往来，组成一个小圈子；可以随性地时常在一起吃茶、聊天、看电视，两个人时，偶尔亲密。青瓦马上打碎春航的荒唐臆想，说，我不相信这辈子会有这么混乱的好戏。那是艺术家的生活，诗人、画家、作家，还有那些乱七八糟的超现实主义干将热衷此道，但最后总是一团糟，总有人不高兴，变成悲剧。青瓦胡说八道的时候，春航就打哈哈。爱情就是一场侵略。青瓦仍在频繁活动期的想象力擅自闯入一个又一个的禁地。有一天，春航突发奇想对青瓦讲，哪天你可以来我住的小区转一转，感受一下我每天出入的环境。青瓦就暗笑，春航你还在抒情期。看不到彼此的书房，睡觉的床，想象不出对方家的样子，有时青瓦好奇春航会在阳台上抽烟、打手机、伸懒腰还是挂衣服。这是一种洞察内情的渴望，人们可以从零碎的迹象中搜罗到几乎所有需要的信息。两人谁也不请对方到家里去。青瓦认为登堂入室对情人们来说是一件严重的事，这是情人们的禁区。

青瓦只去过一个已婚男人的家，她以看藏书之名去过古金的家，那是很久以前的事了。"'今天下午你的情人要来吗？''是的，他要来，你最好6点以后回家。'"——这样的对话只可能出现在品特的荒诞戏剧里。即便是在荒诞剧里，到了最后，品特依然要借男人的口说出不行，"以后你的情人绝对不能在这个家里出现"。

青瓦在地图上寻找春航住的小区，倒了两趟地铁，下了地铁站，步行在上海这片陌生的街区。这是中山公园附近又一个繁华地段，城市中产阶级云集之地，地价正在一路飙升。更新的正在出售的高档公寓，风头压过了新的高档公寓。售楼的，还有房产中介的先生和小姐们，穿着笔挺的职业装，精神十足地来来去去，仿佛成了城市里最日理万机的人，售楼小姐们一年佣金百万的传说在这个城市流传。

午后3点，青瓦梳着个高高的马尾辫，穿的是黑色高跟鞋，在城市的这个区域漫游。走得有点累，眼睛每时每刻都在张望。城市的这个区域和那个区域，生活会有所不同吗？见过不同城市、不同街区的喜怒哀乐，现在青瓦看到的是下午3点之后的街道。咦，这是春航的地盘儿。青瓦继续走路，路两边闪过大型购物中心、超市、街心公园、创意中心、艺术仓库、售楼处、洗衣店、发型屋、机场售票处、公交车站、咖啡馆、饭馆、宾馆、酒吧、卖报摊，只是树很少。还没到上下班高峰时间，街上来往人不多，行人安静，脚步急促，没有人当街高谈阔论，也看不出他们昨晚上吵架、做爱还是做梦，是否为五斗米或五平方米发愁。青瓦步行十几分钟，眼前偶尔闪过咖啡馆深处和某一条小街道深处的男女，面孔都很模糊，一张张脸都没有悲喜。

片刻，就找到春航住的小区，是一片红色调的欧洲古典风格的房子，十几层楼高的房子。青瓦友好地跟门卫打了招呼，又确认了一下，这是紫园吗？门卫说，是的，小姐你找哪一幢？青瓦说，我只是来看看。门卫见一个穿乳白色长风衣的长发女人，一派的斯文，不像是坏人，也不像是那种挨家挨户敲门的保险推销员或卖锅子、卖按摩床的推销员，于是朝她笑笑，就让她进去了。青瓦进入紫园，放慢了脚步。小区绿化得很好，她像在园林里漫步，玉兰花刚开到一半，桃花也开了几朵。一些穿家居服的老人带着婴幼儿和狗在小区里散步，很家常安稳，又平淡无奇。

青瓦在小区花园的亭子里坐下，吹了会儿风，心想这个时间不会碰上慧梅的。又想，即便是碰上，对面也不相识。正随便张望时，只见红色的柱子上，有人随意用小刀刻了一个硕大的阳具。没有身体，没有脸，没有表情，没有灵魂，没有感情，没有身份，什么也没有，如此纯粹、本能，只是阳具。刻下它的无名氏肯定是个满脑子色情的家伙，以此广而告之，这样一个巨人的阳具是令人快乐的，或者是他向往的，或者就是他生命的意义。青瓦笑起来，想起一个荤笑话，讲一个勃起后的男人性器一直像烟囱一样耸着，不堪其苦，到处寻找解药的故事。下午的麻雀也在枝头上欢悦高歌，柱子上的阳具要雄伟地冲向天空，好一派俗世欢喜场景。

青瓦给春航发了短信：我在紫园。春航正在开会，回复青瓦自己住的是哪幢楼，哪个单元。青瓦很快就找到了春航家的门洞。因为楼层比较高，看不清楚阳台上有些什么。青瓦想，要是这个时候春航正好一个人站在阳台上，看到自己，会露出怎样的表情呢？青瓦的友邻中，就有几个闹自杀的妻子，割腕或吃安眠药。有个女友碰到过男人以死威胁，拎一包老鼠药；另一个的男朋友将两个人关在厨房里，打开煤气瓶。这些男女都是异类。

此刻青瓦从长椅上站起身，向那个生机勃勃的阳具告别。心情却低落起来。青瓦只在楼外徘徊，没有勇气走进他进进出出的门洞。至于那个阳台里面的世界，那是春航的，跟自己无关。春航在里面吃饭、睡觉、休息、看书、做爱、生病、如厕，在里面快乐、忧伤、高潮、低潮，那里有春航最浓密的气息，身体的味道，但对于这一切自己却是局外人。

离开前，青瓦向那个静寂的阳台投去定定的一瞥。只在这一刻，青瓦确定自己想知道春航能够下决心娶的是什么样的女人。很多年前，青瓦在春航家见过结婚照，当时很是诧异新娘平庸无奇，一种随处可见的相貌和气质，青瓦为春航的眼光大跌眼镜，春航还会犯同样的错误吗？

青瓦到上海前那些日子，春航像是很有些苦闷，说话也吞吞吐吐。青瓦在电话里追问，春航无奈说起家里的情况，讲这段时间慧梅好像很敏感。青瓦自嘲，我们想见也很少见到啊。春航讲，她是个第六感极强的女人。有一次我们一起看一部讲一男二女三角恋的韩国电影，丈夫先是和忠诚贤淑的妻子结了婚，又遇上了浪漫文艺的情人。她就露出不安的神色，像是无法面对，当场就有些失态地把我看成了假想敌，对我讲，你要是背叛我，我就死给你看。青瓦无语，又想慧梅一定是用一个丝绒做的软笼子罩住了春航，让他感到窒息，不能畅快呼吸。当春航身上那些野性的、雄性的念头偶尔流露时，慧梅就像《雷雨》里的那个周朴园，提醒春航你该吃药了——周朴园提醒繁漪，你是个疯子，慧梅也总是不忘提醒春航，"你是个病人"。你是个病人——这是慧梅对春航最有力的武器吗？

春航未料到事情的发展已不由自己控制。自己在两个女人的暗战中疲惫不堪。有些晚上，春航一个人会在书房里待上很久，关上门，眼睛有些充血，眉毛都要皱起来，慧梅不叫他就懒得出来。月复一月，春航发现青瓦在各种观念上与慧梅相左，对峙。两个女人南辕北辙，从微小的生活趣味，到宏大的人生观念，可谓水火不容。眼下她们是看不见的对手，春航觉得自己确确实实就是张爱玲小说里的振保。有时视青瓦为人生知己，认为青瓦激起了自己内心所有被压抑的欲望；有时又同情慧梅，正是慧梅无微不至地照顾自己。面对青瓦，春航发现自己的各种欲望一寸一寸地醒来；可回家面对慧梅，那醒来的欲望又一寸一寸地熄灭。毕竟他与青瓦只算神交，要面对慧梅的日子要远远多于青瓦，春航早知道自己原先过于活跃的灵魂，会在慧梅不易察觉的时光催眠剂下安乐死。针尖对麦芒的两个女人，有时春航谁也不想理会。

春航记得一开始并不是这样，青瓦看起来全无攻击性，很诚恳地说着内心对慧梅的感激，正是慧梅的爱拯救了濒临死亡的男人。慧梅像国王身边功高盖世的元勋，受春航家人尊敬，也受情人的尊敬。但是青瓦慢慢感到一朵叫慧梅的乌云正在生长，直到乌云压顶。

青瓦认为慧梅这样的女人到处都有。一旦男人的思想里有女人的理解力不能到达的世界，就不得安宁了。看不懂的男人，向外的视野，飘忽的心，一切都让慧梅这样安分的女人恐慌。认识春航时，慧梅是上海大医院的护士，温柔漂亮，现在已是护士长，人发福了不少，珠圆玉润，让人想到现世安稳。那会儿年轻的春航，是个在医院偶然打个针吊个盐水也能招惹上女护士的家伙。春航喜欢看穿护士服的年轻女孩，再说荒唐地玩了几年也倦了，想要个体贴入微的妻子时，正巧碰上了白衣天使慧梅。那次春航偶染重感冒导致肺炎，慧梅把春航当成孩子一般宠溺，无微不至，春航也顺势变成个很娇气的大男孩。慧梅跟春航前妻沈丽琼一样，是土生土长的上海人，很听父母话的女孩儿，规矩稳重，除了上班之外很少出去耍，更鲜有夜归之举。慧梅又是娴静温柔的，话不多，总是听春航讲，暗暗恋慕着见多识广的春航。一周后春航出院，就约慧梅吃饭看电影，看的电影《珍珠港》，女主角就是护士；男主角怕打针，春航，说的不就是我们？慧梅就轻轻地推他一下。后来每次约会，春航晚上 11 点最后一班地铁前必定送慧梅回去，完璧给未来岳父岳母，自己心里也就妥当。后来春航求婚，慧梅哭着同意了，说你要不对我好，我爸妈可不饶你。春航就油嘴了，说从此你爸妈就是我爸妈。求婚成功那晚，慧梅主动跟春航去了他的住处，两个人第一次做爱，春航已经觉得怀中乖顺又沉迷的女人就是他命中注定的妻子。

青瓦站在自己的立场上，时常记不起自己是慧梅的地狱。慧梅只是一个符号，连一张扁平的相片都不是，连名字都是某次春航接亲戚电话说漏嘴时才知道的。但两个女人关联度却如此之高，跟世界上所有的三角关系一样。如果一个女人榨干了男人的激情，男人就没有激情奉献给另一个。如果一个女人花掉男人的钱，另一个女人得到的份额就会少。男人和第三者约会晚归，家里的女人会生出无数担心，会为男人的同床异梦焦虑不安，会哭会闹，也可能会在白天上班时恍惚走神，走路时绊到东西摔跤，甚至撞上汽车。一个人的金钱、激情、身体都是有限的，此消彼长，这是三角情中的辩证关系，三角关系中的供求关系永远处在不平衡状态，两全其美的理想终难实现。只是人们往往以爱情的名义，忽略对他人的掠夺。春航曾隐晦地提到夫妻间的床笫事，现在他跟慧梅，觉得力不从心了，要假装都装不到跟从前一样，大约是春航无法从慧梅那里感受到性的信号——一个多年的亲人，几乎模糊了性别，让人怎么有冲动？青瓦听到此处，心里倒歉疚起来。

青瓦忽然很后悔自己跑到春航的地盘，觉得自己蠢透了，出这主意的春航也蠢透了。她在伤春的心情中回到杭州。早春的光线阴郁，雨季很长，有一天到众安桥一家银行办完事，一路撑伞步行到了西湖边，孤山的梅花不知何时已在寒雨中谢了。家里的烘干机又派上了用场，却绞不干青瓦滴滴答答的潮湿心思。春航却没有察觉青瓦变得沉默，两人的联系也比之前稀疏了些。春航的膝盖，也随着天气的变化时好时坏。

18

这年中秋，洪镕带青瓦、未央回姑苏老家，看望未央爷爷奶奶。青瓦不免有些嫉妒洪镕父母俱在，好在未央爷爷会做苏式月饼，鲜肉、火腿、百果几种，现做现吃，又有上好的黄酒配着苏州菜，聊慰了青瓦的胃。青瓦和未央都顶爱吃未央爷爷做的响油鳝糊，鳝丝里放的是猪油，特别香滑。青瓦跟未央爷爷一起喝黄酒，洪镕却不碰酒，未央爷爷就对洪镕说，青瓦有时是比你豪爽。洪镕就对父亲说，谁让你当年叫我学医呢，结果就是不能陪你喝酒了。未央爷爷就说，还好青瓦陪我，不然只能我一个人喝闷酒了。喝得兴致高时，未央爷爷说到过年要教青瓦学烧苏州菜，像写《美食家》的陆文夫那样，烧一桌的苏州菜，小说里朱自冶喜欢吃的冰糖蹄髈，还有荷叶酱肉，我都会做，要好吃还得靠自已。青瓦连连答应，说，食不厌精，烩不厌细，我真的很想学苏州菜呢。未央爷爷一口苏白说，未央到杭州上学去了，我呒没事体做，烧小菜解解闷。未央奶奶说，他们杭州住惯了，恐怕吃不惯你烧的冰糖蹄髈，太甜了吧。爷爷说，我可以改良啊，少放点糖，少放点糖。奶奶对青瓦说，老头从小吃得好，家里是老小，好东西都留给他吃，他爸那时蓝长衫穿穿，牵他的手下馆子，去松鹤楼。啧啧，我们没有过过的好日子。他吃到自己喜欢的菜，就记在心里。有点像那个小说里的朱自冶的。爷爷面有得意之色，说，我有一条灵敏的舌头，记性也好。吃了好，后来就模仿起来。洪镕说，你烧的那个是山寨版。未央奶奶又说，三年自然灾害时，老洪姆妈偷偷变卖金项链金戒指，没有让一家老小饿肚子。爷爷说，那时我们一家也只有粗茶淡饭了，没有好东西吃了，就流着口水想想松鹤楼、得月楼的美食，啃着锅糍，就想着要是做成虾仁锅巴有多美味。奶奶抢白他，说，我那时天天咸菜下泡饭，你还惦记着虾仁锅巴，所以你一辈子思想落后。一桌子人都笑。

青瓦觉得公公婆婆很是不错，大体对她是亲切的。当然这些年来他们对她的态度也有起起伏伏。比如刚结婚时青瓦是大学教师，公婆就客气，后来到房产公司，客气里就藏着点冷淡。再后来青瓦为家里买了不错的房子，房价节节涨，他们的态度又亲热起来。等他们带未央时，对她就有所挑剔。再然后未央回杭州读书了，爷爷奶奶特别想未央，对青瓦就又客气亲切起来，希望他们带未央多回苏州。很有意思。洪镕的性格，不知为何比他父母要严肃。未央爷爷爱喝茶，上次青瓦见他经常用的那把茶壶有个小豁口，还舍不得扔掉，这次就特意带了宜兴紫砂壶送他，是朋友的陶瓷作坊里特地烧制的。老爷子喜欢得不得了，又问青瓦，范烟桥你知道吗？青瓦说知道一点，一个苏州老派文人，跟鸳鸯蝴蝶派文人周瘦鹃是朋友。未央爷爷说，我阿爸以前认识他的，他们住得很近，在温家岸，我阿爸说过，范烟桥年轻时很有派头，他近视眼，却喜欢戴墨镜，他们还是草桥中学校友。

中秋夜，晚饭后全家出动，去网狮园听苏昆《牡丹亭》。洪镕笑他爸最爱喝酒、吃茶、听戏的资产阶级腐朽生活，青瓦就说，老苏州人的腐朽里，可都是精华呢，我也喜欢。未央夜里可以出去玩，也很高兴。到网狮园，明月清风，天气微凉，青瓦想起自己痴迷下棋的父亲，也喜欢听评弹、听苏昆，工作调动到杭州后，还要坐一夜轮船，回苏州找棋友下一天的棋。青瓦一边看戏一边暗想，我和洪镕小时候都在悬桥巷玩耍过，他捉过知了我捉过蚯蚓，都喜欢苏式月饼反对广式月饼，要是我们都回到小时候的苏州暑假，还是觉得我会更喜欢和外地来做客的春航一起出去皮，去捣蛋，跟洪镕就不太可能玩到一起——他小时候就是个特别听话的班长，那种"正派"小孩，一想到"正派小孩洪镕"，青瓦不觉又笑了。洪镕正经八百，他爸倒像是个老顽童，看戏回家后又说自己想养只画眉鸟。

寒露是农历九月之节气。"袅袅凉风动，凄凄寒露零"，有人这样写的。青瓦跟人约好了去白萍。白萍是一个火车停靠的小站，离上海和杭州都不远。这是个古老的小镇，镇上一条小河将白萍分成河东、河西，街上有一些残存的古建筑，有一个著名的古窑，一座著名的古桥，有几个古代名人的纪念馆，一间有名的清代私塾，还有关帝庙和黄大仙庙。因为还没有开发成著名的旅游点，小镇民风还算纯朴。

不过再过一年，小镇就不会是现在的寂静了。青瓦所在的那家地产公司早已盯上了这块宝地，联手白萍镇政府，要搞大规模的旅游开发，还要造一溜儿的沿街仿古建筑，再把以前填成公路的小河道重新挖出来，整个投资要好几个亿。所以青瓦做的这个房地产刊物，下一期的内容就是以这个小镇的开发为主打。一个月前，青瓦请当地的一个摄影爱好者拍了一组小镇风情的照片，又请上海的一个专业风景摄影师也拍一组同样内容的小镇风情照片，准备放在一起，通过对照身在其中者和看客的眼光来呈现不一样的视角。

青瓦坐了一小时火车，到白萍，和当地的那位摄影师约了在一家小饭馆见面，一边吃饭喝茶，一边看这些照片。照片拍得很原生态，其中有小镇人家娶亲的，有办丧事的场面，有躲在深巷僻静处接吻的男女，有门前呆坐的老人，有庙里扫地的小和尚。暗调子的屋檐内外，明明暗暗的光线，隐约可见镇上人一世又一世的生老病死。青瓦很满意，搞定了摄影图片，接下来就没别的事了。摄影师想请青瓦晚上吃饭，青瓦找个借口推辞了。

青瓦在一家咖啡馆跟男主人闲聊。老板是外乡人，姓刘，学设计的大学毕业生，看起来三十上下，八年前作为一个外省的旅游者来到这里，定居了下来。小刘说，我就是留恋小镇的熟人社会。比如昨天，我从街的东头到西头办点事，只要二十分钟就能走完的小街，结果用了两个多小时，因为一路上总遇上熟人，停下来聊天，或者中途去了别人家里闲坐喝茶，我喜欢这样温暖的氛围，一留就是八年。青瓦说，有些小地方的人是因为讨厌熟人社会，才一定要离开，你却相反呢。小刘说，是呀，我就是喜欢。青瓦奇道，看你打扮那么时尚，原来是个旧派人。小刘说，我在镇上找了个女朋友，现在同居着。八年了，我们每年只外出两三次。其实我很满足。青瓦想，这刘老板的想法跟自己很不一样，但他的确是开心的。

只有淌过白萍镇中心的流了起码几百年的小河，才知道镇上每一家的秘密。青瓦早上进白萍时，在河边目睹一位老人的葬礼，就想那些年轻的缟素者在想些什么，他们中哪个是特地从外乡赶回来的，那些低着头哀悼的人有自己的算盘吗？想到小镇上是否也有凶杀案发生或者在酝酿，不由得发毛起来。当然她更希望遇上的是一场河边的热闹婚礼，小镇的女儿出嫁会很喜气。

下午又在镇上荡了一会儿，买了一堆零食，准备打发一个人的白萍之夜。黄昏后的小镇本是可以让灵魂停一下的地方，但是现在不是了，仿佛一夜之间，大江南北，被复制的小镇情调就像流行歌曲一般泛滥开来，造镇运动一浪高过一浪。白萍是被后来者复制的那一个呢，还是复制了小镇样板的小镇呢？也分不清了。

天色已黄昏，小河对岸的红灯笼在薄暮中亮了，晚秋的露气也在此刻浓稠了，似在告诫孤身的闲人，不要在外游荡。不知从什么时候起，成排的红灯笼虚张声势，几乎成了所有中国小镇的符号，说不上是好看还是不好看。这是在中国，因为有红灯笼。青瓦却认为红灯笼背地里有阴气的一面，使小镇之夜显出几分妖异鬼魅。

青瓦心念一动，忽然想马上离开这里。此地离苏州近，半小时不到的路程，不如回趟苏州老家。一想正是周五，本来说好自己去接女儿的，就打电话说出差回不来，要洪镕去接。她有点担心洪镕会不会抱怨她周末不能陪女儿，结果电话里洪镕倒是很乐意的样子。

坐车到了苏州后，就在闹市区观前街井巷的一家民宿住下，名为小眸园，正是闹中取静。只见窗户是老式的，有雕花窗格，推窗即见深巷。进院子时，青瓦朝一块写着"海上花"的匾笑了笑。登记入住，见小眸园楼上楼下，有秋月白、小团圆、夜未央、海上花、红鸾禧等房间，青瓦就选了二楼的"海上花"房间。深红漆的木地板，被单被套是红底的土花布做的，使老木架床看起来有几分喜气，拖鞋是蓝印花布的，这里不像那些千篇一律标准化的宾馆，有家的感觉，两只花猫好奇地在院子里窜进窜出。青瓦受到这一床喜气的撩拨，心想，真想在此秋宵一度啊。

一早出门的，这会儿就有点犯困，就歪在床上打盹。傍晚时光幽静，四方小天井里，偶尔传来几声狗叫。睡意袭来，恍惚间，就在这个"海上花"，春航穿着青色长袍和黑色小褂走了进来，很像老电影里的公子哥儿，梳着一丝不乱的二分头。青瓦变成了清末小娘子的模样，梳着头髻，穿一件百合花图案的旗袍，坐在窗下摆弄十字绣。春航低头摆弄小娘子的头发，说，娘子，与你小别几年，吾参加革命去了。那女子抬头，问要去哪里。春航讲，先东渡日本，师夷长技以制夷。那女子怀着离愁别绪起身，给春航煮了四只糖吞鸡蛋，又去给春航整理行装。那女子问，君去北海道？听说彼地冬天比此地冷，请多带衣服。但是行李箱满出来了，她拉不上箱子的拉链，急得直冒汗。春航却坐着不动，也不帮忙，好像画片上静止的人。

正气恼时，原是白日梦一场。青瓦对镜子理理头发，笑自己恰好住在这间姑苏"海上花"房间，脑子里老潜伏着诸如革命、光荣之类东西，是不是一种精神疾病，要是去看医生，医生会不会给她开个确诊单：臆想症？到这引人入白日梦的屋子，一打盹就梦到了春航，还梦到了革命。她又得意自己还是个想象力丰富的梦客，在梦中再一次自由发挥，制造了革命者春航的形象，一个静默如岩石的革命者。白日梦断，环顾屋里，再一次意识到春航只是芸芸众生中的一个普通男人，在这现世安稳的物质时代，每个人都卑微寻常，有时又不免憧憬自己生活在乱世会怎样。犹忆及那时与春航重逢不久，彼此有很多新鲜的探索乐趣，互相赞美起来不知肉麻。有一天晚上，是中秋佳节后，春航邀青瓦看音乐剧《猫》，曲终人散，几条街之后，人群渐渐地散了，两个人牵着手，走在静僻的小街上。青瓦身体里的抒情细胞毕毕剥剥地膨胀，几乎达到月下吟诗的沸点，可惜要紧关头，脑中却没有一句恰当的诗。那时青瓦眼睛雪亮，望着春航讲，你知道不，你身上住着四个男人呢，一个英国绅士，一个法国情人，一个古典书生，还有一个江湖莽汉。春航不着一字，愧疚又热烈地吻了她。现在青瓦坐在有几分喜气的红木床上忆及这一幕，"啪"地又拍了一下自己的脸。

青瓦最想要和春航一同在这屋子里，这屋子一定要有记忆才好，记得他们的爱情。被这个念头蛊惑了，青瓦最好春航即刻赶到，一起对着这团圆喜气土花布床单咏叹。她自己的家里，日用的器物及床上诸般用品，几乎不见花色，学医出身的洪镕又是个素净之人，习惯于蓝黑白，不喜饱和度高的颜色。青瓦母亲在世时，抱怨过女儿家中床单被套色调既冷又单调，白的、灰的、蓝的、青的，到浅棕色为止，似尼姑的素居。青瓦反击说，你不懂的。到冬天的时候，母亲说，你不觉得看着都冷？青瓦答，我不冷，那只是你的感觉。要是现在母亲看到她坐在红色调的花被单上，会笑出声来夸她几句吧！青瓦鼻子一酸，倾诉欲上来，就发了晏几道的一句诗给春航——"谁家芦管吹愁怨"。没头没脑的，想想不妥，就发信息问他晚上能否来苏州。又羞于自己的突兀，恨不得把手机关机了事，真是左右都局促不安。果然，春航那里很久没有回音。

其间接了一个洪镕的电话，说已经接了未央，又说未央在学校时，上课不听老师话，自己画尿尿小童，被老师罚站了。青瓦听出洪镕爱女心切，就说，画尿尿有啥关系呢？洪镕说，老师大概觉得未央画小鸡鸡没羞吧。青瓦笑，说，谁规定只有男孩子才能画小鸡鸡了，那跟未央说下次画就回家偷偷画。洪镕喏喏。挂了电话，青瓦才发现确有老师打来的未接电话。

晚上7点多了，青瓦才接到春航的电话。春航讲，我很累，刚结束一场商务谈判。青瓦说，那你早点休息，别来了。春航讲，你等我。青瓦说，我有多久没有见到你了呢，两个月，三个月？春航笑说，是的，我该去慰问你了。

春航客户的饭局临时推不了，只好等饭后再出发。青瓦懒得出门了，就在房间看电视，把频道翻来覆去地换着，每半小时看一次时间。看完了《动物世界》——非洲的狮子，河马，三米长的大蛇，鹿，一个弱肉强食的生物世界，血淋淋的厮杀，你死我活，又看房间墙上挂着的水墨画，宁静悠远，水气弥漫间，滤净了人欲。又去洗了个澡，想上床等。等着等着怨气上来，觉得自己像要发霉的寡妇一样。将近夜11点时，那人说已在楼下了。青瓦连忙披上衣服，一路跑出房间，跑出院子，见心心念念的男人站在幽冷夜灯下，背个大包，身上是来不及换下的深蓝条纹西装，真是风尘仆仆夜归人。这时苏州已下起了雨。青瓦摸到春航细条纹西装上，有些潮湿轻微的雨滴。两个人忘记是站在雨里，相拥着，彼此打量着。春航道，看你开心的样子，我这趟披星戴月的夜奔就值了。即刻又发现自己犯了喜用华丽辞藻的病，于是笑着急急纠正，讲，没有星月，只有风雨。青瓦见春航细看自己那条湖蓝色嵌着银粉的碎花裙，高兴地说，这裙子是尼泊尔货，为了到白萍古镇来特地配上的行头呢，怕牛仔裤冲了古韵。春航道，好像薄了点，你冷不冷？青瓦就亲昵地往春航的身上靠一靠。

进了房间，好一阵耳鬓厮磨。春航起身去洗澡刷牙，等到一起睡在床上，已是三更辰光了。一床锦缎花面被子捂着，春航脸上有明显的疲态，眼睛布着血丝，青瓦不觉有点不安。两个默默相拥着躺了一会儿，春航就让青瓦睡到自己身上，抚摸着她瘦削的背脊，青瓦的身体一点点软了。春航在青瓦眼里是好看的，一直都好看，还有其他的很多词——俊朗、帅气、儒雅、高大、英气，全都用得上。和这么好看的男人做爱，觉得老天对自己垂爱得不可思议。哈尼夫·库雷西，一个写过长篇小说《身体》的英国作家说，如果把这世界上的人分成好看和难看两种，对相貌潇洒倜傥的人来说，这个世界是不同的，那些妙人儿是被长相平庸的大多数渴望的。其他躯壳都围着他们转，但是他们不一定会喜欢上那些人。有一天青瓦在女友艳云的书店里闲逛，艳云推荐《身体》，还打趣说，郑重推荐，是给你这种视觉系情人看的。青瓦以为新鲜，欲知其详。艳云讥道，你不知道吗，这是费尔南多·佩索阿下的定义，就是说你这种以貌取人的浅薄女人的。

黑暗中，青瓦俯卧在春航身上，手臂缠住他的背，故意把热气呼到他的胸口，哼哼唧唧着，下雨的时候，特别想这样。春航脱掉她身上乳白色丝睡裙，露出里面的桃红色胸罩。这古旧的房间里的一抹桃色，仿佛从她的三点一直弥漫到脸颊，这桃红色就像这欲望蓬勃的雌性动物。而这欲望随着女人年龄的增长而变得深不可测。

青瓦双臂缠着春航的脖子，有一刻就茫然起来，说，你看我们待的地方，好像都感觉不出是在什么朝代。春航笑，是民国呀，不是房间叫"海上花"嘛。青瓦说，原来你也发现了。春航为这桃红色精神一振，随即掀掉了身上的被子，霎时像过足了电似的马达，动作猛烈起来。因为不管在什么朝代，最后都是这样。春航豪迈地叫道。青瓦身上的桃红纷乱了。春航开玩笑，是房顶上的猫叫，还是你在叫？青瓦也笑，都在叫。依然还要趁机说话。青瓦又叫道，下一回，我要在下午，要穿旗袍，让你一粒一粒解扣子。后来一切又静下来了，只听得屋外雨丝风片。他拍着她的背，低声说早点睡。又犹豫了会儿，讲，真不忍告诉你，明早公司有个重要会议，我6点多就得出门。青瓦一愣，说，走就一路走吧。我跟你一起起床，可以陪你坐半小时的火车。春航叹了口气，揽青瓦进自己的臂弯。黑夜的房间一灯如豆，青瓦感到春航如水的眼神淌进她身体的每一处。他半撑着手臂，定定地俯视着侧躺着的女人，一边说话，一边轻抚她的头发和脸颊，他的眼神显得忧心忡忡。

这个子夜使青瓦忽然有种悲伤的预感，凡事总有个极限，爱情中的柔软部分也必如此，她今生不可能再有今夜了。即使今夜后两人不离不弃,这样的夜晚也不能重现。这时青瓦忽然冒出个疯狂的念头,说,如果我有钱,或者你有钱,有一天我们要买一处属于自己的小屋,有空时去那里待一待,一小时,一下午,一晚上。虽然不可能经常同时出现在那里,但当我在那里看到你用过的东西,毛巾,牙刷,茶杯,剃须刀,睡衣,没看完的书,写字的笔,纸片,用过的拖鞋,旅行包,等等,一定会觉得你就在我身边,我或许会对着这些物件笑出声来。青瓦在黑暗中说这番心思时,春航没有回应。刚才用了全力,这会儿已经睡着了。青瓦听到低沉的鼾声。秋雨夜,正好眠。

凌晨2点多,春航睡着后翻过身去,均匀的呼吸声在房间回荡。贴着他的背,青瓦闭着眼睛,脑袋却醒着。迷迷糊糊间,窗帘外的第一丝晨光透进了房间,天快要亮了。春航也醒来,讲,你这孩子,总不肯好好睡觉。又说起话来。青瓦闭着眼睛,轻声说从前的醉酒。有一次,公司员工日,放假两天,一起到海边小城搞活动。公司的当红"炸仔鸡"青瓦被同事们灌了很多杯啤酒,知道逃不过去,把心一横,喝醉了事。凌晨2点,醒了,头昏脑涨口渴。一开始不知自己身在何处,慢慢地,记忆恢复起来。头重脚轻地去卫生间,猛然间看到一把长刀横在洗脸台上,闪着冷光,酒意顿时惊醒了大半。胃中仍在翻腾,结果大吐了一场。等吐完隔夜物后,起身洗了脸,刷了牙,望着卫生间的大镜子前萎黄的脸,披头散发的样子,我就难过起来了。好像只有喝醉和怀孕时,连平时最讨厌我的女同事们都对我好。喝醉了，周围的人好像全因为我的豪爽亲近我，也暂时忘了那些争风吃醋。那把长刀，就是女同事切西瓜给我吃留在这里的。

青瓦又说，一般情况是，我在女人那里受气，在男人那里，景况要好一些，但也不全是这样。只因在职场里，当男人和女人面临隐约的利益之争或竞争关系时，他们也不会客气。男人和女人之间，不只是男女关系，还有社会关系。

春航静静地听着，将青瓦的手握在自己手掌内。春航讲，不开心的时候，你就多想想我。又劝了青瓦很多话，针对青瓦的心高气傲、不妥协、不合群、不满足的性格，叹气说，以前我也担心你这个，现在仍然担心你这个。又捋着她的头发，讲，当然你还是做你自己。青瓦说，你呢，能做自己不？春航讲，我比你委曲求全。青瓦说，现在你很沉稳，可你从前不是很狂吗，我还记得的。春航讲，要是把我现在的性格给你就好了。我是无公害。青瓦说，你不是说过，虽然你很小心去维持一种平衡，好像稍一闪失，平衡就会被打破似的。这让我想起一句话："战战兢兢，如履薄冰。"春航讲，其实男人都不容易，你也要对你先生多一些关心才是。

他的温言让她心头一热。但青瓦此刻想起洪镕，只是觉得别扭，说，我嘛，不好也不坏。现在没什么事了，我只担心不知道哪天就被裁员。要是我没饭碗了，你要养我啊，虽然是名不正言不顺，但你出于人道主义，也要养我。春航讲，我会养你的。我能吃饱饭，就让你也吃饱饭。

清早，闹铃一响，没有一分钟的拖沓，两个人几乎同时坐了起来。只留了半小时洗漱，时间紧迫，他们第一次用卫生间不再回避对方，没有拉上玻璃门的帘子。青瓦出来穿衣服时，看到春航坐在抽水马桶上，头发有点乱，觉得这个马桶上的男人真实可亲，又有种疯狂的念头，想要跑过去坐在春航膝盖上，去吻他还没有刷牙的嘴，顺便再忘乎所以地做一场晨爱，又闪过一念，如遇野兽派情人像亨利·米勒，又是怎样。为此淫邪之念，一丝色情的羞愧泛于青瓦脸上。但青瓦想，要是自己能每天早上看到春航坐在马桶上，洗脸刷牙吃早餐，那才叫火热的生活。

雨停了。早起的两个外来客匆匆结了账，离开了小眸园。苏州的早上还没醒来，路上冷清萧瑟，小河水寂静，两人叫了一辆人力三轮车，很快就到了火车站。

接着就有了一趟短途火车旅行。这是一个只有慢车才停靠的站，候车室很小，里面光线暗暗的，一股潮湿的混合着鱼腥的气味弥漫在这陌生空间，让青瓦想起某些夜晚床上弥漫的精液味道。马塞尔·普鲁斯特认为火车站几乎不属于城市的组成部分，却包含着城市人格的真谛，就像在指示牌上、车站上写着的城市名一样。车站就意味着终于可以进入城市，它很可能是城市灵魂的现形。人们从火车站出发，到或远或近的目的地去，来一段另外的生活经历。所有的车站之所以充满魅力，是因为它们摆脱了琐碎的日常生活。它们是起点、中点和终点。在青瓦有过的梦境中，总是会出现一些火车旅行的镜头。青瓦在梦中提前到站，在火车站碰到各种人——陌生人，熟人，有时是朋友，有时是另一个叫青瓦的人。在梦里，猜不透人们脸上的表情，人人看起来都身份不明。又梦见过在一个不知何处的火车站，深夜或是凌晨时分，依旧人来人往地嘈杂，自己坐在一张有破损的长椅上，边上一个男人，好像是大学时代的朋友，因为剧烈的头痛，神情疲惫地靠在青瓦肩上。还梦见过临上火车前，翻遍包里的每个角落，拿出来的却是一张过期电影票。上错了火车，车票上的时间不对，过安检后发现包不见了，又下错了站。一系列的慌乱。火车站的色彩，始终都是深灰与铁黑，这里的人群像鼹鼠一样乌溜溜地移动着，惶惶然的不确定感弥漫在人群间，这肮脏混乱的中转站，更像是一处处悲伤的地点。还有一次，青瓦梦见自己乘坐的火车开往西伯利亚，草绿色的火车一路向北，哐啷哐啷地。躺在车厢的小卧铺上，青瓦冷得缩起身来，面包冻硬了啃不动，冷风从四面的窗缝处吹来，在无尽的黑夜里撒泼，她问隔壁陌生的长胡子外国旅客，是不是快到库页岛了。

青瓦很想做一个在火车上的玫瑰梦作为补偿，最好是在软卧车厢的下铺或车厢连接处，和一个穿黑色 T 恤、浑身散发着荷尔蒙气息的陌生男人纠缠着，始终处于挑逗与被挑逗状态，欲望膨胀却得不到满足。但梦境不是电影，无法预定也不能购买，这一个火车上的春梦一直没有到来。

坐火车苏州和上海太近了，售票员又不善解人意，两人座位是分开的。上火车后，才费劲地找到了一个空着的座位坐在一起，为此又花掉了十分钟。等安顿好后，站台上的人一一闪过，青瓦开始犯困，靠在春航肩上打盹。春航问青瓦夜里睡得可好，青瓦说还行，其实并没有睡着多久。火车上，春航又想说什么，青瓦说，你闭上眼睛，不要说话。随着火车的起伏，青瓦开始了意识流的旅程。

火车中途又停顿了会儿。春航看了手表，离到站时间还有一刻钟，于是对青瓦讲，我们闭着眼睛说话吧。青瓦自嘲，人是不能轻易得到满足的。你看，我就想要和你有一次更长的火车旅行。春航讲，如果可以一起去从前或者未来旅行的话，最好坐的也是火车。青瓦笑，说，你心里就是住着个顽固的老男孩。两个思绪容易发散的人都是火车旅行的爱好者。黑色轨道只有在拐弯处才闪现过眼际，道边树迅疾地闪开，让人感叹人生朝发夕至，轰然急促。青瓦一直认为铁轨是好看的，那好看的黑色直线和弧线，就像一个躺在大地上的男人。坐火车时，每到一处，喜欢用相机拍下一个又一个站台。空落落的站台，泊着列车的站台，站台边暗黑坚硬的水泥台阶。青瓦已存了不少火车站台的照片。在火车上，思绪无目的地游来荡去，不用睁开眼睛，铁轨的弧线就在她脑际划过。更年轻时，也都曾喜欢站台处的洒泪而别。列车又临时停车时，青瓦睁开眼，用力地看了春航一眼。他握住了她有些冰凉的手，讲，我们可以找一个清静地方待几天。没说几句话，火车已经到上海站了。青瓦看着春航在上海下车，在站台上挥挥手道别，和大队下车的旅客一起消失。两个人的旅程就这么结束了。

再坐火车向南，几站后是杭州。青瓦闭上眼睛，继续胡思乱想着，寒露，苏州之夜，一番深谈，把男人的温情和关爱推到了极致。因为带着现世的清醒，要与这人生的高潮道别，仍然身处火车上的青瓦，缓慢地涌起悲伤，忽然明白了三岛由纪夫《忧国》里的悲伤——那对年轻美貌的夫妇，在高潮极致后，丈夫切腹自杀殉了天皇，女子也以短剑自刎追随而去。艳云总是喜欢说，爱情的最高境界必然是死。青瓦恍惚想着，我这会儿死了也挺不错，臆想着自己从火车上纵身一跳。

到家里，却不见洪镕和未央。回头看手机，才看到洪镕给她发过短信，说昨天可能老师让未央罚站的地方有过堂风，未央发烧了，他一早先带女儿去趟医院。看毕短信，青瓦在镜中理理头发，就去厨房，只有为一家人烧一顿好菜好饭才能稍稍平复她内心的复杂感觉。

19

霜降。草木黄落。青瓦在闹钟的鸣叫声中醒来，沉浸在黎明时分那个奇怪的梦里，梦到了狮子。那天晚上睡觉前，吞下过一粒安定。后来青瓦又在床上做梦。上一次梦见狮子是在二十年前。梦里的那头狮子长得可爱，是很通人性的小母狮。自从那个梦之后，青瓦成为一个自我想象中的狮子爱好者。青瓦有自己的动物观，喜欢狮子、老虎、龙、蛇、马、狗，讨厌猴子，讨厌波斯猫，喜欢中国猫。但是这一次的梦让人觉得紧张。梦中的狮子一开始是被人驯化了的，可以友好相处。青瓦亲切地跟狮子打招呼，摸一摸毛发。那感觉慢慢地变了，夏季到来，狮子变得乖张，眸子隐约射出寒光。它依然在人类的帐篷里走来走去，一种危险潜伏着。有一天，它开始蠢蠢欲动，好像要攻击青瓦，但是仍有顾忌，或者说对青瓦仍有情意，狮子以它的方式宣布不再想当被驯化的奴隶，它要独立了，要建立独立王国。那头狮子，朝青瓦稍有节制地吼了几声。青瓦打开一把白底小蓝花雨伞，朝狮子用力晃了晃，就赶紧离开了。后来，青瓦去了郊外，走在荒凉小径上，边上是看不见底的密林，一边走，一边担心再遇上那头狮子，也许再遇到它时，它完全恢复了野性，不再认她。青瓦是在忧虑中醒来的。这是青瓦一生中第二次梦见狮子。这个梦让人一时难以释怀。青瓦开始在网上搜索关于梦的解析。据说人一个晚上大概做四至五次梦，而多数的梦境未进入记忆，记得的梦通常是醒来前的最后一个。一个晚上的梦有连续及发展性，且多数梦境与实际生活有关。青瓦在网上找到了"周公解梦"等对梦见狮子的各种解释，有说法如下：梦见狮子，要来钱；梦见与狮子相遇，要生病，或与强人为敌；梦见猎狮子，会降伏敌人；梦见为马戏团驯狮子，仇人会同自己讲和；梦见自己被狮子咬伤，困难会被克服；梦见狮子扑向自己的同伴或朋友，倒霉的日子要来临；少女梦见狮子，会嫁给一位权大力大、身体健康的男子；已婚女子梦见狮子，会生一个健康的男孩；梦见狮子袭击野象，仇人会狗咬狗，最后两败俱伤。青瓦的梦跟哪一条都不沾边，狮子既是朋友，也是敌人，处于背叛与归顺之间，不知道下一分钟它有何行动，这是一个谜境。梦到狮子是她和狮子的秘密。它是否真的存在，以一种什么样的方式存在，它是她身边某一个人的化身吗？这头在梦中出现的神秘狮子敲击着青瓦的神经，令她惴惴不安。

到了就诊日的下午，郑医生的诊室人不多，青瓦就跟他谈了这个梦。郑医生平淡地说，我不是弗洛伊德也不是荣格。再说，如果是弗洛伊德来解释这个梦，你一定就信吗？青瓦说，没错，弗洛伊德总是扯童年阴影或恋父恋母情结，也不过隔靴搔痒。郑医生说，如果我有时间写一本我的病人们做的各种梦的书，估计会成为世界上最光怪陆离的书了。青瓦一笑。郑医生解释道，有些梦很残忍，有些梦很脏，有些梦像一部枪战片或悬疑片，有些梦很情色，有些梦的思想带有哲学概念。比如有个十岁的小女孩做过一些稀奇古怪的梦，而且每个梦中都有死亡和复活的主题，荣格分析道，这种主题也存在于很多宗教思想之中，而且是全球性的。小女孩的梦还包含了进化论的思想，以及道德相对性的思想。荣格认为我们心中的"原始人"是用梦来显示自己、表达自己的。如果我们能理解梦，就如同认识了许多"原始人"朋友，他们的智慧可以给我们极大的帮助。青瓦说，这本书一定有趣，不如取个书名叫"怪梦录""梦知录"，或者叫"梦迷离"。郑医生赞赏地笑了笑，说"梦迷离"有意思，几乎忘了青瓦是他的病人，又道，梦能使我们洞察内心，知道什么是自己真正的需要。青瓦点头。

郑医生说，我曾经有个女病人，生活中很体面，是一家上市公司的副总，因为睡不好，出现了关节痛和体重增加等问题，血压也有些偏高，来找我看病，希望解决睡眠问题。一开始不肯谈自己的问题，我总觉得她没有放下女老总的架子，她虽是一个病人，可展示给我的却是一个成功女人的体面形象。来过几次后，才慢慢地放松下来。她跟我谈道，她梦到自己喝女下属的血，还用人血泡澡美容，以保持美貌和身材。她被这个梦吓坏了，认为自己心理出了毛病，又不好意思去找心理医生看，就先来我这里看失眠问题。其实问题很简单，这个女老总生活中压力太大。她的软肋是她学历低，她的那些女下属个个学历比她高，她老为这个自卑，内心压力很大，日有所思，夜有所梦。她在梦里宣泄她的压力，还有对女下属的那种愤恨。在生活中，她是个道德感很强的人，她为梦中所见焦虑不安。我就告诉她，一个人在梦里杀人、放火、强奸、偷东西，都是有可能的，因为潜意识并不怎么受人的道德感束缚，心里不必太有负担。青瓦说，每个风光的人其实内心也有黑洞。郑医生说，心病还需心药医。除非得了抑郁症，药物治疗没有多大意义，而且药吃多了会有副作用，我就给了她两条建议，一是可以去报一个社会上专门针对高管的 MBA 班，要有毅力坚持读完，她要是顺利毕业，镀过 MBA 的金了，就不必再为学历自卑了。二是如果她觉得第一条因种种原因不可行，干脆彻底放下学历问题，在自己身上找优势。有句话说，他人身上的弱点，便是你存在的理由。你没有学历比人家有学历的混得成功，这正说明了你的价值所在，所以你根本不必为学历自我折磨下去。青瓦说，原来医生还是人生导师。郑医生笑了，露出一口保养得很好的牙齿，说，医病不如医心。但问题是她有心事放在心里不说出来，就没人知道她的黑洞是什么，她也只能纠结下去。还有，她可能除了家人和同事，没有什么真正可以交心的朋友，我也不知道她夫妻关系怎样。所以这番话没有朋友告诉她，而是由我这个医生告诉她。青瓦说，病人很容易把医生的话当圣旨的。郑医生说，很多时候，我以为医生只是一种对外的身份。青瓦问，她后来怎么样了？郑医生说，她后来没有再来过。青瓦一时无语。

郑医生说，还有一个四十岁左右的中年女人也是失眠患者，是公务员，梦见她的男上司被双规了，而且她写给他的情书全曝光了，情书里有很肉麻的句子，别人都在笑她，说她假正经真恶心，她羞耻得无地自容。她说生活中那个男上司跟她很有距离，她也从没往男女方面想过他，不知为什么做梦像真的一样，她梦见自己羞惭难当，为此要吃安眠药自杀。其实我不知道她说的是不是真话。

等告别了郑医生，青瓦觉得每次跟郑医生谈话都像蒸了一次桑拿浴。

20

青瓦接到郑医生电话，报名参加了"怡和院"失眠者俱乐部。这个俱乐部正是郑毅夫医生主持的，俱乐部刚成立就已经有二十多个成员了。

俱乐部是个二十人左右的小圈子，每两周一次，在郑医生富阳郊区的一所房子里聚会。青瓦第一次去，就看见一幢两层楼的房子，介于别墅和农家院落之间，边上有一片菜地，种着豆子、青菜，还有番薯。屋后有一个潭，水很深，再远一点就是一片小竹林。郑医生的母亲还在院子里养了几只鸡。那里本来就是农居，不过后来因为一些画家开始租这些房子，感觉有点像带有乡村和艺术味道的部落了。画家们刚完成或未完成的作品，在天气好的时候就摆放在院子里晒着，成了村子的一道风景。郑医生因为没有场地，忽然想到了他母亲在山村的老宅子，正好派得上用场，而且还可以让他的病人们离开都市，当半日农夫村姑。反正大家都有车，往郊区开上一个小时就到了。那院子有块大黑板，上面用粉笔醒目地写着"爱自己，放轻松"。"怡和院"每次聚会的内容，先是集体劳动，然后病友们一起吃一顿午饭，吃自己摘的农家菜。每人交五十块钱，由郑医生的母亲和侄媳打点午饭，准备下午的茶水、简单的水果和玉米红薯等点心，有兴趣的成员，也可以亲自下厨。那天是个晴天，大家在院子里的红色八仙桌边围成一圈。奇怪，所有的人一来这里，胃口就好，新鲜的鱼和野笋，吃个精光。两周一会，茶叶是大家轮流带的，总有些好茶叶被贡献出来，普洱、大红袍、黄金桂、铁观音、冻顶、毛尖、龙井，轮番泡着喝，一个茶业公司的女病友小洁赞助了工夫茶的茶具。喝着茶，每个人都会轮到倾诉这两周的烦恼压力来自何处，然后其他人帮助他解压，也会轮到说两周内最高兴的事情。失眠者俱乐部成员们的话题并不直接跟失眠有关，他们也说各种各样的梦境，每个人随意地分析着别人的梦境，经常会惹大家发笑，也会吐槽生活中让他们不舒服的人和事，因为这些人萍水相逢，来自各行各业，之间并无利害关系。

第三次去参加俱乐部活动，大家都熟悉了。青瓦说到又梦见狮子的事，有个男病友说，这还不简单，公狮多有雄风，你是想男人了。青瓦想起上一次来这里，说起自己又梦见狮子，俱乐部的一个男同胞直截了当地说，你是想男人了。青瓦一愣，脸一红，忘了自己禁欲多久了，身体已进入漫长的冬眠期。连郑医生都满含笑意地看了青瓦一眼。郑医生在这样的时候反倒很少开口，更像是沙龙主人。郑医生说过，失眠者俱乐部借鉴的是一种类似西方的互助小组。只有忘记你自己是个病人，忘记你有失眠这回事，你才能真正进入睡乡。有时候天气好，郑医生就带大家去后山爬山，自己动手挖野笋和野菜。青瓦发现每次参加完俱乐部的活动后，睡得都还不错，不过仅仅是那几天而已。

这个"怡和院"失眠者俱乐部，不属于郑医生所在的大医院的业务范围，是郑医生私下组织的，成员也只是口口相传，一个带一个地进来。郑医生还兼着中医研究院副院长之职。郑医生在美国时，此类俱乐部很多，美国人仿佛也都是俱乐部动物一般地热衷此道。他一沉吟，觉得这样比较稳妥，便定了两周一次。

这日青瓦正吃晚饭，看到从陌生手机号上发来的短信，说，请不要诧异这个持陌生号码的人叫你亲爱的，本想打个电话让你验明正身的，不过因为今天是愚人节，我就让你猜猜我是谁吧。青瓦猜这又是个愚人节的群发短信吧，总有人这么无聊，据说还有个产业链。半小时后，青瓦出于无聊，又将这条愚人节短信读了一遍，那语气似曾相识，猜到是春航的把戏，不免觉得好笑。有时候，春航这四十多岁的男人就像个捣蛋鬼男孩，换个手机新号码都会雀跃一下。

青瓦这里却没有那么雀跃的心境。电话里跟春航讲了一通俱乐部的事情，青瓦忽然觉得这话题说不下去了，老讲失眠的事会让人胸闷。正无聊间，却听见春航莫名其妙地来了一句，哎，你相信日本会再一次侵略中国吗？青瓦没听清，又以为春航故意开玩笑。挂了电话，青瓦不觉摇了摇头，后来也不知聊哪儿去了。和春航的谈话总是从一处跳到另一处，信马由缰，他们从谈论失眠问题始，到谈论日本，到收尾时也不知扯到哪山哪水了，好像是在说北方的茄子圆胖南方的茄子细长。又听春航讲小时候，一群十四五岁的少年在洛水边叉鱼，看到一条船上，男人在打老婆，揪着头发打，女人在船上尖叫哭号着。岸上的孩子们，原来还嘻嘻哈哈的，看到这一幕都安静了。他的一个发小脱了上衣，想游过去教训那个男的，但江太宽，船慢慢开远了。他的发小，就是后来被判死刑的那个范东。春航讲，他是从那天开始觉得世界上的女人比男人可怜。又说到在桥上撒尿——春航学画水粉画时，画过一排把裤子褪到膝盖处的小屁孩朝江里撒尿，往江里扔石子，画得很生动。每次说话总会飘出很远，不知关山何处。直到春航道别之时，也没拉回来。

挂电话后青瓦脱下衣服，钻进被子，一会儿就睡着了，睡得沉，梦都没有。但睡眠的事总是反反复复，时好时坏。下一个失眠夜仍在不远处守候。睡眠这件事，跟人生一样反复无常。晚上太热或太冷，空气流通不足，窗外噪声太大，楼上的脚步声，窗外的猫，第二天要做的某件事情，忽然想起的一个人，某一部电影，等等，都可能让青瓦失眠。

不知不觉就到了小满。春航讲过，日本节气名字好听，比如雨水，日本叫若菜；清明，日本叫山笑；立夏，日本叫风熏；小满，日本节气里叫青岚。念出来，都像在叫一个美丽女子的名字。春航讲过，青瓦，青岚，青岚像你姐姐。这样一个春航是青瓦最喜欢的。

春航要告诉青瓦一件事。他打电话讲，我最近整理旧物，特意

找了一下，找到了有一年你寄给我的一张生日卡，我不知道为什么
会留下那张卡片。青瓦认真听。春航又讲，我最近搬办公室，在整
理往年的工作笔记，无意间翻到了你当年的电话号码，当然那个号
码早已作废。听得出，春航为找到青瓦从前留在他这里的痕迹很是
激动。青瓦就问起从前的信是否还有一两封在。春航讲没找到，又
讲，我完全不记得在日本给你写信时说了什么，甚至我都不记得给
你写过信，但我可以肯定，当时我一定累死了，晚上想想路千条，
白天想想路一条，本能地想跟你说些什么。青瓦有些较真，说，是
的，这一点上我们不平等。在崂山的时候，你告诉我你不记得在日
本给我写过信时，我真是很失落，甚至想到昆德拉小说里在机场邂
逅的一对男女。青瓦这么埋怨着，被勾起了什么，从书架上翻出那
本昆德拉的小说《无知》，书是在艳云的小书店里买的。买《无知》
的时候，艳云还在和丈夫冷战。青瓦告诉春航，《无知》里的那个男
人只是和一个在机场碰到的陌生女人玩艳遇，女人以为男人记得她，
因为多年前他们曾经在酒吧邂逅，女人还一直留着男人送的烟灰缸。
其实，男人早忘记女人是谁了。等他们到旅馆开了房间上过床，女
人突然明白自己只是男人的一夜情对象，男人根本不知道她是谁，
这女人就很崩溃。女人以为他们是旧情复燃，其实他完全不记得她。
春航听着有些紧张，讲，你说的书我都没看过，我不该忘了那封信，
你介意吗？青瓦说，我没有影射你呀，我还是相信你的。青瓦以为
春航并没有靠旧日志去恢复记忆，但现在春航讲这些年来一直有记

笔记的习惯，自己巧妙地将一些私人信息隐藏在工作笔记之中。原来记下的天书，记得像接头暗号一样隐晦、简洁，却不承想多年后回过头来看，别有一番滋味。两人的重逢，该是他们生命中重要的一天，春航只记下了年月日和一个青字。谍报专家看到这些抽离生活的符号，只能感受到峰回路转、起伏有致。春航又自夸起来，说自己向来属于胸中有丘壑之人，一字是可以换作千军万马的，但青瓦依然在为失落的旧信怅然若失。

青瓦因换公司内刊兼职美编的事去上海公干，得空约春航吃饭，已是芒种后三天的事了。

他们在春航公司不远的一家饭馆吃饭，青瓦忽然说，现在我跟洪镕之间除了共有一个女儿之外，没有别的瓜葛了。他很快就会移民美国了。医生在美国更有前途啊，而且现在美国人也开始相信运用中医营养学养生和减肥。青瓦平时很少跟春航提及自己的家事，总是听春航讲得多。自己的家呢，现在越来越像个虚壳子，当年以结婚为目的的婚姻，硬伤也随着时间的流逝日渐显著。一年一年过去，青瓦跟洪镕仍然培养不出多少亲情来，你是你，我是我。这些年里，两人本可进一步交心，有不分你我的机会，但青瓦隐约觉得，就是婚姻一开始那世俗的功利心，彼此衡量的门当户对，才给他们的婚姻蒙上了一层功利阴影。他们都在对方的门边徘徊过，却没能跨出决定性的，将内心之门全部为对方打开的那一步。自己从未视洪镕为与彼此命运完全相扣的男人，而是一个伙伴，松散的合作伙伴。正是这样，人们在选择各种类型的合作伙伴时往往比选择心灵伙伴更费脑，而不是费心。洪镕是理性的知识分子，在青瓦心目中也是个优秀的男人，可能一向性情如此，一旦确立了相处的规矩，他就不越雷池一步。或许这几年里，上帝已制造一两个突发事件，使这一对男女本可以更走近一些，可惜他们也都没有抓住这些机会。比如青瓦母亲去世后，洪镕如果能放下手头一切工作陪青瓦去散心，情况或许会不同，但是洪镕忙得走不出，他食言了。因为失眠青瓦怕影响洪镕休息提出分房睡，如果洪镕坚决不同意，事情或许又会朝另一个方向发展。

青瓦说着自己的琐碎感受，不料春航抬头惊异地望了她一眼，想说什么，却是沉默半晌，也不细问青瓦和丈夫是婚内分居，还是已经协议离婚，反正感觉哪里不对劲。春航比从前沉默，只说了句，你还好吧？青瓦就说，没啥不好。也就沉默，好像有一种双倍被人抛弃的感觉。是洪镕明智地抛弃了他们，不跟他们玩了吗？他们都感觉自己很轻，空荡荡地轻。两人面对着，倒是可以听到自己吃东西的咀嚼声。

吃罢饭，晚上8点刚过，春航就说要回家了，走得比以前的每一次约会都早。青瓦和春航一起走在马路上，春航脚快步大，青瓦跟得吃力，脸就渐渐沉下来，忽然在后面厉声道，你骗我了！春航这时转身看她，吃惊地问，什么？手停在半空。青瓦这时已经跟春航并肩，依然高声说，有一次你说，你在东京的时候，非常孤独，曾把我当成意淫对象。春航讲，我说过吗？青瓦更是气恼，说，当然说过，但我忽然明白这不是真的，你只是哄我才这么说。春航也黑脸，说，我没有故意要哄你。青瓦说，你自己说过，有时你对一个女人滔滔不绝时，说的话从来不走心。春航有点急了，说，从前是，但对你不是。青瓦说，有些你说的从前，其实根本不存在，那时，你哪里会想到我。春航辩解，我不会这么对你，我以为你懂的。青瓦说，你不是故意的，你是惯性。春航嘟哝道，我是累，你一定知道，你把我掏空了。青瓦赌气不响。春航又讲，为什么还要去纠缠很多年前的那些感觉呢，我跟你不只是为了过去。青瓦说，我只想知道那是不是真的，我以前在你心里到底有没有那个待遇，这对我很重要。春航沉默，有点心烦的样子，眉头皱着，竖成好几道，看上去苍老了五岁。青瓦把声音放低了些，说，我知道我们是不同的，我总在纠缠过去。没有过去，我们现在算什么？我根本找不到跟你在一起的理由。春航闷声不响，青瓦在情绪中，咄咄逼人，又说，你在东京，跟那个酒馆老板娘上床了。春航惊道，你说荒川的庆子？青瓦说，我只是想知道我的猜想对不对，并不是做道德评判。春航也气道，你怎么像个侦探一样，自以为是。青瓦说，你烦我了吧。春航正色道，其实如果不是因为你，从前的事，我并不愿意再提，那不是开心的记忆。青瓦说，我知道，我是纠缠个没完，你一定讨厌我了。这时春航忽然转身，双手捧住青瓦的头，看着她，说，我是累了，难道你不累吗？青瓦停住，一个震惊的表情僵在了半空。

谁也没想到会争吵。青瓦心里不痛快，本来预想的是，当她说出跟丈夫分居的事，春航起码应该关切地问一下的，应该说一些什么，或许以后可以多多到杭州来看她，让青瓦觉得生活依然美好，前途依然光明。自己又没逼他离婚，春航的表现令她失望，难道是怕她会变成他的麻烦？现在四人行成三人行了。天缺一角的关系，显出不平衡的迹象。青瓦和春航的桃花源记，似乎正在褪去那一层粉饰，显露出两个人村庄的真实模样。春航太太慧梅模糊一团的形象，开始在青瓦的心里放大。青瓦比从前更多地想到春航的太太慧梅，还特别想知道慧梅到底漂不漂亮。这从未谋面的女人无处不在，如鲠在喉，青瓦当然不会忘记。

春航在静安寺一家常去的日本茶馆听到一段尺八和三味线的合奏，曲子恰合他最爱的松尾芭蕉俳句："飘游旅次病中人，频梦徘徊荒野林。""病中人"春航心头一热，一抹眼睛，全是湿湿的泪，还好那会儿一起喝茶的日本朋友正好去上洗手间了。

冷战没多久，春航碰巧到杭州出差，谈一个汽车发动机的项目。别扭了一阵后总是要和青瓦见面的，但春航犹豫到了第三天下午，明天要离开了，才忍不住给青瓦打了电话，说自己在杭州出差。青瓦一听春航在杭州，所有的矜持全忘了，说下班后就去宾馆看他。打完电话，春航叹息一声，又有些后悔打这个电话——有些时候，相见不如不见。

可两人一见，青瓦眼圈一红，一嘤咛，自然又重归于好。像所有吵架冷战后的情侣那样，更痴缠地做爱。青瓦连形象也顾不得，胸衣已被春航掀开，赤着上身，正狼藉之时，慧梅鬼魅般准时的电话忽又杀到。春航慌张又迟疑的眼神躲闪到一边，匆忙结束了爱抚，狼狈地穿衣推门出去接电话。青瓦只听得低低的"嗯嗯"几声，春航越走越远，本来激情中像要开花的双乳，就在这尴尬中颓败下来，泄了气的皮球似的。十分钟后春航回来，青瓦已重新穿戴整齐，头发也已梳过，眼里有泪——刚才那一幕的不堪与羞辱，超出了她的承受力。春航低头坐在床沿，不知道该不该继续，心里知道自己这会儿身体不会配合。春航不抽烟，他去烧水。烧好水，去冲青瓦并不喜喝的宾馆速溶雀巢咖啡。两人都很沮丧，彼此又要掩饰。半晌，青瓦才抬头破涕为笑，手绞来绞去地直视着春航，好像这样直视他就能挽回她的面子。她记得已经有好几次，和春航做爱时都会出"事故"。不论是下午还是晚上，慧梅的电话神出鬼没地响起，把偷情男女从沉醉中拖出。慧梅的如影随形，就像在春航身上安了跟踪器一般精确无误，这使得两人偷情时总是很紧张，担忧此刻的投入会在下一分钟被那个不安的电话打断。尽管如此，青瓦纳闷的是，春航从不关手机，她猜想，或许春航对妻子有承诺。

青瓦喝了一口难喝的速溶咖啡，自嘲道，我们就是缀网劳蛛，不如彻底禁欲算了。春航张不了口，成结巴了，只是说，我很抱歉，真的很抱歉。但禁欲这件事，对青瓦来说比阅尽春色的春航更难。青瓦正在生命力最旺盛的年龄，两人又不常见面，只要一看到春航，青瓦的欲望就顺势蓬勃生长。但是青瓦知道春航会被负疚感折磨。她发现自己才是心肠硬的那个，她很少内疚。这样的打击多了，春航渐渐失去了对青瓦的"性趣"，况且他又是在女人堆里打滚多年的，人到中年，千帆过尽，对性事看得淡了。青瓦只得安慰自己，也许情人之间是可以回到柏拉图之爱的，等更老的时候，情人做成兄妹，也就罢了。

之后两个人都心照不宣地回避。电话也不再频密。春航在家里还是会走神，有时候慧梅叫他好几声，春航木木的没有反应。慧梅暗叹一口气，知道丈夫在走神，就默默走开了。

洪镕整装待发，要开辟美利坚新天地。赴美前，约青瓦在外面餐饮吃饭，深入交谈一次。洪镕说，为未央的将来考虑，我觉得还是在美国发展比较好。在国内，未央上了小学就有考不完的试了。青瓦说，你不是因为副院长被别人顶了就要负气出走吧？洪镕说，我没有那么冲动，不过对这边有些失望，倒是真的。我这么努力，还是拼不过人家有个厅长老泰山。青瓦说，你连老丈人都没有。洪镕说，我不是那种人，你应该知道。正好美国那边有邀请，条件又好，觉得是个机会。青瓦说，我不反对。我知道未央只会比我更野更爱自由，长大了做不了淑女，做美国的野丫头倒好。洪镕说，等我安顿好后，就先把她爷爷奶奶接过去陪读吧。青瓦说，也好。洪镕说，这样你们母女俩得分开一段时间。青瓦没有吭声。洪镕说，你何去何从，可以不急着做决定。青瓦说，我现在还决定不了，我有自己的生活。洪镕说，我知道自己没有力量说服你跟我走，你有你自己的世界。如果你到时决定去美国，或许我们一家人可以尝试开始新生活。青瓦心里暖了一暖，微笑着点头，说，你不说服我，我也会考虑的，只是就像一棵草连根拔起，像我这种人不知换个地方种不种得活。洪镕说，你的能力去任何地方都没问题。

青瓦没有说出来的话是，我马上就要无父无母无子无夫了，真的一个人了。

这时青瓦才觉得，这些年是自己欠洪镕多。结婚八年，彼此热情消磨殆尽。这些年因为有春航，与洪镕相敬如宾，自己好像从未去深究丈夫的内心世界，甚至对洪镕在她之外的情感生活也缺乏好奇心，他是否爱上过别的女人，她从来没有深想下去过，除非洪镕直接来告诉她，请她让座。青瓦知道，其实更冷漠的是自己。

这时青瓦才问了一句，你有女朋友需要我让位吗？

洪镕难得一笑，说，那位子是你的，谁好意思抢座呢？

青瓦倒不知说什么好了，心下惭愧，说，我起码一年两次，会去美国探亲。

几日后机场道别，丈夫和女儿都拥抱了青瓦，道别。未央问，妈妈什么时候来呀？青瓦说，你跟爸爸先去，妈妈很快就去看你的。未央说，那下星期六吧。青瓦赶紧岔开去。青瓦感觉洪镕的手还轻轻抚了一下她的头发，像是不舍又像是最后的试探。

从机场回家，人去楼空时，周遭的空气变得前所未有的安静，现在空了巢的青瓦，忽然觉得自己是个孤寂的老妇人了。

现在更自由了。可青瓦的激情好像发生了转移，她想跟春航讲慧梅，这念头比从前更强烈，她的激情不再是向着春航而生，而是向着慧梅去了。起初青瓦和春航谈论慧梅的目的，是想让他摆脱慧梅的精神枷锁，渐渐她看到了春航在慧梅那里的无力感。每次说到慧梅的时候，春航只是隐忍地听着，那时轮到春航两只手绞来绞去，局促不安的样子。青瓦想停下来，可话已出口，一时又拐不回来。她赞美慧梅，显得虚伪；批评慧梅，显得刻薄。春航在大病之后，已认了命地归顺于慧梅了。是慧梅框定春航所有的生活细节：每天出门前在春航包里放水果、维生素片、护肤用品，决定他衬衣和内裤的颜色与样式。有时春航会被一些念头折磨，想换个工作，买辆车开，想去一个陌生地方旅行，买一处他心爱的靠山或临水的房子……无一不被慧梅温柔否决，直到他彻底泄了气。春航不止一次对自己说，随她吧。这"她"，也不知是指青瓦还是慧梅。这是春航的人生，叹年华老去，凡事无为而治。春航忘了自己是从什么时候起，从"罗胖"（罗振宇）那里买一些玄学的书，从"罗辑思维"那里买书的好像有一拨喜欢玄学的人。春航有时把自己闷起来，镜子里照见的是一条皮肤光洁的金鱼，漂亮地活在鱼缸里。鱼缸的容积、水量、温度、氧气和装饰物等，一切都是被安排好的，以安全之名，春航只被慧梅允许待在她定制的标准化鱼缸里。

元旦前，春航去大阪开公司年会，飞机上看随身带的从"罗胖"

那里买的一本书，读到哲学家维特根斯坦的一段话，大意是：把一个人放在错误的氛围里头，则事事不得顺遂，他的每一部分看上去都将是不健康的；一旦把他放回到合适的天地里，一切就将显得蓬勃健康。但如果不能得其所哉的话，他就会像一个跛子，面对这个世界不能拿出最佳的表现。春航的心被刺痛了一下，觉得自己像一个跛子，从来没有过最佳表现，却不知道哪儿出错了。在日本时，春航喜欢一个叫太宰治的作家。当时春航陷入绝望，曾想效仿太宰治到一个风景优美的瀑布边，找个同样绝望的女人一起，吞一把安眠药下酒了断。日子还是熬了过来，如今想起太宰治，却还是会苦笑。

　　回国后因为工作关系，春航平均每年会去一次日本出差，每次都是匆匆来回，也没有留恋。只有这一次不急着回去，特地找了家原来住处附近的旅馆多待了几天，于是各种往事泛上心头。当年他跑去日本，其中也有喜欢日本文化的因素，青年春航易感伤，觉得自己像上野的樱花那样美而易逝。

　　在东京西尾久的旅馆偶得一梦。他梦见自己在一家陌生酒馆独坐，前妻丽琼穿着浅灰色风衣，黑色高跟鞋，面容倨傲，冷冰冰地站在门口盯着自己，却并不走进来。后来乱哄哄中，一群陌生男女把他打了一顿。春航感觉自己头部被打到，隐隐作痛，醒来后还大口地喘息。这梦让春航陷入了沉思。春航已多年没有想起过一次丽琼。那年离婚时，两人恩断情绝，如果丽琼活得不好，人老珠黄没人要了，那也是活该，春航觉得自己是不会起怜悯心的；丽琼要是吃香喝辣成了富婆，春航也不会有丝毫醋意。他已经遗忘她多年了。

下雨的日子，东京有种肃穆感。春航想去西尾久一带走走，寻找自己90年代在此地的痕迹，忽然很想去看看庆子，不知她现在是什么样，跟了什么样的男人，是不是韶华已逝。但这只是无果的寻觅，当年春航打工的荒川的庆子居酒屋已经不知去向，取而代之的是一排游戏产品店，音乐声大得喧闹。春航又去找当年一周中唯一的休息日经常光顾的书店，那家书店倒是还在经营，书店的男主人已经七十出头了，依然喜欢穿着和服坐在店里喝茶。春航在书店里又看到了无赖派作家太宰治的书，翻了翻，买下了几本日版书。太宰治说过，女人嘛，没什么幸福不幸福的。春航也觉得，妻子嘛，不是用来评判的，就是妻子，一个屋檐下，一张床上睡，一口锅吃饭的女人。慧梅在春航人生最不堪的时候无条件地陪伴，故她就拥有了某项特权，这是春航早已默许的，就当是对太太的报恩了。

夜里10点了，还不想回旅馆，春航独自在西尾久的一家居酒屋坐下来，喝着清酒，不知不觉地待了一个晚上。这是最长的一次，清算半生的痛苦，大起大落的际遇，繁华萧条，月盈月亏，对自己穷追不舍。春航沉浸在自己的命运里，跟一个多灾多难的男人在一起交谈，那个人是从前的自己。从前的痛又泛上来，想起当年在日本，前妻丽琼对自己的蔑视，骂自己是"绣花枕头烂稻草"，光是相貌好，有啥用！这声音如今又鬼使神差地在春航耳边苏醒了。到了东京就想起往昔跟丽琼的生活，这是条件反射？丽琼只不过是个现实的女人而已，听说人一直在东京，嫁给台湾人了。对春航来说，丽琼如今已是陌生人。

现在的妻子慧梅从来没有说过春航没用之类的话，慧梅甚至是有点崇拜他的。但慧梅又让春航有另一种紧张。春航知道只有他的职业仍是慧梅不敢干涉的地盘，她一个护士，还是高看丈夫的工作一眼的。所以他就更加成了工作狂。当透支到达临界点时，中年的身体就发出警报，每隔一段时间，春航总是会发烧一次。然后慧梅会更无微不至，心疼地劝春航要注意身体。抗争，认命；认命，抗争。如此循环。彼此心里的别扭，悄无声息地发酵着，没有人想摊牌。他们看起来恩爱如初，在旁人眼里，慧梅是已不怎么在意自己的贤妻，一尊女菩萨，春航是笑纳一切的好好先生。青瓦呢，也是春航生命中重要的女人。青瓦是另一种人，冷热不均，易失眠，有执念，给春航另一种压力。青瓦希望春航更强有力，无论行善或作恶都应更加强劲。这狂妄骄傲的青瓦，时常嘲讽春航是空想派，然后催促他行动。春航也容易受青瓦的鼓舞，不过他体内聚起的斗志，总是被打在一堵橡皮墙上，重归宁静。他依然敏感多情，想象丰富，狂野不羁，但那多半是心理活动的狂想曲。有时他会代入到一部电影里的人物，激动地对青瓦说，我就是他，我就是这样的灵魂。他知道他一说，她就懂。他庆幸有青瓦，可以向她倾诉。有一个时期，他将种种困惑诉说给青瓦听，一见到她就很自然地打开话匣。但时间久了，他想，一个男人老说这些也没有意思，她会听腻的。

次日春航在自己的记事本上，胡乱写下："东京。残桂芳尽，缺月挂疏桐，立在她身旁，痴人说梦。"都是触景生情吧。

21

这时，青瓦发现春航正处于一种不稳定的状态，春航突起奇崛的膝盖也在传递强烈的危险信号，好像随时有垮下去的可能。自日本年会回来后，到了春节前，春航给青瓦封好压岁钱，带咖啡和好吃的日式抹茶点心给她，对青瓦仍是好的，春航也想不出这人间还有谁是从少女时代起，就一直在意自己的。但连绵不绝的倦意，依然在向春航袭来。

他们重逢后的第五年秋，又是寒露。青瓦读到《伊势物语》中一则《漫行道途》：从前，有个男子，漫行道途，来到宇津山入口处，道上黑暗而且狭窄，又有茂密的葛草和枫叶，挺叫人害怕。男子正犹豫时，碰见一个行人，原来是认识的，于是托那人捎一封信给京城的人儿。信中，这男子咏成了一首和歌——"似云朵兮在空中，飘忽来去匿踪迹，徒然将消兮无所终"。受这和歌的感染，两个城市——沪杭之间，仿佛也变得遥远了。月迷津渡，关山阻隔，就像和歌里的京都与陆奥郡国那般邈远。秋日里，杭州的红叶随风飘舞，又落进每一处河道，像一叶叶艳红的浮舟随风而漂。此刻窗外急骤的雨声，搅动寒露之夜，青瓦从梦里的哭泣中醒来，没了睡意。那梦中，春航决绝离去，为挣脱青瓦拉住的手，甚至匆匆剥去了身上的棕色皮衣。

电话是青瓦打给春航的，这时春航已经有很长一段时间没有主动联系过青瓦了。打这个电话前，青瓦对自己说，无论如何，这是最后一次。一开始青瓦并不介意谁主动，忽然有一天，想起好像有大半年了，都是自己先找春航，不觉将背脊绷紧了。那个下午，电话中春航提到了旅行，说，天气好的话，想和青瓦一起去青瓦的老家苏州爬爬山，看看花，看看园林。春航的语调有一种恬淡的味道。两个人说着秋天去苏州，饶有兴味地说着虎丘的景物，还有青瓦童年住的老仓街的老房子。春航讲，或者我先去杭州，去寻一寻林和靖，再找一找冯小青墓。因为你也叫小青，再和你会合去苏州。青瓦说，此小青非彼小青也，此春航非彼春航也。你知道跟冯小青后来很有关系的一个书生，他叫冯春航吗？春航讲，跟我同名呢，那更要去一访小青墓了。挂了电话后，青瓦忽然又觉得索然无味。刚才谈的，好像是天方夜谭，像雾里看花。

寻小青墓的事拖了许久，春航也未再提起，天气就冷了。春航也没有联系青瓦。青瓦忽然想起陶潜的诗："一朝出门去，归来夜未央。"未央是她女儿的名字，已被洪镕带去了美国，未央也始终是跟爸爸更亲，尽管洪镕和女儿相处的时间也并不比青瓦更多。青瓦记得未央七岁时，自己重感冒躺在床上，未央笑嘻嘻地拉着爸爸去外面玩。可同样有一次洪镕发烧，青瓦想带未央出去玩会儿，未央坚决不肯出去，一定要守着爸爸，小手拿凉毛巾盖在爸爸额头上，一遍又一遍地，给爸爸降温。现在，这两个人都不在身边了。青瓦的心就更空了，忽然觉得人生好荒凉，仿佛黑白无常两声怪笑，四面白花飞舞，楚歌声声。

春分。像一个故事的完美结局。青瓦是忽然接到春航电话的，打电话的时候，春航已经买好了从出差地到杭州的高铁票。夜里9点，青瓦在高铁站接到了春航，满心欢喜，却发现春航好像并没有相等的激情呼应。青瓦只是想春航的低落可能因为旅途劳顿。晚上入住北山路香格里拉。这一夜他们做爱，离上一次已经隔了一年多的时光。谁都没有再提禁欲的事。青瓦眼前的是一个利落的春航，有条不紊地先走出房间，到走廊上给慧梅打平安电话，回房间就关了手机，脱衣服，脱鞋子。床上的春航细心而又周到，仿佛有意想做得最好。青瓦只是缠绵顺从，却并不能忘我，好像真正的自己是冷眼看一男一女胶着在一起的另一个人。后来青瓦一摸春航背上，已是大汗淋漓，那汗却是凉冰冰的。

青瓦一直睡不着。到半夜，迷迷糊糊中，感觉床一直在摇动。睁开眼睛，床依然在动。青瓦反身抱住睡在一边的春航，原来春航的身子正抖个不停。忙问是怎么回事。春航讲，问题不大，我发烧了，可能是昨天夜里吹了风。青瓦很紧张，问，怎么抖得这么厉害，打板子一样？心想可不要得伤寒，会不会有生命危险。起来给春航倒热水喝，想让他发汗，心里七上八下的，不知要不要半夜送医院急诊。春航有气无力地说不用，也许过会儿会好的。青瓦就紧紧地抱着春航，想让他身体的战栗停下来。这样一直抱紧了，偶尔飘过一个念头，春航会不会死在这张床上？自己就吓了一跳，那要不要两个人一块死？也不知过了多久，春航的身体好像不抖了，然后昏昏沉沉睡去。这是青瓦又一次碰上春航发烧的样子。他的确是个病人。他和她，都是病人。

第二天早上，春航觉得烧已退了一些，就挣扎着起来。劫后余生一般，两个人一起站在宾馆的体重秤上，春航从后面搂着青瓦，青瓦的脚踮在春航的脚背上。一百一十九公斤，是他们两个加起来的重量。青瓦不知怎么的，春航要走时特别地牵肠挂肚，抱着春航哭了。本来说要去寻小青墓，其实从香格里拉走到孤山也没几步路，但谁也没有提起。

下午春航去高铁站，他们在检票口拥抱了一下。这次青瓦不等春航的背影完全消失在旅客人群中，就快步转身离开了车站。夜里青瓦洗澡，在浴室对着镜子哼起一首歌："每张桌子都空了，每张椅子都空了，每个人都走了。噢，每张桌子都空了，每个人都走了，走了。"又哭起来。

22

这日春航责怪自己大意，却已经来不及了。就在和青瓦重逢第六年的前些日子，春航想画一张青瓦的人像素描。春航学过画画，有些童子功，只是很久不画，荒疏了技艺，现在要画的是青瓦，春航相信自己用心就可以勾勒出青瓦的神态样貌。有几个晚上，春航将自己关在书房里，慧梅没睡时，就说在书房有事要做，让慧梅先睡。夜深时，他开始用铅笔在卡纸上勾勒青瓦的肖像。几个晚上下来，画了几张草图，春航还是不满意，觉得没抓住青瓦偶尔在沉思时那种抿嘴出神的情态。春航心目中的青瓦，敏而清秀，鼻梁显得有几分倔强，下巴的线条不够小巧，反倒显得有几分孤傲。他想把这样一个青瓦勾画出来，却总觉得笔力不逮。那些作废的草图，都在春航的某个文件夹里收着，慧梅并没有发现。

周日下午，慧梅出门陪母亲看病，家里就只有春航在，春航忽然就来了感觉，重新摊开画纸画了起来，青瓦的一个个表情在他眼前跳来跳去，今天下午他就可以凝神抓住她——一个属于青瓦的永恒的表情，有些神秘的似笑非笑，像愉快又像是懊恼，一丝忧郁，一丝不可捉摸。画着青瓦的时候，春航觉得自己是懂得这女子的。就这样一笔笔功夫在纸上，从发丝到衣带的走向，十二分专注，一个下午过去了。5点多时，春航完全不知道慧梅和岳母一起回家了。慧梅推开书房的门进来，问春航道，你在做什么呢？这时春航沉醉在自己的世界里，想抓住青瓦那个有些倔强的嘴角，一点没有察觉慧梅正站在书桌边，已经盯着自己马上要完成的青瓦的画像看了一会儿。春航仍然没有发现妻子，只听慧梅又问了一句，她是谁？春航如梦方醒，吓了一跳，恍惚间抬起头，就愣在那儿，无言以对。书房的空气静默了好一会儿，春航才回过神来，说，一个朋友。春航不知道慧梅有没有听他后来画蛇添足的解释。春航支吾着说，我一个朋友托我画幅肖像画，想挂在新装修好的房子里。慧梅没等春航讲完，不声不响，转身走开了。

晚饭时慧梅闷头吃饭，春航搭讪地问慧梅陪岳母看病的情况，慧梅也只说还好不是乳腺癌，是良性的。妻子平时不是这样，事无巨细都会说给春航听。晚上睡觉时，也背对着他，假装睡着了。春航知道那张女子肖像画对慧梅造成了冲击。稍有些人生经验的人，都看得出作画的人对画中人的深情，同样被他画过的慧梅，又如何不懂？春航也只能假装睡得很沉。

几天后一个傍晚，慧梅下班后走在去菜场的小街上，被一辆出租车撞到，还好只是受了皮外伤，没有骨折。春航心想那是妻子神思恍惚所致。若是慧梅想不开，要故意去撞车呢？想到这里，春航出了一身冷汗。

春航从青瓦的生命中又一次消失了。上海与杭州，其路遥遥邈邈。这已经是第六个年头，在青瓦和春航机场重逢的那个日子，小满后三日，青瓦对自己说，春航真的离开了。冯春航，一个好男人，每天按时上下班，回家，出差在外准时给太太打平安电话，不需要性，不需要啤酒、香烟和旅行，他不是她的。开始青瓦只是纳闷，给春航的短信没有回复，就以为春航在飞机上，出差了，忘带手机，她不想再打一次。有人说过，如果你给一个男人发短信，他不回，就不要再发第二遍。他不回复你往往是他不想回而不是别的什么原因，那些都是自己放不下的女人在找借口，是蠢女人的假想。于是青瓦听从箴言，心想春航也许是不想面对她。

青瓦也得到一点好消息。又一季后，从春天到了夏天。房地产经过一轮寒冬的洗牌，有些公司倒闭了，有些公司转卖了，合并了，听说重庆的吕援北早已离开房地产行业，自己带了几个人去重庆乡下搞新农村建设去了。青瓦所在的房地产公司却熬过了低谷期，终于成功上市了，且市值不低。因为是资深元老，老板董棹并没有亏待青瓦，从此财务情况大为好转。董棹功成身退，转到幕后当起了逍遥"太上皇"。"太上皇"依然是公司的精神领袖。正式隐退前，董棹请青瓦去朋友新开张的茶楼小聚，说起这些年起起伏伏的经历，推心置腹地说，青瓦，我一直都欣赏你，你是个聪明人，因你懂得进退，不要那么多其实无用的东西。我呢，现在也要退了。这辈子的钱赚够了，从此可以潇洒当一个玩家啦。青瓦含笑附和，自己遇上一个好老板，也是令人愉快之事。问董棹想玩什么。董棹笑说，我不打高尔夫，或许是玩摄影，或许是海钓吧。大学一年级时读到海明威的《老人与海》，太震撼了，就想着以后有闲了就出海钓鱼。

青瓦开玩笑说，以后钓到大鱼就招呼我们帮你吃啊。又惭愧道，我都不知道自己最爱干什么。董棹笑笑说，女人的爱好总跟我们男人不同的。茶聚结束，青瓦走过旁边的购物中心，见前面一个高个子男人，有几分像春航走路的模样，青瓦心跳一下加速，再细看才知认错了人。春航的步子总是迈得很大。青瓦想起从前，自己离开公司重要部门去办内刊，收入大减，但消费习惯却未改变，因为自尊心作怪，她从不问洪镕要钱花。那时春航怕青瓦拮据，总是给她钱花，几千上万，宠孩子一样，青瓦于是完全忘了自己是个经济独立的职业女性。听女友们说，愿意给你花钱的男人才是真正在乎你的。想起每次和春航出门，需要花钱的时候，春航总把自己的钱包放进青瓦的包里，做得特别自然。春航给的零花钱，青瓦从不动用，用好看的手绣工艺布夹装起来，那是她特殊的纪念币，只用来做纪念的。就这一瞬间，青瓦对春航的不满、失望都清空了，更有几分留恋地，目送那个有点像春航的背影远去。

有一天上午，青瓦醒来，家里空荡荡的，就一个人，于是煮了碗青菜肉丝面吃起来。吃着吃着，一根很长的面条停留在半空中，吸溜不进嘴里。青瓦悲从心来，任眼泪流进了嘴里，和嘴边的面条和到一处。青瓦放下碗，回房间换了件长长的奶白色丝睡衣，在屋子里四处找酒，想喝红酒，怀念红酒曾带来的快乐欣悦，终于在酒柜的顶端找到了一瓶红酒。她也不懂酒，标记的年份是1992年的，不知这酒算不算得上好。又四下找开瓶器，手忙脚乱了好一阵子，一缕细白烟从狭小的瓶口升腾起来，不由自主来了个深呼吸。青瓦开始喝酒，一杯又一杯，一瓶也就四杯。在最后一杯红酒只剩下三分之一杯的时候，想也没想就拨了春航的手机号码。青瓦坐在梳妆镜前，有时会对着镜子讲电话，一边观察镜子里自己的每一个表情。这时从梳妆镜中看到自己的脸上，那因酒而起的酡红变了色，变成惨白。那个不能忘记也无法忘记的号码已经停机。两人重逢后这些年依然没有共同的朋友，依然是单线路的联系，只有细细的一根红线牵着。一旦红线扯断，消失处便不留残迹。青瓦知道春航的家，但绝不会去他家找他。

又一个月后，青瓦从电话号码簿上查到了春航公司的电话，电话打过去的时候，是下午 3 点 30 分。这是青瓦希望黄色的宵待草能提前开花的时间。电话有人接了，是一个甜美的女孩声音。青瓦问，冯春航，还在你们公司吗？对方回答得很明快，是啊，您找他什么事情，他正在开一个会。青瓦尽量语气云淡风轻地说，噢，他的手机号码好像换过了，我一时找不到。女孩说，是呀，好像听他说弄丢了手机，所以换了新的，号码也换了。您是他朋友吗，要我告诉您他的新号码吗？青瓦愣一下，却说，不用了。她向那个亲切的姑娘道谢，挂了电话。他在，也好好的，那就这样吧。

当晚青瓦再度失眠了，长时间在漆黑的夜里睁着眼睛，心里的遗憾仍然会不听大脑指挥地膨胀起来。直到春航从她视野里彻底消失，她还是不知道他做什么菜好吃，他最喜欢吃什么菜。奇怪的是，一想到"春航做的什么菜最好吃"这个问题，青瓦的心立刻就会锐利地痛起来，好像这是个勾起回忆的要害点。从前他们每次谈话，都无力抵达"你做什么菜好吃"这个家常话题的边缘。

青瓦又后悔五年来有那么多次在一起，她却从来没有想到给春航拍张照片，或者两个人合个影。毕竟她拍下的他，是他在她跟前的状态啊。随着时光飞逝，遗憾一一冒出来，像种子在地上生长，却又无处弥补。

此后青瓦又去过好几次上海，四季都去过。上海，她的第二城。她想起那句话："看山是山，看水是水；看山不是山，看水不是水；看山仍是山，看水仍是水。"这便是因为春航的缘故。上海是青瓦大学时代的求学地，她一直深爱上海，如今上海却成了没有春航的上海。一座城市，没有了最要紧的人，还跟自己相关吗？

春航的手机是怎么不见的呢？那次在家被慧梅撞见青瓦的肖像画一个月后，慧梅的侄女结婚，夫妇俩去奉贤喝喜酒，七大姑八大姨一帮亲戚又凑到一起。婚礼上，司仪很会煽情，一对新人受氛围感动，紧紧拥抱，激动地哭了。婚礼热闹到夜里9点落幕，春航和慧梅路最远，告别众人开车回家。慧梅在黑暗中沉默地开车，春航坐在副驾驶位上，感觉空气正在让人窒息。春航发现慧梅的速度上了一百三十迈，就提醒慧梅慢一点。双车道高速路上很空，但黑灯瞎火的，路况不明，慧梅又不是老驾驶，开快了毕竟危险。慧梅问，你怕死吗？我可不怕。春航不知该说什么。慧梅又说，我没有孩子，父母可以交给弟弟照顾，不如死了的好。春航一听来者不善，连忙说，今天是好日子，何苦说这些？这时慧梅的速度上了一百四十迈，说，春航，活着真没意思，要不我们同归于尽。

　　春航有些慌了，他大难不死，如今并不想死，找不到理由就这样放弃生命。忙说，你能为一点不开心的事情连父母都不要了？慧梅依然在一百四十迈上狂奔，春航怕再刺激她，冲动之下真会酿成大祸，干脆顺从地闭上了眼睛，这一条命，生死由她。不知过了多久，发现车子一个拐弯后又一个急刹车，春航人往前猛烈地倒了倒，就停了下来，原来是停在了途中服务区的一处空旷之地，边上就是一个小林子。慧梅自顾自下了车，春航情急之下连忙也跟着下了车，慌张开门时，手机掉出裤兜，竟也毫不察觉，就这样落在黑暗中。慧梅独立于林子边的暗处，流泪也不出声，春航急忙走过去，环抱住了妻子，轻声求饶道，我的命是你救的，你要拿去就拿去了，可是你不要想不开啊。慧梅还在抽泣，肩膀一耸一耸，春航把她掰过来抱紧她，说，以后我不会再让你伤心了。

　　几分钟后，等慧梅的抽泣慢慢平复，两人回到车上，慧梅再次发动车子，春航刚想说要不要我来开，慧梅说，你系好安全带。慧梅与春航的较量，就这么在半个小时内结束了。这时春航心里一暖，又一松，每次他上车，她都这么提醒一次。一路时速一百迈，下了高速，夜里11点到家，春航一摸裤袋，才发现手机不见了。忽发奇想，也许刚才，是手机替他抵了命吧。又想，自己那时因为生病，没有给慧梅一个孩子，后来就错过了生育的时间，慧梅没有孩子，一个护士长也说不上有值得炫耀的事业，只有他，他就是她的命。如果觉得他都靠不住，她是不会留恋什么的。

小暑。青瓦独自去过一次吴淞口的海堤吹风。闻到海水味儿，会发一些不着边际的梦。比如和春航待在一个房间数周不出门，囤积大量面条、大白菜和火腿肠，和春航一起学烤甜点，发一盆豆芽，造一个孩子。二十年前，青瓦穿着白衬衫小碎花布裙，半高跟凉鞋，梳一根麻花辫，在堤岸边跟春航谈她的梦想。那是他们初识的夏天，有几次他们兴致高，就坐很长时间的公交车，一起去堤边散步，一路说着话。风很大，青瓦的明黄色裙子吹得鼓鼓的，像要扬帆远行。那时候他在她眼里有多美好，像海边金色的太阳，只会升起不会落下。吴淞口的那片海域，水不太干净，这些近海都不深，有讨厌的工业油污漂浮着，但在阳光下海变得美了，失真地闪着五颜六色的光。码头上，有人在奔跑，有人在喊叫，亲爱的，等等我。船只来来往往，隆隆地驶向很远的地方。她不知道海上的那些船要去哪里。

青瓦的目光投向远处的水面，闪亮粉金的远处。只要看到海，她便忘了当下的生活，想到无限，永远，时光。命运是自己在水上漂着的浮舟，靠不了岸。阳光要把脸颊上的泪晒成盐，使皮肤隐隐发痛。迎着下午阳光的青瓦坐在堤岸边，长久地望着海抽泣。

23

立秋。青瓦的失眠症时好时坏，依然每两个星期去郑医生在富阳的失眠者俱乐部散心。直到有一天，青瓦跟郑医生的关系发生了变化。那次的事件像是一个意外，又像是有意为之。又是个星期六，青瓦照常在下午出发，前去他们乡下的俱乐部据点。因为有事耽误，这一天出发的时间比平时晚些，青瓦以为自己是最后一个到的。哪知开车到了那处熟悉的蔷薇花盛放的院子前，竟是大门紧闭。

青瓦纳闷，赶紧给郑医生打电话。郑医生吃惊地说，怎么你没收到通知吗，聚会的时间改下周了，因我家里人走亲戚去了，没人帮着料理。青瓦有些失望地说，我不知道呢，看来白跑了，我得歇会儿再往回赶了。郑医生连说了几个对不起，青瓦懊丧中已经把电话挂了。不过马上电话又响了，是郑医生打来的，说，你别急着走，在院子里休息片刻，我一会儿就到了。二十分钟后，郑医生果然来了，笑着对青瓦说，我正在附近一个农民朋友的家里喝茶，你既然来了，我得管你啊。青瓦微笑，刚才空荡荡孤单单的心，现在终于安稳了，就说，那今天我是你的客人了。这是青瓦和郑毅夫头一次单独相处，都有些不好意思，又感觉有点兴奋。现在他不再是郑医生，而是一个名叫郑毅夫的四十岁男人。

两人一块儿拿了脸盆去后山挖番薯，还有白菜、毛豆之类，也收了一些。女人一劳动，脸色就红润起来，鼻尖上冒出了细微的汗珠。

毅夫说，收了这么多，留下来吃掉吧。青瓦想了想也没反对。歇息时毅夫说起美国的园子。他喜欢园艺，休息日总有兴致当花匠，但不会种菜，种菜最拿手的是他母亲，所以回国后的休息日也习惯往乡间跑，远离尘嚣。青瓦心想，郑医生回中国后，其实仍按美国中产阶级的方式在生活，还好父母在乡下的大房子成全了他，否则一直要他待在城里，肯定不太习惯。青瓦开口叫郑医生，郑医生马上说，以后别叫郑医生了，叫我毅夫吧。郑毅夫不用自来水，喜欢去水潭边洗东西，青瓦亦步亦趋地跟着到潭边，不巧穿的是有点长度的裙子，只好将裙子拎起来打了结。到得潭边，潭水清凉，正洗得起劲时，毅夫用手作势一扶青瓦的手臂，说你退后些。青瓦回头看他，毅夫又打趣道，你小心别掉下去，这水又深又冷，我估计会游泳的人下去，腿都会抽筋的。青瓦就笑说，你不会游泳吗？毅夫说，你知道嘛，潭深十五米，它是不喜欢传说中的英雄救美的。青瓦吐舌笑道，你要是稍微推我一把，我就成这潭里的水鬼了。毅夫一笑，反问，那我的动机是什么呢，谋财还是图色呢，图色也不能推吧。青瓦一时语塞。女人总有很多的突发奇想。一下午厮混下来，不知不觉中，青瓦已经把郑医生当郑毅夫了。当郑医生褪下职业白大褂时，青瓦眼中的郑毅夫变成一个有魅力的男人，个子中等，皮肤黑黑的，面孔清爽，走路说话的样子，还有穿衣风格，自有一种随意洒脱的男子味道。

　　黄昏时，两个人弄着晚饭，厨房里有声有色，飘着食物的香味，油烟的味道弥漫着，气氛非常好。尤其是天黑将下来，乡下的厨房是盛不下孤单的心的。灯光下，毅夫帮青瓦抹去了溅到脸上的一滴酱油，这个亲昵的举动让青瓦有一点不好意思。

晚饭时毅夫开了一瓶红酒，是朋友送的法国普罗旺斯酒庄出品的卡利浓。毅夫做的油焖野笋、干菜蒸土鸡味道尤其好。两人边喝酒边说话，在这乡间田园边上，鸡叫狗叫声间，恰到好处的酒精。门关上了，就不想再推开。

8点多时，青瓦说，我该走了。毅夫忽然"哎呀"一声，说，忘了你喝酒了，不能开车。青瓦急道，糟了呢，刚刚我怎么没想到，你还叫我喝酒呢，也不提醒我！毅夫笑着说，我可没有故意不提醒你呀。青瓦急道，这儿能叫到代驾吗？毅夫说，代驾过来太远了。其实你可以留下来，家里有房间空着，体会下乡村的夜，明天上午跟我一起走。青瓦不响，毅夫又说，你该感受一下，乡下的夜有多黑，有多静。两人四目相对了一下，又点燃了什么，青瓦的心更乱了，刚才张满了弓般的身体又松下来，也不再推辞，好像她的心里，原本也不想离开这令人舒服的乡下屋子，她不想孤独上路，而且是赶夜路。又回到客厅，现在有了一种笃定的舒坦。碗在厨房的水槽里，女人在客厅里。郑毅夫离开片刻，去厨房烧水，客厅因毅夫的暂时缺席变得空荡，青瓦盼他快点和自己一起，待在同一间屋子。红酒的暖意仍在体内，青瓦好像很久未曾这样，需要一个男人陪着自己。

毅夫喜欢户外的空气，不想整晚待在房子里，就带青瓦去乡间小路走走。夜里路上很静，没什么人出来。暮色里，竹林和堆满烂树叶的泥地显得空旷蛮荒，夜没有尽头，只有月光年年月月照在乡间路上。毅夫说，放心吧，这里我熟得很。青瓦感觉到自己的心跳，走路时不觉就依着毅夫，后来毅夫就拉着青瓦的手，这手是温暖干燥的，大拇指在她的掌心轻轻摩挲。毅夫说，我们去林子里转转，你怕不怕黑？青瓦老实说，有点怕，会不会突然窜出个什么东西？毅夫笑，你说大灰狼吗？稍一犹豫，就笑着将青瓦揽进了怀里，对她说，鬼怕医生的呢。又笑道，最可能的是窜出只傻山羊来。青瓦舒服地靠在毅夫臂弯里，郑毅夫又一指，说，我还在那边山上打过猎呢，打到过几只野兔。后来，他们就站在铺满了竹叶的林间空地上。

他让她靠在身上，闭上眼睛，用心感受夜里的林子。毅夫说，你能感受到吗？立秋时乡下的风闻起来有一股松香味。青瓦叹道，那些植物的味道，真好。

清夜好风月。先是寂静，属于乡村夜晚的寂静，然后是远处的狗吠，狗吠三四声停了，又是寂静。之后是轻微的风声，竹叶的细微响动声。过后是人的声音，毅夫在青瓦的耳际慢慢变得急促的呼吸声，就吻着她的唇了。这时她的脑子已没法动了，她连一个吻都已隔了很久很久了吧。伴着这如此近的呼吸声，她所有的感觉都打开了，黑夜的风凉凉地吹在她的身上。身边这个毅夫，多健康的一种味道！

在黑漆处，毅夫忽然不再像刚才那么欢快，有些忧郁似的，抱住了青瓦，把头埋进她的乳沟，深吸一口气。青瓦小声问，你怎么好像不开心？毅夫说，不知道，是你引起我的百感交集。呃，我有个病人前几天上吊死了。青瓦再问下去，才知自尽的女人是毅夫曾跟自己谈到过的人，一个长期严重失眠的女副总。青瓦吃惊地问，她为什么要死？毅夫说，不清楚呢，各种说法很多，是是非非的，钱，权，色，好像什么都扯到她身上，身后也不得清静，只是她听不见了。青瓦理解毅夫的心情，一个骄傲的医生感到了自己的失败，那女病人有一阵没来找他，后来又来过，后来又不来。青瓦说，她一定是遇到了某个僵局，或者泥潭，拔不出来了。毅夫说，我不知道，她心里的结，或者说秘密，岂止是一个两个。毅夫抚着她的脸，忽然问，亲爱的，你心里有结吗？青瓦摇头，毅夫说，那就好。又说，看来我只是个庸医，改变不了什么。他亲了一下青瓦的脸，说，我也有我的困扰。美国人讲独立，讲个体自由，中国人讲孝道。前年我母亲重病，我每天打越洋电话跟踪病情，很焦虑，后来拗不过自己的良心就从美国回来了，看父母老来孤独实在不忍。但我太太觉得我父母可以住敬老院，生病有医院，可以花钱雇人照顾。我这样回来，是完全不顾她的感受，她已经给了我最后期限，我知道我这样离开太太，也是残忍的。青瓦说，我也困扰。你不知道该不该留中国，我不知道该不该去美国。两个左右摇摆的中年人，于是更加紧紧地交缠在一起。

青瓦轻声说，你刚才叫我喝红酒的时候就知道不能酒驾，对不？

毅夫说，我真不是故意的，也许，也许是选择性遗忘吧。青瓦说，我们都太孤独了，所以都选择性遗忘了。毅夫说，我虽然好像单身，但回来后一直都是很自律的，也不知道今天为什么这样。青瓦不语，心想，好女人的名单里从没有她，可她又不觉得自己是坏女人。

　　清晨，青瓦从浓浓的睡意中睁开眼睛，在陌生的大床上翻了个身，一层薄被只盖了一半。毅夫已经醒了，温情的目光打量着她，替她整理了一下散落在枕上的长发，轻声地说，我在陪你睡懒觉。原来郑毅夫习惯每天7点准时起床，在家附近晨跑。青瓦握住他的手，握了一会儿，他那里又勃起了，青瓦没察觉，却说，我们还是退回从前吧，永远像朋友一样。毅夫笑了笑，摸了摸青瓦的脸说，其实我也完全没想到，我坏了行规，不知道自己自控力这么差，是不是很像一个 loser？青瓦难为情地说，是我不好。毅夫说，其实我很荣幸。毅夫又仿佛不解道，我那么健康，却迷恋你骨子里的那些忧郁和脆弱，这是为什么？青瓦不响，毅夫又自言自语，你身体柔弱，却很有光彩，你在我眼里真的很迷人。她当了那么长时间他的病人，他该是懂得她灵魂的男人了。在记忆深处，她已有无数个日子每天早上独自醒来，他也一样。她真不想起来，开始新的一天。这时她不经意看到他那里的勃起，就又红了脸。他回味昨夜的她，迷失于乡村黑夜密林深处的婉媚，她的身体如一株月白的弱柳，缠着他紧绷的身体。潮水再度泛滥，两人都无法克制地再次缠绕。

　　这时毅夫听见青瓦喘声说，我以后应该不会再失眠了。郑毅夫喘着气大叫，对，你以后不会再失眠啦！

上午 10 点钟，他们各自开车回城。后来有很长时间，青瓦都睡得很香，几乎没有再失眠过。她不再那么爱想事情了，除了依然会想起春航，会想到跟毅夫在乡下的夜晚，但青瓦很快原谅了自己，喜欢毅夫也非唐突之举，他一日日地更像她的朋友，而不是医生。要不是有春航在先，她没准会爱上这么一个阳光健康的男人。毅夫的妻子仍在美国，也在纠结是否来中国定居。而青瓦尚未决定是否去美国定居。两个相似的家庭里相对自由的人。青瓦依然会去乡下跟大家一起活动，喝茶吃饭，有时候会和毅夫交换一个温暖会心的眼神，心中依然会荡漾一下。后来毅夫要回美国过圣诞节，临行前几天，打电话给青瓦说，我们一起提前过个圣诞？青瓦纠结了一下，说，好。正是周末夜，毅夫接了青瓦，先去了南山路上一家高档餐厅吃饭。毅夫要开车，两人都不喝酒，只是喝现榨的橙汁，毅夫很自然地叫她"亲爱的"。青瓦很享受跟毅夫在一起的时光，和他一起，她是青春的、轻松的、想要享受生活的女人。吃完饭，青瓦坐上毅夫的奔驰。他不说，她也知道他会带她去那里，她的心也是依从了的。大半个小时，两人沉默地在路上。后来她随毅夫进了他郊区的家，他关上院子门时，俯身亲吻了一下她的耳垂。依然只有他们两个人，也许他父母被他支开又去亲戚家了？走进熟悉的客厅，他开启了那种其实是用电的假壁炉，但假壁炉的红光却营造着气氛。毅夫倒了两杯红酒，说，现在可以喝一杯了。他又去调暗客厅的灯光，打开

音响，轻轻地放美国黑人音乐。一切都让青瓦觉得舒服，包括面前
这个男人，还有慵懒的蓝调。毅夫有一种美国人与生俱来的大大方
方。他一边吻她一边说，青瓦，我不知道你现在是否快乐，但今晚
我要让你快乐。青瓦也是一边吻着他，一边呢喃道，我知道，这是
我们最后一次这样在一起。这是个完美的晚上，成年人的忘情嬉戏，
完美的幽香记忆。其实青瓦和毅夫一样，也马上要去美国陪女儿和
丈夫过圣诞节，也许是奔向同一座城市，只是青瓦不问。

　　这一年，她跟洪镕的关系比从前更近些。隔着太平洋，甚至是
肉体早已彼此背叛，他们反倒比从前更像一家人。青瓦不明白在异
国他乡的洪镕为什么一直不提离婚的事，他还没找到他的那一位吗？
这像是一个谜，好像他们都更愿意维持现状。青瓦不知道的是，有
一天洪镕在美国的家中整理出一个带去的书箱，以为都是自己需要
的医学书籍，不料在一堆专业书中，发现了一本青瓦手写笔迹的笔
记本。他坐在书桌旁打开看了一页，又看了第二页，又看了第三页，
直到看完了，洪镕深深吸了一口气，他本来想放弃她了，觉得她是
一块冰，总也融化不了，越来越坚硬越来越遥远，现在他却打消了
离婚的念头。

　　青瓦心中纠结着，春航，毅夫，还有洪镕，似乎要在某一条道
上狭路相逢。这一年，与青瓦真正有过肌肤之亲的，却只有毅夫。

　　有一天，青瓦醒来，已是早晨 7 点，感觉膝盖那儿有点痛，就
用手去摸。青瓦突然发现自己的膝盖有点奇崛地耸起，一层白净的

皮肤包着一块硬峭的骨头，放在整个身体上，显得很是特别。青瓦的手指缓慢地围绕这突起的骨头转了一圈又一圈，以前可不是这样的啊，以前青瓦的膝盖圆圆的，没那么陡峭，有一点肉。女人嘛，有点肉才好。她把整条腿蜷起，又伸直，平放，再仔细地摸那膝盖，跟盲人摸象似的探究。青瓦对这不可思议的骨骼之变有些惊异——从什么时候开始，自己膝盖的样子，好像变得有点像春航膝盖的形状了，只是他的大，她的小。

青瓦摸着膝盖，默默念叨：春航，春航。想起以前自己一到下雨天老是要惦记春航的膝盖。爱春航是件累活，爱着爱着不是微笑起来，而是板起脸来，会生闷气。和毅夫在一起，总是很开心，好像只是享乐，不用想太多。可面对自己的膝盖时，青瓦知道以后不会再和毅夫越界了。也是在这一天，青瓦忽然觉得自己的荷尔蒙终于平静了，从此也就真的老去了。

又一年早春，江南梅花盛开了，夜里月色清冷，青瓦独立灵峰梅园，草露沾湿了新藏青呢子大衣。想起那年夏天和春航一起散步的光景，香风细细，她是巧笑嫣然，两个青春正好。说着花事，11点左右，一起踏月回去，一双影子落在干净的小街上，肩膀不时地轻触到一起。他是第一个有兴趣跟她说到花事的男子，她对他情愫暗生——如今当觉自己年老，不由感叹，没有这些可供追忆的往事，不如不要谈情。

青瓦失去春航音讯一年半后，辞了工作，办了美国绿卡，卖掉了一套夫妻名下的房子，让洪镕和女儿在纽约有了自己的房子。不过仍有一丝挣扎，要不要放下中国的一切？其实在中国她又还有什么呢？洪镕和未央迫切需要她去那边，却是实实在在的。

　　最令青瓦意外的是，洪镕不久前从美国回京城开会，开完会后特地飞到杭州，回了趟家。青瓦快有半年没见洪镕了，想着洪镕在美国不易，就很高兴地做饭。家里的陈设并没大的变化，洪镕的房间也是依旧，但晚上洪镕并没有去自己的房间，家里依然像从前往常那样，只有他们俩。但吃完饭洪镕洗完碗，洗了澡，穿着浴衣在青瓦床上等洗完澡的青瓦上床。那一夜，青瓦恍惚中，以为是另一个男人进入了她的身体，却明明是自己多年的丈夫洪镕，他们有两三年没有性关系了。但渐渐地，她在有点被动的接受中感受到他陌生的激情，他对她从未如此释放过这种热情。她感到，他似乎在什么时候爱上了她，她在这种对洪镕的羞愧与对自己的羞耻感中，感到与他乃是另一种久别重逢。

　　他吸吮着她的唇说，我们一起去一个新国度，就像之前不认识一样，重新开始如何？她流下眼泪，说，我不知道，但我想未央了。

　　洪镕回美国后，一家三口经常视频。青瓦发现，她每天都想女儿，最想的事就是抱抱小未央，她知道这种挣扎只是适应的过程而已。

　　惊蛰后三日，青瓦听到在几步远处有人叫自己，回过身一看，却是春航。那会儿青瓦正在杭州的一家中医院门诊大厅，不过前一天感冒发热，来家附近的医院配点药。她身上穿红色的长羊毛衫，一条细细的黑皮带系在腰上，不算太马虎。青瓦脸上的肌肉动了动，算是跟春航打招呼。好久不见的春航略长胖了。春航的那两道剑眉抖了抖，就讲，我是来看膝盖的，我一个朋友介绍了这家医院的老中医，现在我每个月有一两次要见那位高人。青瓦就问，你膝盖还是不太好？春航打趣说，这是个需要坚毅刚硬的部位，到我这里就成了最脆弱的隐患了。青瓦抿着嘴，不响。春航苦笑着，又说，每隔一段时间，我就要到医院抽掉膝盖里面的积水。青瓦听着心里难过，眼睑垂下来。春航脸上的肌肉又抽动了一下，微笑地望着青瓦，不知怎么开口。忽然春航就耸耸肩说，青瓦，也许哪一年我去看你时，你看到的是一个拄着拐杖的老头子，这一天不要多久的。春航说完这句话，青瓦不由略略地想象了一下春航被人推着轮椅的样子，就又难过起来，对他残存的怨恨就消失了。他们俩都不知道还要经历些什么，反正时光终会告诉他们。两个苟延残喘的人，还有什么好计较的，这时她没来由默诵起两句诗："洛阳亲友如相问，一片冰心在玉壶。"忍了忍，才将那涌起的伤感压下去。

两人声音一高一低，春航声音像是比平时高，青瓦声音像是比平时低，在门诊大厅寒暄了一会儿。没等青瓦提及犹豫着要不要去美国的事，只见春航看了眼腕上手表，朝医院门外望去，青瓦忽然明白他不是一个人来的。只听春航有些不好意思地说，青瓦，今天是我太太陪我来的，她已经辞职在家了，我们有空再聊吧。青瓦"哦"了一声，神色略变了变，也装作若无其事，说，那再见，我先去诊室了。春航又说，我待的那家日本公司在中国待不下去了，已经撤了大部分业务，我就辞职了。青瓦有些惊异地应了一声，心想风向变得快啊。春航又自嘲，我现在是失业中的老大难40、50人员了，又碰到股灾，所幸还没影响到温饱。近来心境不大好，所以一直没有联系你。青瓦不知说什么好，也不知春航这番辞令是真是假。春航又讲，接下来会看看，可能就当自己退休了，也有可能在家附近开家咖啡馆。青瓦嗯嗯着，说，你开咖啡馆吧，我到上海就去喝杯咖啡，坐坐。春航又说，你感冒有鼻音，要多喝点热水。两人即匆匆道别。青瓦不知道春航画了她的肖像画并一直珍藏着。青瓦也没问春航再要一次新的电话号码，等看到远处一个穿灰色风衣的女人的身影匆匆往这边靠近，青瓦来不及确定自己是否第一次碰见慧梅，心想从此他们要天天厮守在一起了，就落荒而逃般地快步走开了。

补：青记忆

　　洪镕在美国结束了和自己早已赴美的高中小师妹的一段恋情。初来乍到时，小师妹在那边帮了他很多忙，有时还帮他带孩子，带未央去中央公园玩耍。初来纽约的洪镕很是感激。后来小师妹说，他一直是她整个学生时代的暗恋对象，记得从前他们在科学社团一起待过，她发现他并没有注意到她。小师妹大学毕业后留在京城，嫁给后来的丈夫，很早一起出国了，后来他们就离婚了。在美国，她是很成功的酒店高管。

　　未央老是说那个阿姨比妈妈难看多了，洪镕只当小姑娘是想妈妈了。慢慢地，洪镕似乎也觉得未央说的是对的。

　　洪镕和不多的几个女人上过床，青瓦之前有过两个，都是女人更主动，青瓦之后有两个，他似乎从未沉浸得很深，后来自然而然就断了。

　　在美国，他想过要不要和小师妹重组家庭。小师妹给他很亲切的感觉，让他想到苏州故乡的小巷。他们很快在小师妹的家里有了性关系，有段时间，他每周末都开车到她家过夜，在她故乡一般的身体里寻求慰藉，完事后她满不在乎的裸体在他面前走来走去，这很美国的做派让他觉得不自在。

他对性，其实没有特别迷恋。慢慢地，他不那么想每周都去她那里了，他一个月才去一两次。她知道他的热情消退了，而且他并不爱她，她也不恼，只是也变淡了些。

后来，他整理从中国带去的很久未开启的一个书箱。这时他惊讶地发现了青瓦的手写日记——青瓦以为自己粗心大意丢失在外面哪家旅馆了，后来就再也没有涂鸦文字的热情了。

青瓦涂涂改改的手写日记大致是这样的——

1

夜里，我们在电话里谈到日常生活。我一直都对长而寡淡的日常对白场景很感兴趣。什么是有吸引力的？是那些飘飞的思想，还是贴近地面的日常生活？我想让他们说话，让那些嘴巴变成一张一合的，有节奏地发声的嘴巴。一个人若和另一个人整晚都在谈论庄子、佛学、里尔克、荣格、施尼茨勒，那是自欺欺人，若只谈自己不谈庄子、佛学、里尔克、荣格、施尼茨勒，那更贴近现实。在时间面前，琐碎的日常生活场景是无意义的，最后都将归零，只有少数人能留下芳名，他们的故事将成为传说，被后来的人们津津乐道地转述。一把牙刷是一把牙刷，思想的交流闪着金子的光泽，思想是一朵玫瑰。在距离面前，思想的交流变得苍白黯淡，玫瑰凋零了，而牙刷、毛巾、餐桌、可乐罐、垃圾桶甚至坐便器，那些可望而不可即的日常生活用品——变得生动可爱，变成了玫瑰。

和歌里说，本要看花而花已零落。

面具与人性、话语与沉默、表演与"真我"虽然各自分离，却又以一种相互寄生，甚至是吸血鬼式的方式交织在一起。

为了便于思考，我放松自己，我将自己摆在床上，将你拉到我的耳边。

2

一个男人对我说，到目前为止，人生一半，我在清楚状态下的承诺，没有不兑现的。对他的话我半信半疑。

谁说他的灵魂无孔不入，那样太有攻击性了。有些男人离开人群就无法活下去，说到底是内心不够坚定，有些男人谎言比沉默更多。而女人只浸润于亲密无间的私人关系，嫌人群太嘈杂。有些男人，可以让他们精神抖擞的是爱与政治。但有时一切都是流动的，易逝的，任何时候都可能消失，转瞬即逝。爱是虚妄，政治更是虚妄。但你仍热爱不已，你热爱你自己，热爱这个时代。

看来，是她激活了他个性中那部分被掩盖的欲望和才情。我有许多年甚至更久没碰过自己的另一面了，他说。

有时，她像一个局外人那样地看着自己。偶尔，一种使她成为另外一个人的渴望在身体里骚动。三十岁之后，她愿意与之交换生命的人变得越来越少。她越来越认同自己。她不美，脾气不好，思维有欠缺，时常修养不够，皮肤开始暗沉，但她依然更希望做她自己。她之所以不嫉妒同时代的别的女人，她身边和周围的女人，因为她常做设问，你不是羡慕她吗，那么，你愿意跟她换吗？随即，一个声音急忙大声说，不，我更愿意做自己。比如那个常挎大红爱马仕包的女人很有钱，养尊处优，经常去欧洲旅行；那个小个子女人有好爸爸，在任何环境总是有人罩着她；那个短发齐耳的女人在职场一路高歌……当她想到某个人时，便这样问自己，那么，你想跟她换吗，让她成为你，你成为她。她的答案此时更清脆响亮了，不，我不愿意。

在三十岁以后，她越来越享受自己，享受思维的乐趣，品尝的乐趣，与人交流思想的乐趣，被人爱慕和当作午夜意淫对象的乐趣。

3

一个人和另一个人，像树一样种在心里。她爱他，深刻地理解他，像温水流过他的皮肤，梳理过他的半生，那些可能的人生和被放弃的人生，可能的女人和被放弃的女人。她用自己的方式以求复原他的人生轨迹，不是拼贴，不是复制，不是哈哈镜。她把一个他变成十个可能的他，人生是那小径分岔的花园，是古堡里的 S 形迷宫，他是花园里、S 形迷宫里的男孩，有时喊叫，有时哭泣，他面对十面埋伏，或者四处鲜花。她告诉他，你原来是这个样子，现在是这个样子，你也可以是其他的样子，那些都是你潜在的人生。

4

在"第二人生"，有个"沉默的人"忽然开口说话。他对我说，每个人的内心是一座庭院，也是一座监狱。我们每个人都在自我软禁。他说，所以我在真实人生里总是选择沉默。如果有人提问，一般他只取简短的词回答：嗯。噢。好。不。再说。可能。不知道。啊。

有一天，我搭了一间四周全是镜子的屋子，屋子里闪着一片寒光，而我在镜子丛林里变了形。忽然之间，镜子呈现给我的，是一种令人惊异的东西。时间，因果，人生，问题，答案。我记起我曾经住在西湖边的小青佛舍。我孤身一人，除了几个老妈子。我是被冯生的大妇赶出门的冯家小妾。生活还在继续，被我邀请来到这个镜屋的每一个人都是敏感的。我的镜子，你的镜子。我们全成了镜子爱好者，那么我们到底想照见什么？

"沉默的人"把我拉出了镜屋，走到一个僻静处蹲下，我们看着天，他果然不说话了。我们对沉默，究竟是喜欢还是害怕？电影镜头里，女人对喋喋不休的家伙做厌烦状，令其"闭嘴"。沉默与话多，到底哪一个更接近人类美德？如果把你留在一个岛上，还有另外一个人，对方始终金口难开，你是不是会觉得恐慌甚至要疯掉？

沉默是有力量的，有时像一个磁场，有时像一个黑洞，使沉默的一方越来越强大，而说话的一方却越来越失去耐心，失去信心，变得惶惑，不安，歇斯底里，直到崩溃。他是不是觉得这个世界的声音已经太多，喧嚣过头，所以暗示大家闭嘴？在两个人的对局中，我们或许都扮演过不同的角色，或是沉默的一方，或是喋喋不休的说话者。你扮演谁，要看不同的情境，你面对的是不同的人。

沉默的一方果然是强大的。或许你无话可说，或许是不愿意说，不屑于说。我用沉默打败他人，也在他人的沉默面前溃不成军。因而，深知沉默是一种武器，是巨大的力量。

但如果对方仍是你珍惜的，你最好不要用沉默去折磨他（她）。

5

他说，像你这样的女权主义者，社会体制的条条框框应该去打破，你应该首先去实验新的生活方式。他说，要是时间退回到一百年前，为了爱情，你愿意给你爱的男人当妾吗？我说，一百年前，我还没有女权主义那觉悟，为了爱情妾就妾了，但不知那爱情是否靠得住，有多少年的保质期。我说，你们男人都希望自己有三妻四妾。以前你把女人娶回家就得养她一辈子，现在更好了，如果也可以娶妻纳妾的话，只要你有那福气被人家盯上了，甘愿给你当妾的也许还是个城市"白骨精"，她自己赚钱养自己，在公司有自己的小单间办公室，没准还对下属发号施令，回家替你养房养车，身份是你的如夫人。当然，你们的家庭形式不再像乔家大院了，平时你的太太和如夫人不可能碰面，因为她们不会住在一起，只得劳驾你辛苦两地跑了。但是每到过年或者清明祭祖，她排在你的大奶后面，吃年夜饭坐圆桌的时候坐主位的不可能是她，而是你和你的原配。当然她为了表示贤良也硬着头皮出席一回，因为她不想让你为难，而且如果过年她拒绝出席家庭除夕饭，你不可能跟她在一起，只会和原配在一起。当然也不排除这冲昏头脑的女子爱上了一个发达前的已婚男艺术家，非嫁给他不可，这样她就和他的大奶在同一屋檐下了。一到经济危机，你被曾经很牛逼的公司裁员了，你的大奶早就在家当全职太太了，你的如夫人还成了家庭的经济支柱。他说，冯小青你的那张嘴，要把男人全打回原形，我举白旗了，可你小心啊，大多数男人和大多数女人都讨厌女权主义者。我说，我知道我很让人讨厌啊。

他说，美国搞了一项调查，有一半以上的人主张废除婚姻制度，还有人预言婚姻作为一种制度将不复存在。一夫一妻制只是为了财产继承的方便，如果不存在财产的问题，那就没必要非实行一夫一妻制了，合同制婚姻就更灵活。我又喊道，我认为最好是婚姻也签合同，跟我们和公司的关系差不多，一开始只签三年，观望一下，再后来看看情形，签三到五年，到晚年，男女都想稳定了，签个十年八年，甚至终身合同，如一方违约，就要赔款，这样，婚姻中弱势的一方就不至于人财两空。他说，那你考虑过吗，每次合同产生的子女归属问题怎么办，当他们的合同结束之后，孩子何去何从？大人们更自由了，孩子们呢，能得到的爱更多了，还是更少了？

我记得从前看过一个故事。一对结婚将近二十年，接近知天命的老夫老妻，在太太的强烈要求下进行了一次旅行，他们来到了当年定情的地方。不过正是旅游旺季，他们在游客人流中走得很累，两个人都全无心绪，后来总算来到了当年男人对女人表白爱情的桥上。桥上人很多，摩肩接踵的，不断有人停下来拍照，这时女人看面前这个已冷漠无视她多年的男人，脑袋就像要爆炸一样。她想，就是这个男人当年是多么在乎我啊，当年把我追到手时连做梦都在笑，就是这个男人吗？她像神经错乱了似的，觉得这时光将她搞得非人非鬼的。恍惚中，她好像没有任何感觉，没有任何预谋地，只奋力推了一把，就把他推过了奈何桥。

当我还是西湖边的冯小青的时候，有一回孤闭已久的我被冯府叫了一同陪冯生和大妇去游春，为了全家游春，还差用人送了绢过来量制新春衫。我也是想过最好一把将冯生推进西湖里去的，只是，我没有那个力气，我是个跟杨柳一般纤弱的女子。连那些恨意，都没人关心，没人知道。

6

过于干燥的生活对健康不利。就像女人过于干燥的阴道，使幽欢的气息变得不够酣畅。

在水边一个小城，你沉浸在一种梦的气氛中，似昏沉，似闭塞，似沉默，似暗夜的腐败气息，凋谢的蔷薇带有能侵蚀暗夜的酸味，与暗夜较量。

这是个性活动频率最高的小城，这里的居民不关心政治，不看新闻联播，也不关心谁发了大财、成了富豪。当大都市在蝇营狗苟中盛产阳痿早泄以及无数性冷淡时，这里的每个人却"性致"勃勃，"性福"指数所向披靡，小城的男人们具有性能力上的强烈优越感，经常嘲笑大都市的男人是性无能，女人是性冷淡，只有高楼大厦因为水泥钢筋而坚挺。小城没有男人和女人是干燥的，不振的。因为这个小城的生活很是安逸，消费很低，每天下午4点就不用上班了。各种世界名牌店并没有进驻小城，小城的人，还生活在裁缝时代，他们自以为穿得很漂亮，在公共场所争奇斗艳。街上以自行车为主，从不堵车，只听到叮叮的铃声一路欢歌，不绝于耳。小城的菜场里，海鲜、火腿和脚蹄都卖得很便宜，家家都买得起。男人们最爱两个去处：洗脚房和小酒馆。每天下午 4 点，洗脚店里热气腾腾，从下午茶时间开始一直到小酒馆深夜的狂欢，都是这快乐小城的催情剂。

　　路过小城的一间名叫"高地"的小酒馆，客人很少，在大间里面的一个小间，我看到一个穿红色细尖高跟鞋的神态冷峻的女人，她把一个高大的中年男人扒光了，让他站在水泥地上，又开双腿。男人的身上连底裤都没有了，不得不低头捂住私处，表情很是羞惭失措。我看到的场面就像是一场封闭空间里的审判。女人们穿着衣服而男人被脱光了，当男人成为一个被观看物时，处境总有些奇怪，比女人被观看要奇怪十倍。通常男人的功能是被使用，而不是被观看。美男子卫玠被人看死了，何况一个既无遮羞物又其貌不扬的男人。后来又发现边上还有一个更年轻的女人站着看热闹，好像一切全与她无关。两个女人，前妻和情人因为同情和理解结成了同盟，并且要一起开始新生活，她们的身边各有一只红色拉杆箱，好像随时准备出发。这个男人看来是被两个女人合谋遗弃了，原先他可能是个操控者、主宰者，现在他忽然发现形势变了，他成了尴尬的多余人，感到羞耻、软弱、迷茫。

　　仔细地看了那个男人，身上的肉已经松了，还好，他不是我要找的那个男人。再看"高地"石墙上的一块小黑板，上面写着肢体剧《不得调戏女性》，每天下午 3 点准时上演，以及三名义工演员的名字。原来，这是小酒馆正在上演的一出独幕剧。这出奇怪的戏让我想起一个名叫萨拉·凯恩的英国戏剧家，二十八岁的时候她就用一根鞋带上吊死了。她的戏里有很多的暴力和色情，最后她对自己也实施了暴力性终结。

离开"高地"的时候，我想，我们女人有时候也大有暴力倾向，只是我们的先天条件差些，肌肉不发达，拳头不够硬。

7

有一天，我迷上了一个名字——罗丝·瑟拉薇，这个名字非常漂亮，悦耳动听。罗丝·瑟拉薇是谁？就是杜尚自己，他把自己打扮成"她"，涂上唇膏描上眼影穿上女装戴上女帽，拍下照片，取名为罗丝·瑟拉薇。也许我们每个人都有另一个自己，另一个名字，另一个名字牵着你往另一种生活上去。两个自己，一个在现实中，一个在梦境中。

通常有两个我，一个向健身房里汗涔涔的肌肉男投去色目作为消遣，另一个装腔作势地和思想男谈玄说道。我们在何时何地摇身一变，变成另一个角色？

上午 9 点起床，泡上咖啡，来到书房，把昨晚的梦记下来。我梦见一个男人在健身房，但梦里并不出现清晰的男人的样子，和男人在器械上运动的样子，而是一幅画，画的名字叫"一个男人在健身房"。那幅出现在我梦里的画肯定是模仿了杜尚的《下楼梯的裸女》以及《被飞旋的裸体包围的国王与王后》，地道的立体主义。

是不是杜尚的那些画太有名了，潜移默化地跑进我的潜意识里，然后变成了另一幅画？

这个梦是彩色的，把最日常的生活场景变成了立体主义绘画。在一片像三维立体画的色彩里，出现以机械方式展现男人在运动状态下的身体轮廓。他是美和性感的，又是被定义的，他被限于那个彩色迷幻的框里。

很久没有梦了，三个月来没有梦的深黑之夜让我感到有些失落。也许内心太过安宁，那些离奇古怪、色彩丰富的梦境竟然开始远离我了。有一日我发现我正在失去梦境，这在精神上是个不小的损失，好像我正在变成一个没有追求、没有梦幻的人。半个月前我开始为自己没有梦而焦虑，天天盼着进入梦境，梦境。因为在梦里，我无时不在构筑一个超现实的世界，向着冯小青星球的美丽新世界迈进，我是我自己的造梦工厂，有着比清醒时分更开放的创造力。奇怪的是，我并没有在梦里改变过性别，每次我在梦里依然是女人。所以，我相信梦是超现实的，同时梦又是有局限性的，比如，梦突破不了性别的界限。在梦里，我的性别和思维方式都得不到颠覆，我可能在梦里变成了一头兽却变不成一个男人。我希望我是一个努力追求一个女人的男人，通过梦中的男性角色，搞明白恋爱中的男人是怎么回事。但我做不到，我不知道这是怎么搞的。

终于，我的意志再一次唤来了梦。我不愿意失去梦境里的世界，只成为现实世界里的小丑。

傍晚六七点时，有了一些轻松愉悦的关于健身房的谈话。那些关于健身房的意象一一跳出来，那是在美国的电影里时常会出现的场景。比如在纽约上班的欲望女郎们，总会有在健身房艳遇上肌肉男的经历。一个恋爱中的女人，会有某种恋物倾向，对她的男人在健身房里擦过的毛巾、穿过的沾上汗水的汗衫都有收藏欲望。而男人如果有相似的欲求，则会被人认为是种变态行为，或者说，只有少男这么做才情有可原。

世界上没有一模一样的两根汗毛，没有一模一样的两片肌肉，健身房世界，却是一个简单明朗甚至喜悦的身体世界。

8

一个人在城市里没有方向感，不是件有趣的事。一个人有：记忆与梦境，现实与非现实，迷宫与广场，山上小路与山下街道，某种生活，某个城市，某段岁月。然后是对生活的种种欲望。

在时间里，一个人不过是他本人，是他一直以来的自己；在空间里，人可以变成另一个人。人们要在生死、选择、爱谁的轮回里永恒地继续吗？有一次在"第二人生"上的经历是这样的：我和一个穿着banana休闲鞋和格子衬衫的男人约了会，在一座我们的中间城市的一家旅馆，拿着"第二人生"的身份证登了记。他说，你很性感，我们可以一起待上六个月。他说，请你带上高跟鞋，带上丁字裤。我说，那么你呢？他问，你需要我什么？我说，行吧，带上你最正点的剃须刀，我只要你每天将你脸上的胡须蓄到我需要的长度，不要太茂密，也不要太短促。于是我们将旅馆的冰箱填满了食物，购买了成打的避孕套，除了做饭，吃饭，做爱，泡澡，看电视，玩电脑，下五子棋，做填字游戏，沉默地抽烟，偶尔晚上我们会一起去看演唱会。我们总是穿着宽大的睡衣，不干别的，一天天就这么待着。请不要在我们的人生里寻找什么意义。没有意义，只有存在。我们生命中最美好的时光，往往缺乏意义。意义一般来说总是一个充满痛苦的过程，所以情商高的人通常选择回避。而且，我在那张旅馆的大床上呼呼大睡，从不失眠。

　　我们几乎与世隔绝的旅馆生活在前面的三个月，沸点很低，我们沉溺于从陌生到熟悉的欢爱，很容易地，两团雾气就从我们交颈的头顶升腾起来。他痴迷我的乳房，我喜欢抱着他结实的大腿入睡。后面的三个月，身体的沸点已变得越来越高，于是我们调转了方向，我们的旅馆就越来越多地听到了一男一女平缓地说话的声音，偶尔地，伴之以另一个人的笑声。一个又一个下午，我们漫无边际地说话。

我对两人之间相处方式的转折很是满意。后来我们才发现每天的床单都是单调的白色，有点像在医院病床的感觉，所以我们上床前会说，给点爱吧，我是病人。

六个月后，我和banana男各自上了一辆出租车，各自携着"第二人生"的身份证出发，再见，去下一站，虽然有些依依不舍，不过我们决定从此永不相见。我只记住了那件衬衫上的一朵标记，他是穿着这个离开的。他最初是这么介绍自己的，四十岁，经济学家，从来没有消费过小姐。我从不知道他在"第一人生"里是个什么人，所有的信息就是他是经济学家，他打算写一本新书，名字叫"不要相信经济学家"；他每天起床后打坐一小时；有一个绝不在每周四晚上做爱、在婚后第五年开始和他分床睡的妻子，他每次晚归她从不问他去了哪里；他还有一个居住在二百公里外的另一个小城市的名叫彩儿的情人，他每个月会安排一天开车去彩儿那里，跟家里说是去泡泡温泉放松一下，顺便再和朋友打一场网球。彩儿就在那个城市的温泉疗养中心前台上班，他就是在一次去泡温泉时认识她的，他说彩儿性子温顺，在床上像一只家猫，会喵喵叫。他上"第二人生"玩游戏，是因为彩儿一直不动声色地瞒着他，他甚至根本不知道她在谈恋爱，直到有一天，彩儿对他说她要结婚了。原来，她男朋友经常整月地在外地做生意，她闲着也是闲着。他说，就在彩儿睁着一双空洞的眼睛若无其事地告诉他要结婚的消息时，他看到了自己与女孩之间的那条叫作代沟的沟。他还跟我说他记得女孩对他说"这样你不是不用担心我会逼婚吗"这句话时的表情。

　　将要走出旅馆的房间时，Banana男推心置腹地对我说了一番话：冯小青，你想要精神上更自由，这是条途径，对于我们这些对生活要求太多、时时心有不甘的男女来说，你需要一个延伸思想空间的媒介，你需要第二人生，甚至第三人生。你一生都会致力于扩展人生的外延，否则你会发现，一个男人或女人，特别是一个有家庭的男人和女人，自由思想的空间是非常小的，你甚至不敢公然表达你脑袋里的真实想法，或者古怪念头。而人生是有令人难过的局限的。即便你有着惊世骇俗的思想，也很少有狂放表达的舞台。在更长的人生阶段里，不过是一种短暂的、阴影似的生存。冯小青，不要说服自己麻木你的感官和思维，你要将通向另一种生活的隧道打开。冯小青，你们女人最大的弱点就是沉溺于感情不能自拔，你们总是在追求爱情，可男人并不这么想，爱情是虚无的，他们宁愿抓住实在的东西，比如性，比如钱，权力，好烟好酒，古董，汽车。有时候，男人嫌爱情太麻烦，女人们总是爱对我们求偶期的即兴发言较真。你要记住，没有爱情又不会死。冯小青，我知道你是个聪明女人，你看，我们之间没有代沟，我们是在同一条战壕里，其实我们是哥们。小青，我得告诉你，你的咪咪很美。而我给他的临别赠言：你要记得，代沟和乳沟，是两种很不相同的沟。还有，记得继续保持不消费小姐的美德。还有，记得不要把烟灰弹到床单上，那样容易引起火灾。然后，我们互相捏了一把对方的屁股，算是告别。

"第二人生"是不确定的现实与不确定的虚拟。人们以化身存在与交往，以所希望的任意一种面目出现。你可以选择不同肤色、年龄、形象，如你所期许的那样，你可以选择你的种族和身份。在"第二人生"里，你可以是漂亮的，性感的，年轻的，有钱的。你真的感觉自己是在场的。你的人生刚拉开大幕，好戏由你自己导演。"第二人生"的性是一种飘浮起来的妙不可言，通过附加性器官、使用模拟动态、文字信息等来做。尽管无法与真实性爱相比，但每天依然有无数人受这种廉价的、安全的、无国界的数字性爱诱惑。事实上，我在那儿，感觉很好，它满足了我对于一种明艳轻浮的生活的欲望。

反过来，如果人有了点钱就可以像买房子一样买一个自己的化身，在现实生活中存在，那么我们这些真身，是不是个个蠢蠢欲动，向着更自由的世界狂奔而去？让我们的化身去尽各种人生中必然的义务，让我们自己做真正想做的事，去恋爱，去旅行，去醉生梦死、颠鸾倒凤。多么美好啊，这是愿望的乌托邦啊。

9

我抄录《恶心》中的话："如果你存在着，在乏味、醉酒、猥亵的范围内，你就必须自始至终地存在……我们是一堆有生命的创造物，被我们自己激怒和困扰……我——软弱的，无力的，令人厌恶的，忍受并且玩弄忧郁的思想——我，同样，也是妨碍人的。"

因为我们都经历过这种"恶心"。完全的自由感失控，最后变成了恶心。

"直到今天我还无尽地感谢这两个气味难闻的酒鬼，让我在一个月的时间里，得以发现了人们有时徒劳地用整个一生寻找的东西：性，爱情，摇滚乐和拥有自我的绝对快乐。"这是一个名叫保尔·布利科的法国人说的。他欺骗过女人也被女人欺骗过，他只为树拍照片却不给自己的亲人拍一张照片。最后他老了，依然善良，在本质上他是一个好人。

我想，大多数人老了，在本质上都是一个好人。欲望的递增，使人心变坏变贪婪；欲望的递减，使人心又变得善良起来。一般来说，善良的老太太比善良的老头儿更多，因为女性自更年期后欲望减少，不再折腾，不再受荷尔蒙左右，于是慈眉善目的老太太多了起来，她们内心平和，成为可爱的祖母或外祖母，而有些贪婪的老头子还拿一双混沌的色眼盯着下一代，让人觉得恶心。他们那本来可以随着年龄增长而增长的善良被自私和欲望吞噬，有钱的老男人是金钱链条上的既得利益者，他们以金钱的坚挺弥补身体的松弛和下半身的疲软。在很多虚荣的女人那里，一瓶名贵的香水，一只LV的包，一瓶上千元的化妆品和不断更新的华服，就能给她们快感和满足，这快感使晚上在床上伺候老男人的屈辱和恶心变得轻描淡写。静夜漫长，白天风光，但夜晚总会过去，白天总会来临，她们心里真正等待的是另一些荣耀的时刻，可以压倒一切的不愉快。更何况，女人可以通过与老男人的关系，使自己也进阶金字塔中更高的社会阶层，她得到的不仅仅是物质，甚至，还有精神上的自我尊贵、自我提升。

有一天，我在"第二人生"的一个酒吧遇到了一个女人，她独自在角落把玩一只高脚玻璃酒杯，神态落寞。我们干了杯中物，开始聊男人。她说，我已经做好了准备，成为某董事的第二任妻子。她说，你知道吗，我二十九，他五十九（也许是六十三），是我的客户。

他们的三次实质性约会都在五星级酒店的豪华套房进行。他开着黑色奔驰先去她租住的公寓接她（她租得起高档公寓但买不起，她努力存钱想买红色 MINI 奔驰，但最好是由别人来买单），她随一阵香风一起钻进他的车，感到男人的目光从容自信地审视了她一眼，她在那车上的小空间里便低了头，觉得自己被他征服了。他说，委屈你了，我喜欢低调。然后到了五星级酒店包房，吃饭、洗澡、上床。她说，他一直彬彬有礼，很有耐心。每进一步，都会先问，可以吗？她不吭声，于是他把她从上到下地搓了一遍。女人开始叙述他们的房事时，我忍不住地笑起来。她说，你笑什么？我说，老男人有老男人的好处吧，他们有服务意识。于是她也笑起来。我们的笑里，弥漫着色情的味道。她说，她来自北部一个小县城，父母都是普通工人。她漂亮，身材傲人，75D 罩杯，从上大学开始就在物色如意郎君，挤进大都市是她奋斗的第一步，她不想陪一个男人奋斗二十年熬成黄脸婆时又要担心男人变心将她变成家里的摆设，她要改变命运，只能通过比自己大一轮以上的男人。又是一段老调重弹，这样的调调，坊间流传得太多了，我几乎没有兴趣在酒吧把时间浪费在再听一遍这样的"命运交响曲"。她又说，我从前也谈过一个男朋友，小有经济基础，是外企公司的销售代表。谈婚论嫁时，男朋友买的商品房不肯写我的名字，他还要求做财产公证，我毫不犹豫地就和他分了手。她说，穷人都会气急败坏。在她看来，慷慨大方是男人的第一美德。我说，你向我倾诉这些，是因为你的内心还不够坚定？女人说，不是，我已经很坚定，也许，只是想在别人那里证明我是对的。她说，那男人已答应给我老家的父母买套像样的商品房作为彩礼，名字写我父母的，他送我的新婚礼物当然是我看中的红色 MINI 奔驰。一个星期前他抽空带她去看了车。等我感到和这女人继续这个话题索然无味甚至有点恶心，正要离开时，她却叫住我，有些犹豫地说，可是，我只是担心，要是过几年他身上有了老人味可怎么办？这个女人的先知精神让我愣了一下，说，老人味，多用点古龙水应该盖得住吧？最后，我决定吓她一下，又说，不过，你要小心，没准他在床上是个变态，喜欢鞭子捆绑，看女人尿尿什么的。然后我就闪出了那家酒吧。

　　我并不知道那个担心老人味的女子在"第一人生"的身份是什么，他到底是男是女，也许他只是换一种方式在调戏我。

10

我得了一种奇怪的病，白天我很正常，到了晚上，我的意识完全不由思想控制，我经常做一些混乱的梦。当这些梦醒来，我感到羞耻。这些不是美梦，也不是噩梦，是一些令人羞耻的梦。我的梦背叛了我。在梦里，我居然在向白天我根本不喜欢的人献媚。

我梦见自己成了一个道貌岸然的男上司的女秘书。我媚笑着走进他的办公室，给他泡好下午的那杯咖啡，放在办公桌上。我穿着粉红色套装在他面前扭来扭去，企图引起他的注意，那样子活像一条想讨主人喜欢的摇着尾巴的狗。我还梦见和另一个男上司发生暧昧关系，我们挨得很近，在一个很老式的礼堂里看一场演出，然后他侧过脸来亲我。他还来到我家里，坐在沙发上，我们彼此情投意合的样子。他说要带我去圣保罗出差。再后来，我梦见自己与刚来的小男生也暧昧地走在一片春天的花树下，然后他勇敢地揽住了我。这些梦里的事情和情感都像是真的发生过，使梦成为现实的一半。

当我醒来，我对自己感到恶心，恐惧和焦虑将我纠缠。一个女朋友曾跟我说过她的恋爱故事。她和一个男人在一家公司，他们互相不服气，经常发生争执，直到有一天她忽然梦见他。在梦里那个男人很英俊的样子，她喜欢上了他。那个梦的情绪一直延续到了早上醒来的时光，当她踏进办公室时，她碰到他，忽然发现他不再讨厌。她暗生情愫，最后他们真的成了恋人。也就是说，梦启迪了她对他的情感。梦使她从讨厌一个人变成喜欢一个人。我从女友想到自己，再这样下去，也许离我梦见和这些男人做爱不远了。

我纠结。为什么我管不住梦，那些梦已严重驰离了我的轨道。为什么我的梦不能存在得清高淡远，有尊严一点？

白天，我吊着两个松弛的大眼袋，显得没精打采。我见到了与我在梦里发生过暧昧关系还要带我去圣保罗的男上司，我的态度变得更为漠然，更有距离。当然，这个家伙不可能知道我只是在对抗自己的梦。男上司是一个奔五的彻头彻尾的中年人，肚子开始发福，脸上却白里透红，让有些人以为他很会保养身体。他说过，他的气色好是他那个很会煲汤的太太的功劳，他太太会在每天的滋补汤里加上一二十味药材。我不是他喜欢的那杯茶。而且，我还数次写错他的名字，于是他一眼就看透了我——我根本没把他放在心上，甚至连应有的对上级领导的敬意都没有。我们的关系越是客气礼貌，事实上就越糟糕透顶。当遇到梦中和我站在花树下的那个小男生时，我心里好是歉意，好像我真的曾经对他性骚扰过似的歉疚。我心想，多阳光的一个少年啊，在梦里他却成了我的猎物。我的梦亵渎了一个干净的少年。

我就这样没精打采地活着，白天和夜晚，在两个世界、两种逻辑、两种人际关系里。我的身体在白天的清醒时分成为一具拒绝的身体，在夜晚的乱梦里，变成一具迎奉的身体。就这样黑白颠倒，神智错乱。于是我的身体里好像有只热水瓶塞把瓶子堵住了，一丝气流都出不去。也许，是因为那心魔还在我的身体里突突地作梗。

从夏天的某一天开始，我的生活弥漫起中药的味道，我为月经不调而烦恼。各种草药混合在一起，在冷水中浸泡半小时，然后开始在煤气灶上煎。我总是走开，总在想别的事情。这期间，那锅中药经常成为被遗忘的对象。大多数时候我的闹钟派上了用场，但仍有几次，直到刺鼻的焦煳味漫进房间，才会想起炉灶上那黑色的残渣。

我，冯小青，前世今生都是药罐子。

星期一晚，是最彻底的一次遗忘。我在看电影《夜长梦多》，起先我以为是一部与梦有关的电影，结果发现它不讲梦，而讲谋杀。里面没有一个人爱做梦。一些人在电影里说着话：富豪，富豪年轻漂亮的妻子，富豪女儿的年轻英俊的吉他老师，富豪家神秘的拄拐杖的女邻居。通奸。谎言。录像带。杀手。阴谋。

但我并没有专注地看电影，我在"第二人生"的一个咖啡馆里和一个男人说话。过去的几十天，我每天都到这里来坐一坐。有时是在雨天的下午，有时是在星夜，有时是在一些无风无月的晚上。我在这里来上一杯炭烧咖啡，随意选择对话者。键盘上的世界如此真实，也如此虚幻。对方问我是谁，我说，我只是在找一个人，他们也就不再深究。我对一个男人说，一个女人某一天特别想去另一座城市看一个男人，她问他有没有时间，那个男人没有回答她。到了晚上，这一天快要结束的时候，收到了男人的信息。他只说了晚安。其实那会儿女人那颗冲动的心早已平静了。她留恋她温暖的屋子，她舒服的浴缸，还有被褥和咖啡构成的精神家园。她不想去另一座城市，不想走在雨中，在冷风中孤独一人赶路，不想在一个陌生的旅馆等待。她失去了一切梦想，没有了欲望，沉默寡言，只想一个人待在一张柔软的床上。昨天和今天的她几乎是完全不一样的两个人。现在，一张柔软的床成了情人的替身。她的激进是倏忽即逝的。她想，男人没有及时回答她，让她自己渐渐将热情的心冷却，是否表明他不够爱她。她失去了冲动，将理由归于天气不好，是否表明她也不够爱他。也许男人还在担心她的冲动要如何应付时，一场风雨便打消了她的欲念。事实就是这么简单。

　　那个男人给我一个又一个的笑脸，鼓励我说下去。他说，你在讲自己的故事吧。我说，不，很多女人的故事，很多要爱情的女人。他点了点头。我们说到床。我说，在一张柔软的床上，孤独不是不可抗拒的，我宁愿躺到死去。外面在下雨，还有可能要下雪，还有可能下冻雨，下冰雹。总之，气候是五十年来最恶劣的，恶劣到能够扼杀爱情。爱情多么娇嫩，只属于春暖花开，不然在冬天谈论爱情时最好裹上羊毛毯。早上在窗下，听到一个稚气的女孩说，妈妈，雨要整整下一个月。一个月的雨季，雨像无声的蜂窝状黑洞，足以吸附掉一半以上情人的热情。男人说，的确如此，人是会发霉的。男人又说，不管是一个人还是两个人，床越大越好。便于思想，便于欲望。便于孤独，便于发霉。女人为什么要把男人从床上赶走呢？

那些在交欢后将男人赶走的女人是否用力过猛？女人要保持精神独立，并非要成为某一张床上孤独自大的女王。我认为这个男人看问题很对。如果她明确你是自己的主体，另一个爱或交欢的人只是你的客体，那么，她将不会以一张独自的床的形式来维持一种"独"的姿态。床上没有了男人，女人就一定会在精神上更独立吗？我又说，床也好，榻也好，其实只是一件家具。圆的长的方的，颜色不一、年代不一的家具。我们最后的堡垒，微缩型城堡。我们是床上的国王和王后，我们在床上生老病死，经历最欢乐的时刻和最痛苦的时刻。我们在床上呻吟或者哭泣。最后，我们希望死在自己的床上，而不是其他地方，好像那样一种死法会好受些，那叫寿终正寝。这是我们的城池，我们离不开它，我们爱它。女人说，基本上我们的床上躺着同床异梦者，只有极少数幸运儿，他们的床上躺着心上人，可以随时融为一体或分离为二。不过，总比床上躺着一只狗要好些。那个男人说，如果你想通过搞在一张床上了解一个人，那基本上等于与虎谋皮。在告别的时候，那个男人对我说，冯小青小姐，祝贺你，你的人生还在抒情阶段。

太阳慢慢地落山了。我的身体像玻璃一样脆弱坚硬，我的人生却在抒情阶段，这是多可笑的一对矛盾。我周围的同龄人早就跳过抒情阶段了，甚至，从来没有经历过抒情阶段。他们务实地生活着，脚踏实地，活在当下。有些人认为我这样的抒情态度是矫情，可我不管，这是我一个人的抒情时代，我一个人的正午。我喜欢疯言疯语，使用最最抒情的表达。"我会在船舱里等你，给你想要的东西。"
我想把"船舱"改成任何地点和任何地方——"我会在东经105度、
北纬25度等你，给你想要的东西""我会在一个陌生区号的地点等你，
给你想要的东西""我会在地铁2号线的2号站台等你，给你想要的
东西""我会在乌斯怀亚等你，给你想要的东西"等，像诗人喜欢表
达的那样。我还希望我喜欢的人都活着，一起活到很老很老。

又一次，我在跟男人说话的时候，厨房里的那锅中药悄无声息
地蒸发着水汽，直到耗尽最后一滴水，直到变成一锅轻盈的焦炭。

走出房间来到客厅，外面电闪雷鸣，这是一个雷雨之夜。我歉
疚地把那锅焦炭倒进垃圾桶。在倾倒这个动作发生时，我想起我是
一名月经不调者。在清洗锅子的过程中，我的手掌被搞得乌黑油亮，
指甲缝里都是黑泥，不得不用洗洁精洗上三遍。最后，我为自己愚
蠢的壮举在子夜时分泡了一壶普洱，又忘了夜晚喝浓茶会使我失眠。
我在雷声中重回房间，电影又回到了年轻男教师房子里的那些色情
镜头。女人太瘦，乳房小得像一枚土鸡蛋，他们在旧沙发椅上交欢，
女人的身体向后倒去，金色的头发垂在地上，玫瑰红的丝绸睡袍滑
在地上。随后她忽然扯出了他的身体，几步就坚定地来到窗前，她
的灵魂也完全扯出了他的身体，脸上全是不羁和对抗的神情。男人
高大英俊，有健壮的大腿，漂亮的脸蛋，裸露的三角区那里是大片
黑色的森林，他的器官很自然地露在外面。他的身体是美的，具有
欣赏价值，也透着引诱的意味。

不知从哪一天开始，我成了情色收藏家，我发现了男人的身体也是美的，这和欣赏米开朗琪罗的雕塑男体完全不是一码事。从此我的目光不再回避男人的身体，我甚至能从那隐秘部位丰富的神经末梢，读出爱情与欲望的区别。

星期二。读到一个报告。美国得克萨斯大学进化生理学家克里斯蒂娜·杜兰特的报告说，一种叫雌二醇的雌性激素会影响女性对自己外形及两性关系的态度。雌二醇含量高的女性与固定伴侣外的男人调情、亲吻、深入交往的概率要高得多。

可是，在发现雌二醇之前，我已经衰老了，我毫不费力地发现了这一事实。我的牙齿在咬核桃时突然崩裂，"砰"的一声尖利碎裂，这在从前是不可能发生的。我的衰老从牙齿开始。从此它们将一颗又一颗地在口腔内死去，直到我的口腔内空空如也，成为一只无比干瘪、发出腐烂味道的老口腔。我将等待自己饱满的乳房成为一只用旧的麻袋，而我的身体有一天将成为一只用旧的深褐色书包。在对衰老的恐惧中，我认识到，有些事物已经超越了我的记忆，还有想象。爱情不是地久天长，就是过眼烟云。

早上，我醒来，脉搏每分钟一百零三下，像一个十分虚弱的人。什么都是灰的，再一次沉溺于忧伤情绪之中。那些考验一个个呼啸而来，总让人手忙脚乱：成长期，叛逆期，青春期，磨合期，抑郁期，生产期，哺乳期，更年期，直到大限临头。我计算着我的工作，我的欲求，我的肉体，我的关系。两角。三角。四角。多角。那么，她和他的反应、情绪、欲望、焦灼，是否完全协调一致？

请原谅我曾经死于孤独。现在的我不想生活在规定好的快乐之中，宁愿要一些杂乱无章的即兴，还有冲动和盲目。

11

快子夜时，耳朵嗡嗡地响了半个多小时。在"第二人生"，碰到一个名叫浮舟的女人，她一个人住，每天对着一个大头雕像发呆，然后追问自己"这是谁"。她说，这个雕像是她花了一万块钱从雕塑家那里买来的，因为她看到用石膏制成的"她"时，就愣住了。她说，那个雕像就是我自己。她把凝固了的自己买下来，再从另一个城市搬回家，放在卧室，她每天和"她"说话，仿佛那雕像是最好的听众。我想，当一个人发现还有另外一个自己以其他的方式存在时，一定会很惊讶。接着女人浮舟在雕像的诱惑下，陷入了一种自我追问的游戏之中。她问，这是谁？

浮舟小姐的困惑，其实也是我对自己的困惑。虽然，我没有碰到过一个化成雕像存在的我。或者，遇上另外一个薇罗尼卡。我还不想对自己如此地穷追不舍。

有时，我像个局外人那样看着自己。如果我是作家书中的人物，我是什么样，会有什么故事？如果我是画家的画中人，我是什么样？

如果我是诗人的诗中物，我又是什么样？

据说猫很虚荣，爱抢镜，只要闪光灯一闪，它们就像打了鸡血一样亢奋。它们有时很假，也很能装，笑起来还很诡异。假如把自己当成一个别的人，当成一只猫，另外一只猫，我将如何客观地看待自己，如何描画自己？

于是我摊开一刀白纸，开始画各种猫。我用铅笔乱涂乱画，随心所欲。一只白猫。一只黑猫。一只涂指甲油的花猫。一只爱丽丝遇到过的会发笑和会隐形的猫。一只会哭的猫。一只在冬天发情的猫。一只用拉链装上翅膀的猫。一只怕老鼠的猫。一只重新开始跳绳和踢毽子的猫。一只爱发嗲的正从自恋向着自负蜕变的猫。一只为了寻找爱情踩破人家屋顶瓦片的猫。一只恋上大床的猫。一只企图用上半身思考的有境界的猫。一只雌性激素和雄性激素都很旺盛的猫。一只飞扬跋扈、爱发议论的猫。一只准备将所有大都市的地铁都乘一遍的跳上跳下的猫。一只在第三十九楼好高骛远的猫。一只每天发誓将烦恼冲进下水道的猫。一只热爱称兄道弟却被骗来骗去的猫。一只误服下毒药拼命呕吐的猫。一只暴跳如雷、伤春悲秋的猫。一只慷慨大方、霸道又善良的猫。一只总想温暖别人却被迎头痛击和吐口水的猫。一只沉溺于给别的猫做媒的猫。一只从前有侠气还爱管闲事的猫。一只被痛打一顿、发现那些它想去送温暖的猫恨它而不是想和它做朋友的病猫。一只受了伤就关起门来玩自闭、一激动就语无伦次的猫。一只以钝感力武装自己的猫。一只不想沾老虎的光的猫。我揉皱了很多纸团，胡乱画了很多猫后，也弄不清楚我是哪只猫。

问题是，你永远无法将自我的意识清理归零，然后再以一个陌生人的眼光打量自己，那自己，你是谁？

各时代的不同画家都热衷于画自画像，伦勃朗、达利、卡林顿、弗里达和我的前世冯小青，都出于同样的欲望吧。对着另一个画中的自己，我们打量，好奇，迷恋，厌恶，感伤。我最热衷的也是自画像。自我是朝这个世界出发的这一岸。既然彼岸总是不确定的，无常的，未知的，那么总想更充分地认识此岸，我自己的这一边。

当下这冯小青不会画自画像，但我让一个在纽约中央公园摆摊的流浪画家画了一幅肖像。他很帅，浓密的长卷发，长得像阿根廷球星卡吉尼亚。在人来人往的公园小路边，他将我凝视了十分钟左右，然后开始画。我为他的注视有些感动，因为他非常专注，想了解，抓取我的灵魂。那是个夏天，我穿着白色小背心和宽腿牛仔裤，我长发披肩，柳眉凤眼。他将我画得颧骨有些高，比真实的我颧骨还高，这样我看起来有一点点像潘金莲的后裔，我的颧骨让我联想到我的八字有点硬。我的嘴角微微地上翘。我平时从未注意到这一点，从前照镜子是我一天可以用来打发光阴的重要事，现在我却疏于在镜中观察我的嘴角到底是往上翘的，还是往下垂的。嘴角只是嘴角，不是屁股也不是乳房，我没有那样强烈的愿望要它往上翘。后来有一天，我走进了鼓楼边一家算命馆，算命师傅看了相之后说，你的嘴角是往上翘的，你的人生是向上的。他又让我抽牌，那一天，我春风得意，抽了一副最好的牌。我甚至有点搞不懂，为什么一副最好的牌会在我手里洗出来，难道是好运气自动飞入我掌中？我的人生里，在偶然性事件中，能有这样的运气，抽一副最好的牌，这是我万万想不到的。此前，我从不奢望好运气会降临到自己头上，我只要一般的运气就行了，其他就靠自己。我想到了可能是那个算命师傅看透了我从前的身世，他知道我前世小小的坟墓就在杭州孤山，我死得寂寞，不甘。要么是他故意做了手脚，故意让我抽到最好的牌，好让我死心塌地地给他钱，但我宁愿相信，我的确是抽了一副好牌，为这我给了他两百块钱。

他没有要求我撩开头发露出耳朵，我的披肩长发盖住了耳朵。他没有画我五官的重要部分——耳朵，那是一个充满命运暗示的器官。

我从小就接受了耳朵给我命运的暗示—— 一个长着活像一对饺子的小耳朵的家伙，不是什么福将，今后你所有的得到都没有天赐和人赐的成分，不劳而获、天上掉馅饼这样的好事永远轮不到你的头上，从此，你便死了这条心吧，任何抽奖，你连个小奖都抽不到，这是你的宿命。你不要想靠炒股这种数字游戏发财，不要想靠忽然有人提携而成名，不要想靠贵人相助当官，不要想靠漫不经心的等待就得到爱情。你必须出力流汗，才能尝到一点甜头。这就是两只小小的耳朵的命运。

我其实还是个耳聋的人，我常听不见别人在说什么。听不见外面世界的声音，我构建自己的小世界，不太在乎我听清楚了没有。从前我也是这样，读书画画，像等待戈多一样等一个叫冯云将的男人，憔悴至死。有一天洗澡后我用棉球掏耳朵，不知那朵棉花是如何脱缰而出，停驻在了让声音穿透的耳道里面，它在我小小的耳道里面待了整整一年，而我却浑然不觉，我只是感觉耳朵比从前迟钝，却不明就里。偶尔闪过一个念头，也许是我老了吧，人过了二十五岁器官就走向衰老，不再耳聪目明，有些人四十岁就开始老花眼了，再过几个十年，可能连舌头都吃不出咸淡来了，给你菜里放了一把盐，没准你还说不咸。像武则天，老了当了皇帝，却要为吃不出鹿肉的味道苦恼了。后来医生在一次体检中发现了那团棉球，他说，你也太粗心啦，会影响听力，你的耳朵没化脓，算是运气。在那一年，我的听力最多是正常状态的七成。那团棉球离开耳道之后，我发现这个世界的声音变得清楚响亮了，街上车流的声音变得更近，人声也听得清清楚楚。我躲不过任何声音，为此我竟有点怀念耳朵的混沌岁月，你知道耳聋还是有一些好处的。耳聋的人，相对心静，更多听自己的声音，耳聋是否也是一种自我保护色？这有点像在隧道中蒙着眼睛狂奔的意思，不需旁顾。

12

我想与之说话的人不理我，不是忙音就是无人接听。我承认手气不好。某些黄昏总是如期到来，寂雨秋灯，雨打芭蕉，独自在一个小空间里，把线毯盖在膝上。走过穿衣镜，看到脸上成片的乌云。给一个人打电话。第一次，对方停机。第二次，忙音。第三次，机主正忙。去倒了杯水回来，鼓起勇气拨第四次，但是无人接听。想到无数种可能性。忽然想，你究竟敢不敢真的闭上眼睛，去依赖一个人，把你所有的重量都靠在他身上，你有这胆量吗？对你来说，等待是一种折磨。

我将头靠在桌子上，心中黯然。从黄昏到晚上，一切都是阻隔。大厅里混合着嘈杂的音乐和雀跃的跳舞者，这是个雨丝绵绵夜，有点茫茫黑夜漫行走不到天亮的意思，有时会失去耐心，但一次次把自己稳住，终于画地为牢。

在黑暗中，不如闭上眼睛，感觉自己正在活着，闭上眼睛清理自己身体里的毒素。但另一个冯小青又要跳出来，想当出头鸟。

再一次遇到浮舟，是凌晨5点，她说，这一年她最爱做的事情就是写信。一天午后，她从积年的抽屉里翻出很多被遗忘的旧信，古老的"情书"草稿，情人们的照片，在海边，在草原，在高原深处。她和过去的那个自己对话。她背古诗，数曾干过的傻事。

有些人回来，落在腹地，像是新生命就要孕育出来；有些人从我们的身边绕开，从此见如不见。人海之中，一段又一段的关系，男男女女，潮涨潮落。遍地月光，活得热闹。

和浮舟道别后，我把自己蜷缩在柔软的床上，七八个大靠垫里面，眼前却浮现白云生处的小小寺院。我还是爱着人类，却一时满满地沉浸在那些混乱哀伤的思绪里。

还有一些像俄罗斯轮盘赌一样，令人心脏狂跳或不跳的日子。或者说，是一把一把的塔罗牌抓在手里，我不知道最后得到的会是哪一张。我在机场看库切的《凶年纪事》，一个坐在边上的男人回头看到书名，一惊，以为我在读侦探小说。在我心目中早已无所谓凶年吉年了。最坏的，公众称之为凶年的年份却不是我个人的凶年，至于我个人的凶年，我早已下过地狱了，几番轮回，内心更没有忌讳。

13

然后就跳到了星期四。在晚上 8 点 20 分关了机，坐在餐车狭小的里座，不想跟任何人说话。耳边响起一句歌词：为了理想，历尽了艰苦。命运在我们自己没有参与的情况下就专横地下了决定，而我们只是些被动无聊的小角色。

海带炖排骨取代了辣椒炒鸡蛋。雨季，空气湿漉漉的，身上湿漉漉的，医生说在这样的天气里很容易感冒。密密匝匝的人群中，流感病人在成批量地增长，让人浑浑噩噩的病菌在空气中传播着。那堵被雨水搞得斑驳的墙壁是否需要重新来一次粉刷？雨季里，依然到处是饮食男女。天气冷，穿得不多，身体单薄，胃中空空。

夜行火车上，我疾步抢占了餐车最后的那个座位。火车上的现煮咖啡十五元一杯，虚弱地冒着最后的热气。这个城市的雨季到来之前，一种印刷成玫瑰红的消费券在四处流传，像旧年头里散发的革命传单，市民们则陷入一种激情与迷狂之中，很多只手在半空中挥舞。有人用它去买了三十斤大米，有人用它去撮了几顿饭，有人买了一只金华火腿，有人用它买了一大盒避孕套，希望在来年多多"性福"。喝完半杯咖啡，我却在火车上昏昏欲睡。

你已经把生活的那个时代留在了身后，开始了另一个时代。你跟谁商量好了吗？你真的决定了吗？

你的发型，是否可以从板寸变为对半开？

你看，我是在靠近你，还是在远离你？

14

星期三。我在一张报纸的空白边上列出了我的安慰剂。

（1）下雨，下冰雹时，心里想，还好没有下刀子，而且，下冰雹的时候不在路上。

（2）咖啡，这几天忽然想加一勺炼乳。炼乳是乳白色的，很甜。

（3）雨打在池塘上，打在池塘边的水草上，变形成水花。池塘是一个泪汪汪的容器，是青色的隐晦，让人安宁地呼吸。

（4）山看不见了，因为有雾罩住了。房间里的电暖器开着。

（5）"你不晓得送东西给别人是一种福气吗？"我也是这么想的。从灵魂到物质，只要我有。"我把我的灵魂寄放在你那儿了"，那么，我就充当那只长期有效的保险箱。

（6）艾瓦说，"那又如何，人生又有哪一个结局不是带着泪水的"。随后杰克唱道，"万事万物永远都会是好端端的"。

（7）早春的炉火。想象中的一匹飞马。受伤的手指。像桃花一样泅开血滴的手帕。

（8）聪慧的女人和深刻的女人。

（9）心里装着爱情的男人。

（10）七八分满的浴缸，将自己躲进一缸热水中，闭上眼睛，只要冥想。

（11）几本摊开的书，还没看多少，空白页已被随意写上一行行小字。

（12）所有喜欢的人，可以一起活到很老很老。

（13）熏过印度香的房间里，要深玫红的缎锦铺在大床上。慵懒的下午，高大黝黑的情人推开墨绿窗子进来，斜倚在床，红酒半杯，另一只手划开睡袍的边襟，漫不经心轻触女人的乳尖。

（14）紧贴着还未醒来的情人的身体。头，手，一条胳膊或一条结实的腿，宽宽的屁股，温暖的足，都可以抱在怀里。

（15）没有纤手破新橙的秀巧，但不要紧。秋天的晚上八九点，心爱的人用指甲划开柚子，或一个小小的文旦，果皮四开的时候，清香静静地在房间飘溢。

15

小青，小青。我听到有人在呼唤我。

那个呼唤的声音，充满诱惑。

我终于还是画下了一张自画像。淡淡的铅笔痕迹，在一种半梦半醒的状态中，我写下了那两句诗——

"瘦影自临秋水照，卿须怜我我怜卿。"

16

我就是几百年前杭州西湖边，那个瘦成一道闪电的才女冯小青。

有一天清早我做了一个梦，梦见冯小青就是我的前世。原来我前世也是一个女子，而且是那么的聪明，美丽，绝代风华，只是命却不好。

冯小青谁人不知？形影相吊，顾影自怜，卿须怜我我怜卿，与谁卿卿，唯与自己。镜中的自己，水中的自己，画像中的自己。极度的孤独，引起极度的唯美，孤山没有小青，又会失去多少"孤"色？

那个清晨我在杭州寻找冯小青的墓，问了很多早上散步的人，遛鸟的大伯把我带到了杭州孤山放鹤亭边的草地上。在湖边长长的小径上走着，一不留神便错过了，因为冯小青的墓碑低矮，只略高于小树丛。原来的冯小青墓，在孤山静静地待了数百年后，与情僧苏曼殊之墓，还有西泠桥畔的苏小小墓，在"文革"时期一同被毁了。

这小小的墓碑，让我确信冯小青这个人是真实存在过的，她就是我，我就是她。她生前极孤独，香消玉殒后，倒是牵动了好几位名头响亮的文人的心。首先是民国时期南社的几位社友：柳亚子、李叔同，还有名伶冯春航。冯春航是京剧名旦，1915 年 5 月，冯春航在杭州演出悲剧《冯小青》，演出大受欢迎。从明代至今，关于冯小青的戏文竟有几十种，连日本人槐南小史都写了出传奇《补春天》，来讲小青本事。京剧《冯小青》的剧本，正是柳亚子所撰。当时风流倜傥的南社成员在杭州时有雅集，已非常入戏。

冯小青是美女，且是清瘦纤弱的美人。有个清代画家叫顾洛，画了一幅《小青小影图》，画中一个在园中的桌前摊开纸作诗的女子，纤柔素静，弱不禁风。到底美到什么程度，前人称小青娟娟楚楚，美如秋海棠，又秀艳有文士韵。据说那幅小青临终前，请画师绘就的画像，已被冯生的大妇焚毁而化作青灰，小青的模样也无从求证了。据说《红楼梦》里黛玉的原型竟是冯小青。

有一个男人，是被小青附体的冯春航，他最爱小青诗"新妆竟与画图争，知在昭阳第几名？瘦影自临秋水照，卿须怜我我怜卿"。冯春航在西湖边巧遇正在散步的柳亚子和李叔同，三个南社社员一同前往孤山玛瑙坡冯小青墓畔凭吊小青，冯春航以演戏所得，将小青之墓修葺一新，又起意刻石纪念，于是柳亚子作了《明女士广陵冯小青墓》一篇，由李叔同用魏碑体刻成两碑，分立于小青墓侧，此后正式参加孤山小青墓前雅集的，有二十余人。当时李叔同三十六岁。

民国时，著名社会学家潘光旦也对明朝的这个小女子深切关注起来，并写了《冯小青》一书，作为性心理学中影恋，也即病态的自我恋的典型案例来研究。

小青的影恋表现："时时喜与影语，斜阳花际，烟空水清，辄临池自照，絮絮如问答，女奴窥之即止，但见眉痕惨然。"而小青闭居孤山别业期间，常有幽愤凄怨，都寄托于诗词。年方十八的小青，对自己的命运看得透彻。被冯生大妇赶到孤山别业幽居后，几乎与丈夫生离，她的朋友杨夫人劝她改嫁另谋，小青却回信说，"去则弱絮风中，住则幽兰霜里"，那么出家为尼又如何呢？

又说，"若使祝发空门，洗妆浣虑，而艳思绮语，触绪纷来；正恐莲性虽胎，荷丝难杀，又未易言此也"。

小青本多情女子，不能保证一进佛门就永远六根清净。如唐朝女道士鱼玄机，因红尘之欢难断而命丧杀婢，小青将鱼玄机当成了前车之鉴。

小青移居孤山后，也不是幽闭得从不出门，曾写有《拜苏小小墓》，其诗云："西泠芳草绮粼粼，内信传来唤踏青。杯酒自浇苏小墓，可知妾是意中人。"纤弱的小青，在苏小小墓前徘徊，又将苏小小视为知音。有年春日，西湖边跟夫家人短暂的踏青后，一切又归于幽闭，自此小青伤春之情更甚。

二八花季，冷月幽魂，曾经是广陵的豪门官家千金，父亲为广陵太守，后因家庭变故而寄人篱下，委身成他人的小妾，连小妾都当不安稳，清高如小青，又怎能容得下此等人间遭际，愁闷抑郁，到底意难平啊。或许小青没料到的是，香魂飘逝后，她这广陵女子，将长长久久地与钱塘苏小小相邻为伴，只叹苏小小虽为青楼女，却是自由的，而小青虽为豪门妾，却是在清牢里幽禁。

冯小青生平如下所述：小青名玄玄，明万历二十三年（1595）生于广陵（今扬州），自幼随母学习，性好书，出语敏捷，诗琴书画精妙，秀丽可人，十六岁（也有说十三岁）时嫁与杭州冯生为小妾，婚后不容于正室，被远置孤山佛舍，两年后即病死，死后葬于孤山，留残余诗词若干，后人结集为《焚余草》。

孤山的小青墓，似一个有几分神秘的青冢，如真似幻地，勾起后人的猜想。说到冯小青，当初我就很怀疑过的，孤山是否真有过一座张岱《西湖寻梦》中的小青佛舍，还有冯梦龙、张潮、陆丽京等明清时期文人所写的冯小青，是虚构还是实录呢？因为特别喜欢这个人，就存着非要弄清楚的心。

后来我看到了一些与冯小青同时代的文人所录，更肯定冯小青确有其人。冯小青的丈夫名冯云将，仁和（今杭州）望族出身，家中藏有大量书画古董，为了保存王羲之的《快雪时晴帖》，家里特意在西湖边上建有"快雪堂"，另在西溪的老和山坡上还建有"西溪草堂"，不知小青是否曾到过。冯云将与湖上笠翁李渔等人是朋友，与柳如是也有交游。李渔的另一朋友，杭州豪客汪然明跟冯云将更是交好，曾有诗云"翩翩佳士冯云将，滑稽惊座少年场"，可见冯云将这公子哥儿也是个有趣的人。但另一方面，冯云将虽有名父，是南京国子监祭酒冯梦祯的仲子，却科场屡试不第，一生困顿。冯公子对妾小青或许有些情意，但未称得上是真爱。郎情妾意的新鲜劲一过，便由着大妇将小青打入"冷宫"了。这晚明的风流名士，"舞低杨柳楼心月，歌吹桃花扇底风"，要忙的事可不会少，爱好交游又广泛，于是云将对小青也渐渐地淡忘了，直到听说小青死了，才急急奔去小青的别舍哭了一场。小青生前，云将不能爱她护她，死后也不能保住她的诗稿，所幸还有未焚尽的小诗数首，才使后人能一窥小青之才。

小青自知将逝，写信给已随夫去北方的闺蜜杨夫人诀别，在此抄录一段小青绝笔：

> 他时放船堤畔，探梅山中，开我西阁门，坐我绿阴床，彷生平之响像，见空帏之寂飔，是耶非耶，其人斯在！嗟乎夫人，明冥异路，从此永辞！玉腕珠颜，行就尘土；兴言及此，恸也何如！

可叹明珠暗投呀！小青逝后，似乎冯生的圈中朋友还一起操办了丧事，所谓风流名士，对才女总别有一种怜香惜玉之心。但小青故事中只说冯生的大妇妒悍，让人觉得小青的丈夫太懦弱无能才害死了她，原来此中还有一层隐情——

明代时，男子娶同姓为妾都有禁忌，被社会耻笑为不道德行为，加上大妇闹腾，这大妇崔氏娘家势力又大，懦弱的冯生便不敢大胆捍卫小青了。冯云将长寿，活过了八十七岁，文人圈朋友钱谦益称他"杜门屏居，能读父书，种兰洗竹，不愧古之逸民"。云将八十大寿时，钱谦益还写诗祝贺，有"湖山安隐鹿麋群，映雪堂前夜壑分"之句，可叹小青却薄命如此。

小青幽居期间，最爱读的是汤显祖的《牡丹亭》，杜丽娘可人鬼恋，可还魂再生，为情而死，为情而生，那是小青所神往的吗？为此小青写了一首诗：

冷雨幽窗不可听，挑灯闲看《牡丹亭》；

人间亦有痴于我，岂独伤心是小青。

宋青瓦你真无聊啊！那个我前世是冯小青的梦，真的是太过荒唐了，别人不知要怎样的笑我了。他们都在笑我—— 一个中产阶级无聊女子的发痴白日梦时，我自己也会笑自己，而且会笑得很响。

完

妇女闲聊录

——看月亮，脖子要酸的

对谈人：萧耳（杭州）

念青（西安）

萧耳（以下简称萧）：这不得了了！难道我们是在效仿张爱玲和苏青聊文学吗？我们这"草根版"（萧耳本名姓张）的，会不会要被人打了？

念青（以下简称念）：我们一路都聊这么多年了。确实现在像日常生活那样，很家常式地谈论文学是件挺"作"的事情。那种最端庄的研讨会吧，反正我是从不参加的。所以我们一起"作"一"作"。

萧：昨晚我和半夏也聊得很晚。她先是给我写了一封信，接着晚上我们又聊了很多。她对《中产阶级看月亮》的读法相对感性，也比较仁慈，对我的小说肯定也多，所以我还要听听你相对理性尖锐的意见。

念：一直想等细细读完第二遍后再与你交流，但因我妈妈从监护室转出来后，我反而要不停往病房跑，小说已下载，本想带去病房读，可我妈妈昏迷五十天后刚刚苏醒，我要不停跟她说话，来唤醒激活她的意识，所以暂时不能再去读第二遍了。

萧：你之前发的读我小说的洋洋千字的邮件，其实已是很好的评论文字。感觉特别入骨，贴切。或许刻意要写一篇小说的评论，都没这样的文字饱满。满纸真挚和情谊，同时又有冷静的思考，你是懂我的。

念：还是小说本身让我有说话的冲动。

那就先简单聊一下我的阅读感受，我想书评等你单行本正式出版后再写。

首先，小说形式我非常喜欢，基本是一个人的梦、两个人的对话和两个人之外、各自的第三人构成的生活结绳，后面出现的其他各色人，不过是自我精神之外的某些必须——或仅仅是擦肩而过，属于"经历"二字的人和物，我认为这就够了，假如我理解了你的作品。

小说信息量极大，和你的人一样，稍不留神就跟不上你的跃动。文字又非常棒，很现代，耐品读。说真的，做你的读者，不仅要有把握你文字美感的能力，还要懂一点点音乐、一点点绘画、一点点影像和一点点文学经典，或其他的什么，正是这些元素，构成了你身上灵动的才气，也构成你小说中"中产阶级"那种杂乱的、徘徊于理性和感性之间的分岔小径，这些，在你这篇小说中表现得淋漓尽致，在精神与物质的追逐中纠结缠绕。

写两个人爱情的小说已司空见惯，但你巧妙地以精神层面来剖解了它。

现代人的状态被你呈现（其实不仅仅是呈现），每个读者都会构成自己的解释，所幸，你没有解释，这一点太棒了，也是高妙之处！而更棒的，又恰恰在于小说主人公青瓦和春航，最后以那样的方式来将爱情消解掉。

世间有多少自认为轰轰烈烈的感情，最终能以轰轰烈烈的方式收场的呢？人生本来就是一个消弭的过程，何况爱情？

萧：但是，很多男女其实达不到小说中青瓦和春航的精神高度，所以这个呈现，大概就是高于生活的部分吧。人们一生求知己，但知己不常有啊。只要是中产阶级加知识分子，无论男女，应该都有这个追求吧。山中雨夜，闭门不出，长谈不休。这个意境其实是《世说新语》式的。我最爱《世说新语》了。应该说这样的清谈，也是我个人理想中的。我一直都想很痛快地写个闭门不出一直长谈的小说，自己过瘾，高兴。

念：你发来的电子版中，红色部分，也就是青瓦和春航失联后再次于医院邂逅的章节，不知是否出现在已发表的《钟山》上。我个人觉得这邂逅不要更好，可以将空间留到足够大，让消失的就这样消失吧，从何处来又去往何处，来去之间，恍然若梦，梦境与现实间，你非你而我非我，彼此消弭也自我消弭，似有来过，又了无踪影，只有月亮永悬于天空，可聊以慰藉，却无以充饥。

而且，我觉得你独立成章的《青记忆》，其实比前面更精彩，更有内容，更有一种状态。这状态并非只是依稀能想象到你写作时的情状，更是在读它时，我会不自觉沉入进去。感到其中有我，有你，还有她们。似乎都从看似混乱的思绪中，一步步一年年走来，那些可以回味或不再回味的过去，随岁月发酵成酸酸楚楚的感触。读到后面甚至想哭，只因生之迷惘，或这样的迷惘依然继续，兀然发现，原来内心的轨迹还不曾中断。

萧：很感谢你喜欢最后两万字的《青记忆》。这是小说独立成章的部分，本来都是单独一节一节地穿插在全文中的，因为要给精简的杂志版，所以我把这些看似不相关的，而且看得出偏向作者主观心绪的部分抽离了，所以杂志版上十二万多字，没有这些。但我自己其实也是喜欢这部分的，因为我很喜欢法国作家让·波德里亚的《冷记忆》，《冷记忆》就是这种风格。书出版时我想整体放在最后，也是一种对小说的精神补白吧。

念：赞成！独立成章的这些文字，有很多"现状感"，是一种生存状态。说到本质上去，大概都是"无厘头"。我感觉你这些年的沉淀，一定会生出重量，所以那天见你说发表了，急吼吼地想看，果然不出所料，没有宏大背景，却很有张力。

整篇小说，我感觉最棒的是独立成章那部分，然后是开始，中间有点拖沓，有点用力表达的痕迹，有点"灌"给读者的感觉。以至那部分我用了三个半天才看过去，这就是我说要读第二遍的原因，我想知道，是自己因家事干扰了阅读，还是这部分文字的确令我读来不畅。我最近不在状态，很多东西还没能完全把握。

中产阶级
看月亮

281

我觉得这篇小说很有实验感，手法现代，表达基本是感性的，而你一直有一个过人之处：总能以感性手法给你的文字以理性框架，这篇小说即是。且"中产阶级"这个定位太好了，这是社会中一个非常尴尬的群体，几乎所有的精神纠结、所有的缠绕不清都在这群人中，你有很多关键字眼，有意无意间都成了一个符号，比如"抒情"。的确，抒情年代过去了，而这些还期冀着内心抒情的人，只能在这样追求目标又实则漫无目的的状态中走过。这种状态，你表达得恰到好处！

萧：对于"抒情时期"的定位，我的确受到昆德拉的影响，想突出这个。眼下中国衣食暂无忧的中产阶级，只要不是太乏味，总会有人生中的"抒情时期"，如果正好对应20世纪八九十年代整个社会的抒情时代，就是大写的抒情了。但是最后抒情，总是要消解的，这也是现实意义的部分。

念：想把中产阶级讲到位，还真不是件容易的事情，其中的信息量太大，有很多的点，每个点都有可以深挖的东西。你的"呈现"手法我个人非常喜欢，而你抽离出来的这部分，反而做得更好，文本构成一个可以用偏哲学视角去审视的作品，这是与永和、半夏

（萧耳和念青的作家女友们）以故事呈现的方式所不同的，表达上更现代一些。

萧：写这篇小说时，这一点我做了些思考，就是找不准表达的点，所以才放掉很多细节，写很多的长谈。

　　一开始写的风格是很现代的，有些西化的、先锋的那种，但是后来，我觉得是受西方电影影响太多了，要拧过来，就往东方的语言感觉上刻意去靠。而且删了大量过于像翻译文字的感觉的部分。

　　这个语言的感觉，特别困扰我。我老处于矛盾中，改来改去，都是语言风格问题，所以一拖那么久。

念：如果这么说，可能中间部分我的感觉是对的？我刚看到开始几句就兴奋起来了，可能是我阅读西方作品多的缘故吧，对这种语言比较敏感。

萧：因为我读过很多别人的小说，觉得如果有翻译腔的文字，我个人会警惕。我开始写小说的时候，满脑子都是欧洲电影。这太危险了。修改小说的过程，简直就是去除我西方腔调的过程。记得我十多年前的长篇小说《继续向左》，一上来就是美国女作家格特鲁德·斯坦因式的先锋语言。我们读多了西方的东西，是要警惕这些。我知道你的知识体系是在西方哲学基础上的，所以你习惯。

念：是的，我自己看过去的文字就发现太多这方面的问题。另外，我说的红字部分，就是在医院青瓦和春航又碰到了，这一情节出现在《钟山》上了吗？

萧：是的，最后我改的。在《钟山》长篇小说增刊上是这样的。你说的不如不能重逢，我想过这样结尾，但我真的想不好哪一种结尾更有意蕴。这属于我自己没想清楚的问题，太难把握。因为结尾想不出来，稿子迟迟没交出去。我看过很多的小说，最后结局总是死了啥的，或出什么大事了，突变了。太阳底下无新事，这是我坚持的。我热爱话剧，但小说的表达，不想过于戏剧性，像《雷雨》那样。

我自己知道想表达的东西很多，但是很难厘清。还有就是虚构的能力，终归不足。我删掉了很多的枝叶，就是讲青瓦身边人的故事的，觉得不够集中，就都删了。

念：我赞成，整体上，我觉得可以做减法，青瓦的生存状态，本身就是很个体的。人生也是这样啊，越往前走，线条越简单，许多人许多事，最终沦为"曾经"，走啊走，走到最后，不就只剩下自己了嘛。

对了，再说到脉络，用节气来推移时间，你是怎么想到的？很别致。

萧：那也是我想不出别的办法，我想做到小说的节奏要像"河流流淌的声音"那样。我记得以前跟柳营（70后女作家，现居纽约）也说过，我在写的小说，怎么描述呀？感觉像河流在流淌一样。

我说的是一种内在的韵律。你看我的后记里，提到了河流。就是我特别想追求的，河流一样的文字。但是能否做好，是另一回事。

念：开始读时，我以为你会以全部对话来完成小说，我很惊讶，那将会是怎样的力度。

萧：这一次的长篇，我是刻意想加强对话，我就设定一个人，一个理想的对话对象，可以跟他聊得很深入。但现实中，你一生或许找不到一个真正的对话者，只有小说才能实现这个高大上的理想。

　　而且也想展现两个主人公，从话多到话少，到无话的过程。这或许是任何一对恋爱者，包括夫妇的状态吧。

念：是这样的，两个人之间，从激烈到平淡到无声息的过程，是最常态的。

　　小说名字我觉得很好，出书也可以用这个名，"中产阶级"这个意象，很符合你小说中两个人的对话，精神层面的抒情，各种六七十年代"时尚符号"的呈现，音乐、绘画、电影、戏剧、摇滚、文学……

　　"中产阶级"加上"看月亮"，有点冷笑话的意味，有张力。

萧：对，"中产阶级看月亮"就是冷笑话，不过我这个人厚道，只是淡淡的嘲讽。因为看着看着，仰着的脖子总是要酸的。月亮呢，它在，有的人根本不看，有的人看得多了。哈哈，这个设计我小小得意过。

还有，你有没有觉得，小说对话很多，有点像舞台上的感觉？后来我要把舞台戏剧的感觉拉下马来，要回到生活，中间部分就变得琐碎起来。

念：这段时间都在往医院跑。等我静下心来再好好读第二遍，我觉得还有很多东西要挖。这个文本是有许多思考空间的，所以一遍可能感受不全，所以我说你的文本其实很有实验感。

萧：最先读过这部小说的，不超过五个人，都是业内高手。有人很喜欢，有人很不喜欢。

念：阅读偏好的差异实在是太大了，我喜欢有隐喻的、有意象的文字，空间大啊，可以肆意咀嚼。所以我喜欢卡尔维诺的文本实验，喜欢贝克特的文本，喜欢麦克尤恩的文本……有味道。

萧：是啊！卡尔维诺和贝克特我都喜欢，麦克尤恩却没怎么读过，太多书要看，看不过来。博尔赫斯我也没认真读过。只能选几个作家深入地读一读。

你我这几年的人生阶段都不容易。我有很多年没法写长一点的东西，要养育孩子、料理家事、忙工作等，所以只能写一些随笔类的书，属于速战速决。而写小说，特别写长篇，需要聚气。我和同龄人金仁顺聊起过，我们差不多，都要面对女性写作者的断裂期。

母亲去世后，我觉得自己才更能面对内心，要逼迫自己成长。昨天半夏提到我小说中孩子的问题，她觉得写得少了，一笔带过，不合常理。就是青瓦和女儿之间太淡薄。我说我很奇怪，我好像不太会写有孩子出现的小说。是不是现实生活中和孩子过于亲密了，反尔不会写孩子了？现实生活中我是一个特别宠孩子的妈妈。

念：我认为青瓦和女儿这些都不重要，中产阶级的生存状态，其实在意识层面是极其自我的，那些可以写，也可以不写。当然如果是讲故事的文本，也许周全一些更符合逻辑吧。

萧：我当时也想该虚就虚，不能是彻底的现实主义。我写的小说，好像从来就不是完整的讲故事的文本。《朵小姐》倒是狠狠地讲了一回故事，现在在写《火腿》，写法完全不一样。

　　《中产阶级看月亮》想写的是人的精神，而不是故事，所以文本思考是最多的，有时我觉得故事讲得不够好。这是个弱点。

念：我没有读过你早期写的小说，所以没法对比，但是看你这些年所涉猎的层面，所看的书，尤其是看了你的《后记》，就和半夏一样，期待上了。

萧：《后记》好写啊，说说自己想表达什么就可以了，但小说是你想表达的又没有表达出来，完全两回事。所以你们一说被《后记》吊了胃口，我就心虚啊。特别是你说的小说中间部分，也就是腰身，最考验功力，事实说明我腰功还不够。前半部分，后半部分，往往容易出彩，因为积蓄了最多的力量和思考，中间部分仓皇。

还有像春航，写得很用力，或许浓缩了太多的东西，我觉得现实中其实这样的人很少，或许没有，其实应该是一个象征或者一个符号吧。

念：谈到人物，我觉得青瓦更丰满，"状态"呈现得更成熟一些。其实说来说去，青瓦的丰满，还是在独立成章的那部分表达更完美。

萧：你是个很好的批评者，这是你的思维方式决定的。我觉得我永远写不出永和那种特别狠的、有力的小说。我的小说的气质或许说气息，其实是比较法国式的，像法国电影，比如侯麦啥的，所以我的确适合写给中产阶级男女看的小说。不是大动荡，大离奇。其实跟这个时代的知识分子状态有一定程度的吻合吧。但是为了克服这个问题，我也开始写中产以下一点的。

念：在青瓦身上，可以看到一种平时被压制的东西，有追求又很迷茫，内心洁净，又似乎要通过"放逐"的方式，来向自己验证存在感。理性和感性之间，始终在纠结，甚至身体和内心的位置都是分离的。她的独自行走，就是出离的方式，偶遇，包括那些遭逢，都是一个个碎片，有些属于内心，有些仅仅属于身体而已。

你把中产阶级身上隐藏的多种元素都表达出来，这太不容易了！

萧：这个我倒没想到呢。青瓦有一种精神的沦落，或者说妥协，比如从大学到房地产公司，受时代裹挟，这是青瓦的沦陷，但她也有很多的坚持。

在沦陷中，她又是清醒的。我觉得她是在过程中奋力把自己再拉起来。但是自己拉自己是不可能的，所以就有春航，担当着把她从泥坑中拉出来的角色，但他偏偏又不是个有力的人。前几年我周围的确有不少人从各个单位去了房地产公司，我觉得是时代的大背景造就的，所以青瓦是个俗人。青瓦离不开世俗，但世俗意义上她其实是个 loser，春航也是个 loser。两个 loser 互相把对方当成是精神的拯救者，最后他们发现，这做不到。

说实话还是欲望太多的问题，在欲望为特色的时代洪流中不能淡然处之。比如念青你，也不能安于象牙塔，要去开个公司，当然你比青瓦要能干多了。对付得了哲学，也对付得了公司。我呢，骨子里是个彻底的、乏味的中庸主义者，这个我跟女友毛尖、苏七七剖析过自己。看着我挺活色生香的一个人，其实我最没劲了，很多人都比我有意思得多。

念：读这篇小说时，我的感觉是在不断变化的，开始很兴奋，中间有点倦怠，暗下猜想，难道只是两个人的小自我吗？可再往后看又不一样了，窥测出生活真相的线条：身体、感情、精神、烟云、家庭、爱情、艳遇和性等等。

还有其中的伦理，很难说清楚。

萧：嗯，看来还是中间部分薄弱。关于伦理问题，作者一般不去考虑，作者又不是道德家，不讲政治正确。我记得青瓦有句话：

三十岁之后，我再也不以世俗的道德来衡量自己或衡量别人。大意是这样。其实真的有朋友对我有过这样的表达，我特别记得这句，就写进去了。

念：很符合的。

其实要说的太多，比如女权主义的尴尬、他人即地狱的现世写照、日记部分的存在意味……如果我要好好写成一篇书评，是要往我所读出的更深处去讲的，还是先有所保留吧，我等着你将它出书，使它成为一个看似分离又浑然一体的、1+1=1 的作品。

月亮悬于空中，天地乾坤，无论中产与否，我们谁也摆脱不了宿命，无论是你，是我，还是她们，都在宿命中仰望天空。

2018 年 3 月 13 日

后记

十多年前的第一部长篇小说《继续向左》，我写了一个都市小资群体，有点轻浮，有点迷惘，有点做梦，有点感伤，有点不负责任，不过基本上出不了穷凶极恶的事。一晃十多年过去了，当年的小资们，基本上都妥妥地成为城市主流的中产阶级，这和中国这些年的发展和城市化是一致的。还是太阳底下无新事，庆幸他们靠着个人奋斗和知识储备，没有在中国转型期从小资坠入到底层。这个中产阶层，除了压力，还有一些对生活的要求，或者说趣味，或者说乏味。如此，这是一个好的时代，是一个很多普通家庭子弟靠个人奋斗进了"985工程"大学，慢慢有了小资趣味，进而又成了中产阶级的时代。

趣味这种事，只有在不那么紧张的、你死我活的环境中，才有产生的可能。我读过很多很多的当下中国小说，发现讲生死的很多，讲乡土中国的很多，讲钩心斗角的很多，讲城市生活的不多，讲点趣味的，更少。

也许我看过太多的国外文艺电影，中毒了，心想讲趣味就有毛病吗？人家清少纳言一千多年前就讲趣味，到了 20 世纪的中国人还不配讲趣味？只有欧洲和美国才可以有中产阶级堂而皇之的生活方式和趣味标签吗？

写完这本书，我自己先审阅一番，本书只出现男主人公的发小作为罪犯死于严打，男主人公的同事过劳死了，其他没有谁彻底破产了或发疯了，甚至女主人公涉足的房地产业也没有人跳楼，果然是平淡得很。有一点职场里的钩心斗角，但也并不惊心动魄，只在日常范围，不构成强烈戏剧冲突。倒是有一群睡不着觉的人，虽然已经跻身在中产阶级了，但依然睡不好，因为心里总是有纠结，总是在该睡眠的时间里，东想西想，静不下来。可以说我知道的身边的职场故事和房地产故事要惊心动魄得多，也要丑陋得多，但我并不想写，因为我在这部长篇小说中，特别在乎的是那一种日常性。

"看月亮"是小资趣味的残余，"睡不着"就是中产阶级的当下了。在"看月亮和"睡不着"之间遭际的爱情，就成就了小说里中产阶级男女的爱情。在任何阶层，爱情都是奢侈品，对中产阶级也不例外。

曾经有一个朋友，现在早就失联了，以前在博客上读他的东西有一年以上，却从不知道他身处何地，只知道他在我们自己的国度。从他的每一幅图像和每一篇文字里，都看不出他具体的地点。不知他所居的省份的名称，城市的名称。只有他身处的那个特定的环境被放大，而那个特定的环境是一个现代的世外桃源。没有车马的喧器，没有俗世俗情的纷扰。只有很多的静物，一花，一草，一室。阳光，绿萝，桌子。从冬到夏，身外的世界被隐没，而自我被无限度地观照，放大。每一天的，或者同一天的好几个时间段的注视，细微处的体察，变化也在细微之间。如道林·格雷专注于自己的画像，每一次心灵的变化，使自我的画像发生怎样的变化？一丝游离，一丝忧郁，一丝愤恨，或一丝残忍？

这是一个非常专注于自我的人，我猜想他一定是王尔德的精神契合者，专注于解读自我、本我与超我。你想象不出外部世界对他的干扰值是多少。另一方面，你知道他除了艺术生活外，还有日常生活，他有很小的孩子，他需要打理他的家庭，还有亲情。显然他活在双重生活里。有一次，他非常温暖地祝福我孩子的生日，就像一个飘浮于云端的人忽然来到地面，我便出于好奇心，问这个来到地上的人，居于何处，而他的回答依然是一个抽象的回答。

于是我不再猜测，因为那没有多少意义。一个艺术家有他一贯的处世姿态，他愿意以抽象的眼睛看待地点和空间，我便尊重他的回答，不再追问。他只要忠实于自己，便是一个内心有坚持的人。再说，一个具体的地点，和一个抽象的只描写特征的地点，区别又在哪里呢？

当我写小说的时候，我也开始思考空间的问题。我的小说里到处都是普通的卧室与街道，房子，地铁，相似的风景，在过去、现在和未来的多重时间里。

我想到这个人对于地点的态度，原来，我们可以换一种方式来看待空间。人在各个空间，国度与国度之间，城市与城市之间，街道与街道之间，完成各种人类的行为。在构架各种地点的时候，我再次想到那位艺术家，只执着于跟小我有关的小空间，而淡化更大的地理空间——其实，更大的地理空间放到宇宙上，也只是极小的一个点。于是，人的行为也在一定意义上抽离于现实，有了超现实意味。

有些让我非常容易陷入的影像，看了一遍便束之高阁，因为第一次的冲击总是非常忠实地刻录于心头，我往往会害怕第二遍的具体化而回避它。比如克里斯·马克的实验影像。在那些非常有实验性的音乐背景之中，地点完全成为灵魂的外在影像，而不是具体的、真实的地点。岛，陆地，海边的城市，堤岸，那些地点完全被不同时间游走的观念和寓言所覆盖。

除了一个在特定的时间给人物打上深刻的灵魂烙印的地点，比如童年时的地点，故乡，其他的地点都模糊成一片，那只是城与乡，城与镇，大城与小城，中心与边地的区别。

大都市里的生活，大都市里的情感，甚至不同国度的大都市里的生活，正在趋于大同。我的身边大都是这个国家的中产阶级。在信息发达到令人恐怖的时代，一种观念，一个说法，时尚潮流，一个词，一种疾病，一种情绪，与人沟通的方式，表达爱情的方式，欲望的产生与释放，就像传染病一样迅速传播，也在中国的中产阶级中迅速蔓延。而人群的生活方式和情感模式，只剩下大都市与小城镇、乡村的区别，甚至连这种区别，都被冲击得体无完肤。这种现代性的入侵，使人自己的内心能保持的独立内容越来越少，而保留独立性的愿望也越来越少。

我有时会闷闷地想，真是平淡无奇啊，为什么大家活得差不多一样呢？很少有异人出现。在都市里，个体，正慢慢地被消灭呢。

我的小说里也是些平庸的人和事，生活被打回原形时，平庸的一面便一览无余。我不是一个热衷于挖掘罪恶的人，因为我认识的大多数人本质上都是偏善的。当没有罪恶发生，也没有英雄辈出的时候，我们又该怎样看待生活，看待我们内心的追求呢？

在平庸生活的大背景下，我总想找出一些不一样的东西，比如，藏在人心里的一些顽固的东西——坚持，以及对精神世界的追求和对世俗的超越——话说回来，一些虚构的人物总是比那些我们可见的现实生活中的交谈者更有鲜亮的色彩。

所以小说的开头就成了这样："有一天，青瓦和五岁的女儿未央一直在翻米罗的画册，未央指着一幅画，高兴地说，妈妈，我要爬这个梯子，爬到月亮上去。米罗的画的确很有趣，画中有长长的梯子和大大的月亮，可是青瓦却觉得，那个特别想借着梯子爬到月亮上去的人，是春航。"

写作者的态度，真是开门见山，如此坦白了：仿佛平庸生活本身，就是一种"恶"。

所以我说，中产阶级依然要看月亮。"看"是那个关键性的动词。相距一千公里的两座城市，两个人，也许就在很相像的小区，甚至同名的小区里生活着，一个九楼，一个十楼。某一瞬间，其中一个可能会恍惚地说，我就住在你的楼下。刹那间，那一千公里恍如不复存在。那样，他们就可以一起看月亮了。

小说的男主人公春航，是一个庸人，另一个角度上也是个"异人"，仿佛是被看不见的命运选中的生活体验者。他拥有各种类型的男女关系体验，生死临界点的体验，偶然与必然的体验，他乡与故乡心理差异的体验，亲厚的婚姻与深入的爱情的体验，从内脏到皮肉到关节的各种类型的身体疾痛的体验，以及囚禁与挣脱的内心体验。所以从某种角度说，男主人公是一个"异人"，生命给予了他不同质地的光彩和疼痛，也使一段又一段的长谈有了丰富的内容。对于爱着他的青瓦来说，他存在的意义就像一个凡人版的奥德修斯，他是个无畏的骑士，也是个怯弱的男人，所以，他们有了一段似乎会完结又似乎不会完结的旅程。

起先，小说里的主要地点是抽象的，用了我喜欢的名字：罗浮、香蜜，我也不知道从何处捡到这两个地名。我想要在一种长谈的氛围中，努力去接近主人公的精神世界。最后，我让食和色，人们通常说的最重要的人之"性"渐渐淡出，退后，直至禁欲，让位于特定的男人和女人将彼此当成心灵交流对象的持续的倾谈，直到这种挖井一般的长谈氛围，导致主人公虚脱了似的精神疲惫，然后，必将一方离开，然后，也有可能，回归，归于平淡如水。他们的确在一起看了很久的月亮，年复一年，但他们也终于不想再一直抬头看月亮了。因为总是有个现实，是他们无法回避的。

人总是在驱逐孤独和享受孤独中，在渴求和厌倦中摇摆不定，连爱情都不能改变。

人存在的本质是记忆。没有记忆，还会剩下什么？而记忆，总是需要填补新的内容。

确实，这部小说是我在儿童时代就一直在构建的乌托邦，有一段青年时期，我经常把自己关在屋子里，听古琴，看古书。我受了魏晋式清谈的毒害，毒液渗入体内，虽然与老庄无关，却成全了我对人生的态度和世界的看法，以及接近完美的男女关系的看法。我一直需要一个谈话的对手，幸好，我在小说中找到了。

时常认为，人有时要让自己变得高级一点，终究得淡化食与色的欲望。这仿佛是跟甘地等圣人的苦修理念相唱和，现实生活中有很多人悟到，但毕竟肉身常常缺乏亲身实践的动力和恒心，受各种欲望的驱使和奴役。而且，精神的对手是很难寻觅到的，对手的缺席，就造成了更多内心空茫的芸芸众生在欲望的洪流中翻滚，倍尝欢喜与痛苦。

孤独，寻觅，沟通，疲惫，离开，重回孤独，回归，沟通，疲惫，再次离开……就是这样的轮回，直至生命的尽头。

我看了一部电影。一个男人说，他们制作了一首歌，一首关于河流的歌。在望远镜里，他看到烟波微茫的河，河上有船驶过。

她问，你感受到了吗？

他说，什么，是河流还是歌词？

她说，两个都是，两个是一体的。

一个心里有一条河流淌着的人，说的是我，还是我正在寻找的？

我听到一句话："河流才是人类生活的目击者。"我想河流不仅是目击者，还有芳菲的心，气味，音乐，哲学。最近我总是惦记着河流，惦记它流淌时的姿态，那种内在的律动，是我想要的，在寻找的。一条河的流淌，既不过于急促，也不过于缓慢。

我在寻找自己的节奏，但对自己却不甚满意。在这种不满意下，我其实一个字也不想写。

但我还是写了。小说先在《钟山》长篇小说增刊上发表时，最重要的地点仍是虚构的罗浮和香蜜，可能是因为两个不存在的地名，我依然有一种虚空缥缈的感觉，似乎有什么东西是抓不住的，连故事也浮起在半空中，落不到地上，不能抵达某一个核心。于是我越来越怀疑自己：我们不该强调大都市中的同质化，而是应该在差异中找到自我的位置，也许有了真实的地名，这部长篇小说又会呈现出新的地域质感来？于是修订版中，我去掉了虚构地名，将小说主要地点改为上海、杭州和苏州，此三地是我生活过或在梦中时常出现的江南，如今在一个故事里，它们汇到了一起。

可以说，这部长篇小说是我任性地、反复折腾的产物，对我而言，它是具有实验性的。我在语言、对话、节奏、文本诸方面是算计了又算计，只可惜那个算计的人不是黄蓉，只是有一腔好奇心的萧耳。

我一直在给小说取名字，最初它叫"长谈"，后来叫过"清唱""清唱或感伤""亲爱的时光""他的膝盖""返光回照的青春""轻如羽毛""羽毛的优雅""河流的名字""玫瑰会枯萎吗""自君别后"，现在是"中产阶级看月亮"，反正，一部小说，虽然作者花了心血，但它肯定有自己的命运。

最后要表白的对象实在太多，格非和他夫人是小说最早的读者，专门写信来对小说的初稿提出了非常有价值的意见，程永新和贾梦玮两位中国文坛的"天才捕手"对我多有鼓励和促进，也提出了有价值的修改意见，小说二稿终于在《钟山》上发表。还有同在杭州的作家艾伟和吴玄的热心，使《中产阶级看月亮》在出版单行本前就有了隆重的作品研讨会，来自全国各地的重量级评论家为我的小说把脉会诊，令我受宠若惊。我在各地的女朋友——半夏、念青、王音洁、苏七七、陈江等，她们毫无保留地告诉我喜欢这部小说，或者小说有打动她们的地方。更戏剧性的是，因为这部长篇，我在老浙大中文系（浙大、杭大合并后成了国文系）的系群里成了"一日网红"，如今早已在各种行业成为中坚力量的师兄弟姐妹们，被我的小说惹动文学情怀……

羞愧之余，我暗想，我得尽我的全力，拿出一个更好的版本来。

这也是对自 1998 年以来就开始的我的小说生涯的一个交代。女人写作，尤其写长篇需要聚气，中间很容易被种种尘事打断、消磨，几乎隔笔，但只要那颗以文字来抵抗红尘的心不死，总有一天，那个写作的女人会带着点沧桑回来。

萧耳

2018 年 5 月 15 日晚修订